君愛勾勾嬋

上

風 文創 394

杜款款 著

風文創 394

目錄

序

杜款款創作心情手箚——把堅持當作目標

《君愛勾勾嬋》創作過程中，收穫了許多讀者的點讚叫好，也毫無意外地得到過負面評論。我的心情也常像坐過山車，一時被誇獎得飄飄然衝上雲霄，一時又捧著被激烈言詞抨擊得滿是裂紋的玻璃心躲在角落黯然神傷。

世界永遠不會只有一種聲音。我誓死捍衛你說話的權利（雖然我可以不聽）。愛之深，責之切。沒有批評，哪有進步！……

每次自我懷疑時，大腦也會自動啟動自我修復模式，用各種鼓勵的話語刷評，還會板著正經臉戳穿我：

「不要找藉口！」

「你有病啊？我有藥噠！」

「拖延症＋懶癌發作，鎖進小黑屋，立刻痊癒！」

「不要被外界聲音影響！」

「要堅持，總是三分鐘熱度，半途而廢的人沒『錢』途！」

說堅持，道理誰都懂，可真正能做到的人不多。任何事都不是平直坦途，難免有坎坷與波折，也看不到路的盡頭。為了未知的結果而堅持，究竟是百折不撓，還是在做無用工？

相信這樣的徬徨許多人都有過。就像登山，山太高，路太遠，半途累了，難免萌生退意。

可如果換個角度，把欣賞沿途風景當目標，爬山的過程裡就會收穫許多意想不到的樂趣，堅持有了意義，不知不覺便能登頂。

也像烘焙，如果只是想吃一塊蛋糕，當然去外面的店裡買比較快，也更好吃。但這樣一來，永遠也不能體會到看著一團麵糊糊狀的事物在烤箱裡一點點漲大爬高，直至成為可口美食時那種能夠令人雀躍的期待感。

在《君愛勾勾嬋》即將成書的時候回頭看，如果當初只用它會不會得到編輯青睞當標準，我未必不會因此而困擾，最終止步不前。但那時，我想的是：有人說好看，我就要寫下去，不讓她失望；若有人說不好看，那我就要把這個故事講得更仔細更有趣，就算不能扭轉對方的看法，至少也要對得起自己每天耗費的時間。

我帶著這樣的信念往前走，然後一路走到了今天，來為自己的出版書寫序，興奮不已的同時，也想把這個小心得與大家分享。

不要太執著於一時得失與結果，堅持自己想堅持的事情，享受過程，沿途收穫快樂，增加經歷。翻過那座山，看到了嗎？勝利就在那兒等著你喲。

共勉之。

第一章

顧嬋斜倚著引枕，一目十行地翻閱著手中的話本。

那書上究竟講了些什麼，她一字也未讀進。原本不過欲藉文字緩解心中焦慮，怎知那一朵朵娟秀端莊的簪花小楷竟如同生出翅膀一般，在她眼前紛亂浮動，反而平添幾分煩躁。

梨木雕花的羅漢榻臨窗而設，顧嬋只需側轉身便可從敞開的窗間望出。

這一晚，沒有皎皎明月高懸，亦沒有燦燦寒星閃爍，只有一團團火雲遙遙自遠方騰空而起，赤紅的火光將蒼穹照耀得有如白晝。

靖王以勤王之名起兵，一路南下，勢如破竹，今日入夜時分更親率五萬精兵同時攻打京師內城十三城門。

而今上派出領兵抗擊之人是御前侍衛統領；此人姓顧名楓，字潼林，是顧嬋一母同胞的雙生兄弟。

顧嬋每向窗外望一次，心便向下多沈一分，她知道自家兄弟少年英雄、能力超凡，可靖王韓拓是何等人也？

那人驍勇善戰、詭詐多謀，由他統帥的軍隊從來所向披靡、戰無不勝，連凶猛異常的韃靼汗王也被他收拾得服服貼貼，再不敢來犯境。

潼林此番倉卒受命，又能有幾分勝算？只盼韓拓並不如傳言中那般狠絕，能留下潼林一命，顧嬋便再無其他所求。

碧落端著托盤進來的時候正看到顧嬋望著窗外愁眉不展，暗自嘆了一口氣，快步走至榻前，輕聲勸道：「姑娘，吃些紅棗小米粥墊一墊吧。」

長夜漫漫，不論明日如何，此時既然還有命在，自是應當積蓄一些氣力。

顧嬋接過粥碗，舀一勺送入口中，明明是平日十分喜愛的食物，現下吃來卻味同嚼蠟，絲滑綿軟的粥水如同泥漿一般糊窒於舌尖之上，難以下嚥。

「姨母和皇上那邊如何？」顧嬋將碗放下，淡淡問道。

「姑娘莫急，碧苓已去問了。」碧落恭謹答道，忽而話鋒一轉。「姑娘，我們何必非要同太后、皇上一起，出宮去豈不是好得多？反正……反正還沒大婚……」

顧嬋看她一眼，蹙眉問道：「出宮去？去哪裡？我們就算能離宮，又怎麼出得了城？」

「便是先躲在城裡也好，免得被皇上連累……」

「不許胡說！」顧嬋急急打斷她，一口氣走岔了道，咳嗽不斷。

碧落爬上榻來，跪坐在顧嬋背後為她順氣，一時間兩人皆靜默無話。

顧嬋的生母寧玉是太后親妹，五年前寧玉病逝，當時還是皇后的寧太后心疼外甥女年幼喪母，將顧嬋接入宮中生活。待顧嬋及笄之後，先皇元和帝下旨賜婚，將她許給寧皇后所生的七皇子韓啟，亦既是如今的嘉德帝。

只可惜，賜婚不久顧嬋便身染頑疾，久治不癒，寧太后一心認定要顧嬋做兒媳，是以韓啟至今仍尚未正式大婚冊立皇后。

事。

顧嬋對后位並無奢求，但誠摯感念姨母憐惜愛護之心，自是不肯做那大難臨頭各自飛之事。

四更的更鼓響過後，顧嬋終於勉強入睡，碧落隨侍一旁，手中執一把絲絹團扇，在顧嬋身側徐徐送風。

顧嬋和衣臥在榻上，睡得並不安穩。

碧落見她額頭沁出細密的汗珠，放下團扇，取來溫水打濕的布巾替她擦拭。誰知布巾才一沾上顧嬋額角，她就忽地睜開雙眸，騰地坐了起來。

碧落叫她唬了一跳，問道：「姑娘，作了噩夢？」

顧嬋直愣愣地坐著，足足半刻鐘一動未動，碧落接連喚了幾聲也不見她回應，心驚膽戰地推了她一把，才聽得顧嬋開口道：「潼林出事了。」

靖王命大軍留駐城外，只准五百護衛進京師內城維持秩序，其中一百人隨入皇宮。

奉天殿內，韓拓手起刀落，親自斬下嘉德帝首級。

殷紅的鮮血噴濺在金磚之上，順著縱橫聯合的磚縫流淌開來。

寧太后端坐在大殿東側專為她所設的鳳椅之上，由始至終未曾抬眼，只眼觀鼻、鼻觀心，嘴唇微微嚅動，撥動著手中百八顆澄黃晶瑩的蜜蠟佛珠，專心誦經。

韓拓丟開滴血的偃月寶刀，踏著織錦地毯登上臺階，高坐在北首龍椅之上。隨侍即刻遞上白綾巾，韓拓接過，垂眸擦拭手上沾染的血跡。

顧嬋與眾宮眷一起跪在大殿西側，她恭順地低著頭，一雙眼眸卻微微挑起，小心翼翼地覷向韓拓。

龍椅上的那個人，身穿黑色織金戰袍，紅纓盔下的面孔俊美如謫仙，舉手投足間一派優雅自若。倒似他不是謀反逆賊，今日行的也不是辣手奪命、血洗宮廷之事，而是個光風霽月的貴公子，正悠哉悠哉地吟詩作畫，陶然於世間最美好的事物之中。

顧嬋想像過靖王許多種面貌，卻沒有一個如眼前這般，她心下詫異，一時不防，未能及時收回目光，讓拭淨了雙手、抬起眼簾的韓拓逮了個正著。

對上那凌厲深邃的鳳眼，顧嬋心頭驚悸，忙將頭垂得更低，再不敢造次。

近衛長李武成進殿請示，已將慫恿剛剛「駕崩」的嘉德帝苛減軍需，造成嘉德二年哈密衛大敗死傷慘重的一眾罪魁佞臣闔家綁於殿外，待要如何發落。

韓拓薄唇微啟，冷冰冰地吐出三個字：「殺無赦。」

顧嬋打了一個冷顫，韓拓的聲音又再響起。「母后不必憂心，七弟雖然不在了，本王自是會克盡孝道奉養母后，往後一切不變。不過，七弟的妃嬪……」

他的目光掃向大殿西側，韓啟登基不過三年，宮中有品階的妃嬪已有十幾人，此時皆垂低了頭，瑟瑟發抖著等待未來的命運。

「陳永安，你來說。」

被點名的陳永安上前一步，尖聲道：「按祖制，未有所出的妃嬪不可再留於後宮之中，殉葬、守陵或是入慈恩寺祈福都是極好的歸處。」

陳永安是韓拓安插在皇宮之中的心腹，時任司禮監秉筆一職，對這些自是再熟知不過。

韓拓道：「祖制當遵循，卻也不必拘泥，本王許妳們在這三種裡自行擇一，絕不勉強。」

主僕二人一搭一唱，話說得好聽，其實無非給她們兩種結果，死亡與終身監禁。這一眾女子，年紀最大的不過二十歲，最小的才將十四，若不勉強，誰甘願如此終結一生？

一時無人肯答，僵持一陣後，跪在顧嬋身側的江貴妃率先開口。「妾身一眾姊妹皆以皇后娘娘馬首是瞻。」

韓拓勾起嘴角，眼神卻是一片清冷，毫無笑意。「哦，七弟何時立了皇后，本王竟毫不知情？」

江貴妃凜然道：「雖未正式舉行立后大典，但早年先皇聖旨賜婚，天下皆知，更有護國寺的不悟大師批命姊姊乃是鳳儀中宮之相……」

韓拓似乎來了興趣，踱步向西，準確無誤地站至顧嬋身前，捏著她纖巧的下巴，迫使她抬起頭來。「本王尚缺一位皇后，既然妳是皇后命，那麼就選妳好了。」

顧嬋不悅道：「妾身染惡疾，怕是不祥之人，還請王爺令擇賢后。妾願以身……」

「不必，」韓拓打斷她的話，不許她說出自己的選擇。「另擇人選太過麻煩，本王怕麻煩。至於惡疾，本王識得一名神醫，人稱氣死閻王，想來定能治得好妳。」

韓拓辦事雷厲風行，那位氣死閻王翌日即入宮中，他確實醫術精妙，一過手便診治出太醫院眾人經年未曾找出的病因，其後對症下藥，自應不再是何難事。

京師被攻破的第三日，韓啟下葬，貴妃江氏按例殉葬，其餘妃嬪盡數送往慈恩寺帶髮修行。

次日，韓拓登基為帝，改年號靖明，冊立永昭侯嫡長孫女顧氏為后。

九九八十一枝龍鳳喜燭燃亮鳳儀宮，顧嬋面向宮門，跪坐在八柱盤龍紫檀龍床正中，身上僅著纖薄柔軟的絲緞中衣，滴血般豔紅的顏色映得她嬌美臉龐上顯出一種詭異的蒼白。

韓拓自淨室走出，坐至床邊，輕聲道：「妳不必怕，朕既立妳為后，自是會好好待妳。」

顧嬋低頭不語，縮在袖中的右手緊握著一支金釵。

韓拓又道：「蕭鶴年說妳中了南海奇花之毒，妳可想得出會是何人下手？」

顧嬋搖頭，若能知誰存有歹心，又怎會大意中招？

韓拓看她一眼，再道：「據聞前貴妃江氏於花卉一事頗有造詣……」

「她已往生，再不能為自己辯白，皇上要如何說都行。」顧嬋只聽了開頭便打斷，語氣是難得一見的強硬。

韓拓冷笑道：「妳倒真是姊妹情深，可那日在奉天殿上，她第一個便將妳推出來擋箭。」

顧嬋不欲與他多爭辯，但到底心中不喜，微微側偏了臉。

韓拓捏住她下巴，將她面孔扳正過來。「知道妳不愛聽，但做朕的皇后可不能識人不清。就如那女人，許妳后位不過是因為不悟的批命，她既然要她兒子做皇帝，自然不能讓妳嫁給其他男子。不然妳一病多年，她早將妳棄若敝屣……」

顧嬋反擊道：「皇上立我為后不過是為了刺激姨母，又比他人好得到哪裡去？」

韓拓不怒反笑，手掌覆上顧嬋膝頭，輕輕摩挲，語氣曖昧。「那麼，皇后以為我們再做些什麼，更能刺激太后她老人家呢？」

顧嬋不理會他的調笑，反手俐落地將金釵送往自己咽喉。

韓拓一把扼住她握著金釵的手腕，再向旁一帶，便將凶器送得遠了。

可是顧嬋倔強，仍緊緊握住金釵不肯鬆手，她心知自己不過一介弱質女子，既無為表兄韓啟報仇之力，亦無解救姨母於困辱之能，只求自裁以保清白。

韓拓冷哼道：「這般烈性，倒真是同妳那雙生兄弟如出一轍。」

這一句正戳中顧嬋心事，她顫聲道：「潼林，他……」想問又不敢，只怕答案太令人心傷。

「鬆手，」韓拓示意。「鬆手我便告訴妳。」

金釵應聲而落。

韓拓道：「朕素來欣賞節烈忠義之士，自是會將他風光厚葬。」

一滴淚無聲地落在他手背上。

韓拓聲音再響起時已柔和許多。「妳父兄皆因反對苛減軍需之事被外放，朕會儘早安排他們調回京師，讓你們一家團聚。」

顧嬋抬眼看他，杏眼裡含著一汪淚，配上她本就精緻無雙的容貌，更是淒迷惹人憐。

韓拓將她推躺下去，烏黑如瀑的長髮在大紅喜被上鋪散開來，他欺身而上，抽開她中衣腰間的繫帶。

顧嬋閉起雙眼，韓拓手掌炙熱，遊走在她細嫩的肌膚之上，帶來出人意料的溫柔，卻避不開纏綿的疼痛。

染了落紅繽紛的元帕依規矩送入寧太后手中。

據聞太后生了一場大病，病癒後行動有些不便。但她居住的宮院有禁衛把守，顧嬋也不能入內探望。

顧嬋所中奇毒雖已清除乾淨，可惜長期受毒素影響受損的內臟器官連氣死閻王的蕭鶴年也不能挽救。盈盈十八歲，正是鮮花般嬌妍綻放的年紀，她卻日益枯萎衰敗。

這一年冬日來得特別早，九月底京師意外降下一場大雪。都說瑞雪兆豐年，可皇城裡卻悄悄傳說著此乃不祥之兆。

業已仙逝的嘉德帝被兄長篡位奪妻，身首異處，有冤難鳴，陰魂不散，這場大雪實乃他怨氣所凝，待到冰雪消融那日，便是新冊立不過三月的皇后顧氏斷命之時。

宮人們大多出身低微，為奴為婢後更是受盡折磨，身為燕雀自不會心有鴻鵠大志。那金鑾寶座上高坐的是何許人也與他們毫不相干，至於皇位得來是否名正言順，更不是他們關心所在，反而是那些滿天神鬼的禁忌話題較易令他們興致勃發，流傳擴散。

此等流言自是不會傳入帝后耳中。

顧嬋如今精神愈加不濟，一日十二個時辰裡有十一個都在昏睡。太醫院眾人沒一個敢明言「皇后大限將至」，只日復一日用至稀罕的長白山百年老參吊住她一口氣，拖延枯耗。

交子時之際，風雪漸歇，夜的靜謐在陣陣喧譁中被打破。

種種響動顧嬋俱聽在耳中，欲待睜開眼出聲制止這番吵鬧，偏有莫名力量拉扯著，將她拖拽入縹緲無邊的黑暗之中。

漫長的寂靜裡，忽聽「吱呀」一聲，門扉輕響。接著是腳步匆匆，聲聲漸近。

「可退熱了？」醇厚溫和的男音低聲詢問。

這聲音顧嬋再熟悉不過。

是了，掌燈時韓拓曾派人傳話，爹爹已行至宜興，且決定不投棧，徹夜兼程，只為早一日見到她。

顧嬋與父親經年未見，自是欣喜異常，勉力掙扎想要起身，奈何頭痛欲裂，全身乏力，眼皮更是沈重難以撐開。

「早起好了些，下午又開始發熱，比昨兒個還厲害，大夫來看過，只說多發汗，方子照吃原來的就行。」

回話的女聲柔和清婉，卻如同投石入海，在顧嬋心中激起千層浪來。

她是在作夢嗎？不然怎會聽到娘的聲音？

顧嬋鼻子一酸，眼淚不由自主地流下來。

「璨璨不哭，娘知道妳難受，咱們睡一會兒，醒來就好了。」

女子纖軟的手掌一下一下拍在顧嬋身上，輕聲細語哄著她入睡。

多少年不曾再感受過娘親的溫柔？

真好。

再次失去意識前，她許願，如果這是夢，希望永遠不要醒過來……

顧嬋怎樣也想不到，這不是一場夢，她竟然真的回到了十二歲那年的冬天。

在清晨的鳥鳴聲中睜開眼，顧嬋才發現自己並不在鳳儀宮。

軟煙羅的床帳，煙粉緞子的錦被，床前一道四折紗屏，屏紗上的折枝牡丹花團錦簇，窗前矮榻上堆著各色引枕，海棠紅、翡翠綠、鴨蛋黃、青蓮紫，真應了那句姹紫嫣紅，好不熱鬧。

這房間她再熟悉不過，是十二歲那年，隨父親顧景吾外放幽州時，自己親手佈置的閨房。

正愣著，房門被推開，母親寧氏嫋嫋婷婷地走進來，見她目瞪口呆的模樣，笑道：「這是怎麼了？難不成發了一晚熱，起來便連娘都不認得了？」

顧嬋坐起來，探出手去摸寧氏的臉頰，動作小心翼翼，生怕一不小心碰碎了什麼似的，觸手間肌膚溫熱柔軟，母親活生生，會說會笑，不是躺在棺材裡冰冷僵硬的屍體。

她撲在寧氏懷裡，「哇」的一聲哭出來。

可是死後重生，不是只存在於話本子裡，杜撰出來的故事嗎？怎麼可能真的發生？

她在夜裡茫然瞪大雙眼不願入睡，生怕只是作了一場夢，再次睡醒又回到鳳儀宮裡。

而每朝她睜開眼，望著床頂嵌板精雕細琢的纏枝花紋，肯定了自己身在何處，又覺得分不清過去那五年是幻是真。

顧嬋嘗試與寧氏討論，她揀著大事，才開頭講了幾句便被喝止，一迭連聲告訴她這都是發燒燒糊塗了作的噩夢，不許她再提。

她欲分辯，若全是夢，夢裡的生離死別又怎能件件都那樣鮮活深刻？想再舉例，一抬眼見到母親為了照顧她，連夜不曾睡好而略顯憔悴的容顏，便硬生生住口。

如果按照「夢裡」的軌跡，母親能陪伴自己的時光已不足三月。

現今是元和二十年，九月初，顧嬋的父親顧景吾外放至幽州承宣布政使司任布政使，妻子兒女皆隨同前往。

幽州府處於北地，冬日嚴寒遠非京師可比，時至臘月，連場大雪換新貌，顧嬋還是孩子心性，玩起雪來興奮忘形，感染風寒，大病一場。

她清楚記得，自己病癒不久母親也開始生病，初時只是精神不濟，後又添了嘔吐之症，換過幾個大夫也看不出緣由，大都說水土不服，不宜操勞。寧氏自己還擔心是有孕，只是月分淺才看不出。但終歸都不是大事。

誰知到了二月中，母親竟然一病不起，驟然長逝。

若是夢，說出來白白害母親擔驚受怕；若是真，前世裡，母親初現病症便是在年後的幾次宴會之後。

顧嬋一直自責，認為母親會生病，與照顧病中的自己辛苦傷身脫不開干係，如果當初不那麼貪玩任性，也許一切都會不同。可惜，她醒時人已在病中……

顧嬋想起蕭鶴年來，既然前因已定不能更改，若母親當真生病，就試一試找他來氣死閻王，妙手回春。

主意一定，便不再那般鬱結難抒，靜待觀察事情發展即可。

時光如流水，轉眼已是正月。

每到年下，幽州府各家勛貴競相置辦宴席，顧景吾自然少不了多番酬酢，寧氏也要同女眷們走動，連帶著顧嬋都沾光，沒有一日不出門玩耍。

難得正月初八這日終於空閒下來，顧嬋原是最懶散的，因惦著母親的事情，竟睡不著懶覺，早早晨起了，去給寧氏請安。

出得屋子，寒風夾著細碎的雪花撲面而來，顧嬋怕冷，裹緊了身上的灰鼠斗篷，一旁碧落已回屋取了手爐出來給她捂在手裡，又重新給她攏嚴觀音兜，主僕兩個這才動身往寧氏住處去。

穿過鑽山（注），廊簷下迎面碰到提著剔紅食盒的鄭氏。

鄭氏看到顧嬋，笑咪咪招呼說：「嬋姊兒，來給夫人請安嗎？」

顧嬋規規矩矩地福了一福、低眉斂目地答一聲是，見鄭氏面上略現詫異，忽然意會過來，這會兒鄭氏只是梧桐院裡小廚房的管事，還不是自己的繼母呢，她這樣恭謹豈不是讓人笑話？

話說從頭，顧家初到幽州時，只有護院和近身照顧各人起居的一眾丫頭是從京師侯府裡帶來的，其餘皆是新人。顧家管事做事謹慎，是以不會有任何差錯，唯其一樣是顧嬋和寧氏母女吃不慣新廚子做的菜，不到一個月裡前後換了五個廚子仍舊不能滿意。

當真不是廚子不夠好，只是本地人做江南菜式，風味上多多少少總差了那麼一點，平常人根本吃不出，偏生她兩個嘴刁。也並非她們存心為難，只因母女倆一個是國公府么女，一個是侯府嫡長孫女，俱是自幼千嬌百寵長大，衣食住行上從沒受過半點委屈，再是待人寬和，此事上也將就不來。

顧景吾只好請衙門裡眾人推薦能做地道江南菜式的廚子，不幾日，檢校鄭懷恩便領了胞妹鄭氏前來。

鄭氏曾嫁在寧波大族，後夫家家道中落，丈夫又早逝，生活無所依傍，於是帶著女兒投靠兄長。鄭懷恩的妻子吳氏為人斤斤計較，丈夫才是個九品官，俸祿本就少得可憐，家中多養兩個人支出添了小一倍，令她心疼不已。況且鄭氏的女兒漸漸長大，日後出嫁總要備嫁妝，又是一筆大數。吳氏不願出這筆錢，於是越發刁難鄭氏母女，總盼著讓兩人自己知趣離開。

鄭懷恩頗有些懼內，但又不忍胞妹孤苦飄零，於是想到將她介紹給上司家中，無論如何總是憑自己能耐有所進項，既可免遭吳氏苛待，又可攢下體己，將來益及女兒。

顧嬋母女兩個對鄭氏的手藝十分滿意，寧氏專在梧桐院裡添了小廚房交由她打理。至於寧氏去世後，鄭氏如何成為顧景吾的繼室，其中細節顧嬋並不清楚，只知他調職回京時帶了

注：鑽山，打通山牆，與相鄰的房子或遊廊相接。

鄭氏母女同往，並在京中辦了喜事。

所以也怪不得顧嬋，她先是在病中，之後雖說好了，寧氏總怕她再著涼，不許她出屋子，到過年，鄭氏得了幾日假期回家中與女兒團聚。今日是顧嬋回來後第一次見到鄭氏，不自覺地就拿出了前一世裡習慣的態度。

錯已犯下了，後悔也沒用，她只好連忙找補，道：「鄭嬤嬤，妳給娘做了什麼新鮮吃食？」一邊說一邊不忘緊盯著那食盒，好在她年紀小，做出一副饞相也不算丟人。

鄭氏道：「夫人早起說身上乏，沒胃口，便做了幾味開胃的小菜和粥。」

顧嬋聽了，只覺心裡咯噔一聲，陰沈晦暗更甚過今日天氣。

進到屋內，顧松和顧楓也在，都板正地坐在外間榻側靠背椅上陪寧氏說話。

顧嬋不管不顧地撲到寧氏懷裡，帶著哭音撒嬌道：「娘，您怎麼了，哪裡不舒服，璨璨給您請大夫。」

寧氏好笑道：「哪有那麼嚴重，不過頭重想睡，怕是這幾天四處串門子累著了，歇歇就好了。」

顧嬋抬頭細看，見寧氏面色紅潤並無不妥，總算稍微放心一些，還想再說點什麼，想一想又忍住了。

待東次間裡丫鬟擺好飯，兄妹三個陪母親一起用了早膳，顧松約了詩社的朋友便先行離去，顧楓和顧嬋又陪著寧氏說了一陣話。

出了門，顧嬋一路蹙著眉想心事，下臺階時顧楓忽地腳下打滑，狼狽地摔在雪地裡。

「噯，你怎麼回事啊，路都不會走了嗎？」顧嬋忙去扶他，眉頭皺得更緊。

顧楓這一摔半真半假，真是確實打滑，假卻是他習武，這一滑本摔不著他，不過看顧嬋心情不好，他講了幾個笑話都沒有反應，於是出了下策故意出醜逗她開心，誰想到顧嬋完全沒領情。

顧楓站起身，抖了抖衣袍上沾的雪，直話直說道：「我沒事啊，倒是妳，幹麼哭喪著臉。」

顧嬋看看他，欲言又止，回頭看看寧氏屋裡，伸手拉了顧楓衣袖拖他到晴嵐小築，支走了屋裡的丫鬟，將寧氏生病的事情化作昨夜的噩夢講給他聽。

「就為這個？」顧楓覺得不可思議。「一個夢而已。」

「可是今兒一早娘就病了，跟夢裡頭一模一樣。」顧嬋道。「夢裡頭能救娘的那個大夫，我們請爹爹派人先把他找回來好不好？」

顧楓搖頭道：「爹最憎神鬼之說，就憑一個夢，他才不會理妳。」

顧嬋小臉一垮，她也知道，無奈地嘆氣。「那你說還能怎麼辦呢？我就想求個心安嘛。」

單靠她一人，實在想不出既不告訴父親又能請回蕭鶴年的辦法。顧楓平時多在外面行走，認識的人又多，這才想同他商量，畢竟一人計短二人計長。

顧楓道：「辦法小爺有得是。不如咱們打個賭，我能給妳把這事解決了，從今往後妳就乖乖叫我做三哥。」

顧嬋一怔，沒想到這當口他還惦記這個。

顧楓催她。「欸欸，不說話小爺走了，事情多著呢，沒空陪妳小姑娘家家的玩啊。」說完了又斜著眼覷她反應，看她還愣著，心裡頭不斷嘀咕：打小就覺得她傻，沒事跟爺們爭什麼大小呢。爭贏了又怎麼著，當姊姊有什麼好，那得事事謙讓、伺候弟弟。做妹妹就不同了，上頭兩個英明神武的親哥哥把她捧在手心裡，那還不要什麼有什麼。所謂有福不會享，腦子裡頭沒算計，說的就是眼前這位了。

顧嬋哪知道他想什麼，猶豫道：「你先說說是什麼辦法。」

顧楓清清嗓子，得瑟（注）道：「上元夜裡花燈會，慣例是城門不閉，那天我們生辰，要出門賞燈絕對不成問題，到時候找個由頭甩下丫鬟小廝，雇輛馬車，連夜出城趕路，要是安排得好等大家發現時我們已經走出百里路了。」

顧嬋訝然道：「我們？我也去？」

「當然。」

顧楓一心要顯示自己的能耐，當然不能少了觀眾，況且他也不覺得帶上顧嬋跟只有自己區別多大，不外乎是她不會騎馬得坐馬車，走得慢些。她說夢裡的大夫住在任丘，幽州距任丘三百里，若是他自己快馬加鞭，一日足矣，換了馬車走上兩日，最多不過三日，打個來回五日足夠，簡直不能再輕鬆容易。

「就我們兩個嗎？」顧嬋又問。

她只是太驚訝了，沒有別的意思，可聽在顧楓耳中就變成了對他的不信任。十二歲的少年郎，正是最要強好勝的時候，自然容不下別人懷疑自己能力。

「怎麼，覺得我護不住妳？」他問，不待她回答，又道：「等明年這時候，小爺我可已經進了幽州衛，那是要上戰場殺韃虜的，這點事算什麼。」

說著還不忘站起來紮馬步做劈手，搭架子表現一下自己武功高強。

顧嬋更吃驚了。「你打算六月去考侍衛？」

這和她知道的不一樣。他應當是明年夏天在京師裡考侍衛才對，之後直接進了金吾衛，成為皇帝親軍。幽州衛雖說聲名極盛，但，那可是韓拓的護衛。

「聰明！」顧楓點頭，明顯對她難得的一點就通感到滿意。

「六月時你年紀還不夠呢。」顧嬋道。

顧楓坐回玫瑰椅裡，食指「篤篤」輕叩月牙桌桌面，道：「幽州衛有個不成文的規矩，若有能力突出者，又得軍中四品以上官員舉薦，可破格降低年齡限制。這叫不拘一格降人才。」

顧嬋問：「你找了誰？」

顧楓得意道：「少樹的堂兄馮麒在幽州衛任正四品僉事，他已答應為我二人保舉。」

馮麟、馮少樹顧嬋是認得的，他的父親馮青山與顧景吾少時同窗，情誼深厚。

馮青山在浙江提刑按察使司任副使，妻子兒女則長居於幽州祖家。自從顧家到此之後，兩家來往更是頻繁，冬月時還為十六歲的顧松與十四歲的馮家女兒馮鸞定下婚事，結成了兒

注：得瑟，東北話，獲得不值一提的成就或做成一件芝麻大的事就得意忘形，一般帶有貶義或調侃之意。

女親家。

有這樣一層關係，顧嬋並不意外馮麒肯為顧楓保薦，令她詫異的是顧楓竟有入靖王帳下的打算。姨母素來將韓拓當作眼中釘，顧嬋又親眼見識過韓拓報復時的猖狂狠戾，她可不認為顧楓進幽州衛後能得重用。

顧楓見顧嬋遲遲不語，只眨巴著一對烏亮清澈的大眼望向自己，誤以為這是欽佩的表現，不由得意道：「想不到吧，小爺門路這樣寬廣，無須爹娘操持，已能自謀前程。」

顧嬋聞言，婉轉道：「是挺驚訝的，只是為何不多讀兩年書再打算呢？」

顧楓道：「我又不打算走科舉之路，與其留在書院裡耗費時間，不如早日投軍，另闖天地。」

顧嬋又道：「那也不急於一時，少則兩年最多也不過三年，爹爹定會調回京中，到時你可投入京營，說不定還能進皇帝親軍，豈不是前程更好？」

顧楓擺手。「這妳就不懂了。我是想學真本領，實打實做一番事業，自然要選最精壯善戰之師。所謂近朱者赤近墨者黑，京營那幫人，多少年都沒真正上過戰場了，跟著他們能學到什麼，紙上談兵，還是逢迎上鋒、勾心鬥角？」

說到後來，語氣竟是十分不屑。然而他轉瞬自察話中不妥，急忙住口，輕咳一聲，道：「這話我可只跟妳說，千萬別告訴別人。」

關於男人在外做官掙前程的事情，顧嬋確實不大懂，也不好多加評論。可事關至親之人，又不能放任不理，想了想，又問道：「你同爹爹商量過了嗎？」

顧嬋不知前世的顧楓是否也有此一願，反正她從沒聽他提過，或許是同爹爹商議後便被阻止了也不定。

顧楓與她一胎雙生，自幼心意相通，適才正自鳴得意一時不覺，此時靜下心來，便領會到顧嬋擔心何事，直言道：「放心吧，靖王才不是那等小肚雞腸、任人唯親的，若不然幽州衛也不會這般威名遠播。」

顧嬋也不再避忌，道：「他如何用人，你也不過道聽塗說，哪做得準。」

「遠的不說，近的只說少鳴哥，馮家與我們家修了二十年通家之好，如今又結了親，靖王要是忌諱這些，冬月之後就得尋個由頭把他從擒孤山趕回來，哪可能讓他立下戰功，又帶同進京封賞升官。」

顧楓越說越有興致，越發滔滔不絕起來。「再說了，靖王自己也是天縱奇才，他八歲時初上戰場，十二歲時已統兵做主帥贏下第一場戰役，十六歲到幽州就藩至今，八年裡可是戰無不勝，把大殷的邊境層層北推，將前朝丟給韃子的大好河山逐一收回。小爺我既然要投軍，那就得跟著這樣的人，才能出息。」

顧楓說得口渴，便停下抿幾口茶，再次叮囑道：「這件事情我自己會尋機會跟爹說，妳可別先透露出去。上元那天的事情我會安排好，妳什麼都不用管，到時候聽我的就成。」說罷，撂下青瓷茶盞起身離去。

顧嬋兀自望著他的背影發呆，她從不知顧楓對韓拓如斯崇拜，簡直當成了偶像一般。只是她不明白，既然如此，韓拓攻城時，為何他還要死守城門、以身殉難，直接大開城門，投向新主豈不更好？

這樣一來，顧嬋忽然間改變了想法，不再認為顧楓進入幽州衛有何不好，至少他不會再和韓拓對立，也就不會身死。

朝堂之事，她根本不可能插手，又談何改變呢？

總不能修書一封給姨母，說她的眼中釘五年後會起兵謀反，請她先下手為強。顧嬋想到寧皇后平素威嚴的模樣，只怕自己真這般做，姨母不但不相信，還會從京中派來教養嬷嬷，監管她謹言慎行，切莫混鬧。

不過，這些畢竟是遙遠之事，眼下急迫的，還是寧氏的病症。

正月十五上元節，同時也是顧嬋、顧楓姊弟十三歲的生辰。

他二人年紀不大不小正尷尬，自是不會做壽廣宴賓客，只邀請各自好友小聚。歷來男女七歲不同席，因此顧楓與寒山書院中的書友在退思堂論詩比武，顧嬋則與一眾閨女在花園裡圍爐賞梅。

到得晚間，客人離去，自有家宴，不必細說。

壽星總有特權，顧楓是男兒不論，身為女子的顧嬋因這一日特權，總能順利出門，在京師時從未缺席過上元燈會，如今來到幽州也不例外。

顧嬋按事先商量好的，藉口掉了手帕，支使碧落走回頭路去尋，自己歇在賣筆墨的鋪子別樣居裡等候。

碧落前腳拐過街口，顧嬋後腳便鑽入店鋪後院，顧楓早已在此，遞上一套男裝讓她換過。顧嬋依言改裝，之後便跟著顧楓上了一早雇好的馬車。

車上再無他人，顧嬋坐車內，顧楓駕車，出了永定門，冒著風雪，沿官道一路向南，平順地行出四十里。

顧楓在京中時是七皇子的伴讀，每年秋獮都會隨七皇子一起伴御駕前往圍場，到幽州後也試過與書友往燕山打獵。

大抵因經驗豐富，他將兩人出行的事宜都安排得十分周到妥貼，比如提前準備了路引，還在馬車裡鋪上厚厚裘皮氈墊，並放置了毛毯與手爐，給顧嬋取暖。

不過，再周全的計劃也防止不了意外發生。

官道上每隔二十里設一驛館，他們計劃連夜趕路，並不打算投棧住宿，可經過第二個驛站後走出大概二里地時便遇上了一樁難題。

官道在此一分為三，路旁無石碑標示，三更半夜也無他人途經。顧楓只好策馬折回，到驛館處問路。

到達時正臨子夜時分，顧楓讓顧嬋等在車中，自己往館內問詢。

走至院中，與一名藍衣少年擦肩而過，少年手中高舉竹竿，竿上盤著長串大紅鞭炮。

顧楓當時未多留意，可待他與館中雜役問妥路線出來，停在院外的馬車竟不見了蹤影。

顧楓直覺心驚肉跳，抓著一旁兀自放著鞭炮的少年，問道：「你看到我的馬車了嗎？」

少年嘿嘿直笑。「跑了！那笨馬膽子真小，聽兩聲鞭炮響就撒腿跑了，哈哈哈……」

笑聲戛然而止，顧楓一拳將人打暈。他心急如焚，再也顧不得什麼禮貌，去馬廄裡抓了不知是誰的馬出來，狂奔追趕。

套在馬車上的是他精挑細選的千里名駒，哪是隨便一匹馬能追趕得上的。到了三岔路口，顧楓下馬，想從車輪印看出馬車往哪一條路上去了，奈何雪下太大，不過片刻積雪便將痕跡掩蓋得一乾二淨，什麼都看不出來。

顧楓再無辦法，他從未受過此等挫折，焦急、擔心、憤懣、自責、無措……種種情緒一齊湧上來，驀地跪倒在地，厲聲嘶吼起來。

顧嬋此刻可謂肝膽俱裂。

那受驚的馬兒不顧一切地全力奔跑，馬車一路狂顛不止，顧嬋根本控制不住自己的身體，好幾次被顛得狠狠撞上車壁。

她覺得自己應該下車，可根本下不去，坐在車中，又擔驚受怕，不曉得何時會被拋出車外，屆時就算不粉身碎骨，也得斷手斷腳、面目全非。

正不知如何是好，車突然停住了，顧嬋來不及細想，立刻抱著手爐跳下馬車。

雪鵝毛一般飄落，冷風呼嘯著打在臉上，刀割一樣的疼。

下了車，處境似乎也不妙，可馬兒一點也不體貼，不等她作出反悔的決定，搶先撒開四蹄再次奔跑起來，一溜煙消失無蹤，只剩下顧嬋孤伶伶一個。

她藉著積雪的反光打量四周，除了白茫茫一片再無其他。

顧嬋完全沒了主意，眼淚汩汩地往外冒，受了驚嚇的後遺症也顯現出來，渾身顫抖，手腳發軟，再站立不住，撲通一聲跌坐在雪地裡。

也不知過了多久，她哭夠了，突然意識到自己不能坐以待斃，想要站起來，才發現身體早已凍僵，動彈不得。

雪漸停了，潑墨的天空裡升起一輪皎潔的圓月。沒有新炭加入，手爐漸漸冷卻，唯一的熱源不再，只剩下滲入骨髓的寒冷。

遙遙有馬蹄聲響起，顧嬋轉動僵硬的脖頸，勉強抬起頭來，淚眼婆娑中，只見一人一馬疾馳而過，頃刻不見。

對方也許根本沒有看到她。

希望落空，顧嬋垂下頭，依舊是那抱膝而坐的姿勢。大概今日便要凍死在這裡了，只是不知這一次自己是真的死了，會踏上黃泉路，還是一睜眼便回到鳳儀宮，發現所謂重生不過是黃粱一夢。

正胡思亂想間，馬蹄聲又再響起，直至她身前停住。

顧嬋茫然抬頭。

白蹄烏上所載之人，一身黑色狐裘大氅舞在風中，頭戴白玉冠，面孔清俊，美如謫仙，不是靖王韓拓還會是誰。

第二章

顧嬋只覺心中一片紛亂，說不清到底是何感受，眼眶一熱，才止住的淚又要流下。

韓拓坐在馬背，凌厲的鳳眼微挑，凝視她片刻，才道：「顧嬋？」

雖只兩字，語氣中卻難掩猶疑不定。

顧嬋大駭。他怎麼會認得她？難道他與她一樣？

念頭一起，顧嬋便自覺荒謬。這般匪夷所思之事，一樁已是奇跡，總不能像賞燈會猜燈謎，人人有份，機會永不落空。

何況她最後的記憶裡，他正大聲喝斥御醫，聲音洪亮，中氣十足，身體康健得不行，怕是再活上五十年都毫無問題，又怎會如自己一般早逝重生？但，若非如此，還有什麼理由能解釋他一眼就認出她？

他離京就藩已八年，每兩年才進京覲見一次。她長居京師，舊年九月初隨父遷至幽州時，他正領軍在外抗擊韃靼的入侵，戰事大勝於臘月，之後他便進京獻俘，一直未歸。他們從來沒有，也不應有機會碰面。

再多疑惑盤旋在心也得不到答案，不如問個清楚明白。

「你怎會認得我？」她問。

「妳為何在此處？」他也問。

兩人竟是異口同聲，言罷相視而笑，她略尷尬，他則十分豪俠。

韓拓翻身下馬，走近了，蹲在顧嬋身前與她平視。「前年秋獮，我見過妳弟弟。」

原來如此。

顧嬋高懸的心撲通一聲落回肚中，不禁為適才的敏感多疑感到羞惱，忽地想起自己此時的男裝打扮，強辯道：「你怎知我是顧嬋，不是潼林？」

韓拓嗤笑。「本王難道還能不辨雌雄？」

不論前世今生，與他爭論，她從未贏過。

顧嬋神色訕訕，耳聽他溫言道：「我是韓拓。」

他介紹了自己，她該如何回應？如今的顧嬋，有著真正十三歲、尚不識得韓拓時不應該有的記憶。那個已活過十八歲的魂靈，曾與他做過男女間最親密的事，後來又在他懷中死去。即使她對韓拓並沒有真正的夫妻之情，卻也很難調整到面對陌生人的態度。

韓拓察覺顧嬋眼中滿是戒備，伸手從懷中取出一件物事，遞在她面前。

「妳不認得我，不過，我想妳一定認得它。」

那是一塊田黃玉珮，柔潤如脂，精雕龍紋，龍眼的位置嵌著兩顆清瑩透澈的金水菩提。這是皇子的信物，元和帝的每個兒子都有一塊，皆是最上等的田黃玉製，唯一不同之處是龍眼鑲嵌的寶石。譬如，韓啟的那塊便是鑲紅寶石，而太子韓磊的則是嵌以祖母綠。

韓拓回答了她的問題，坦蕩翔實。

對於他的問題，顧嬋卻頗覺難以啟齒。她咬一咬牙，含糊道：「在驛館外驚了馬，當時車上只我一人……」

他已明白，問：「是哪一間驛館？我送妳回去。」

顧嬋搖頭，這便是她不好意思的地方。顧楓說她什麼都不用管，一切有他，她就當真甩手不理，除了自己從幽州府來，打算往任丘去，其他一概不知，渾渾噩噩到此地步，說出來豈不是平白惹人笑話？

韓拓遠比她設想的善解人意，居然沒有揶揄，只道：「天寒地凍，不宜久留，三里外有個鎮子，我先帶妳去投棧。」

他一邊說，一邊起身走回白蹄烏旁。「只是得委屈妳與我同乘一馬。」說完，見顧嬋還坐在原地，絲毫沒有動身的意思，以為她不願，開解道：「雖說男女授受不親，不過事急從權，再說妳年紀尚小，不必太過拘泥。」

其實一點也不算小，在大殷，女子十三歲出嫁者並不罕見。顧嬋出身好，自幼調養得宜，十二歲時癸水已至，身高抽條兒，胸前也隆起兩顆圓潤的包子，儼然是個窈窕少女模樣。

面對韓拓，顧嬋怕的倒不是男女大防，畢竟上輩子更親近的事情也做過不止一次。她只是不想與他有牽扯。

永昭侯與寧國公是姻親，不管顧景吾父子兄弟幾個有沒有意願往皇子的派系裡頭站隊，外間都自動當他們是寧皇后也即是太子一派。

顧嬋心思簡單，姨母與兩位表兄是親人，她自然歸心於他們，寧皇后不喜歡的人，她就算不討厭也不想多接觸。何況，她知道後來的事情，他們與韓拓之間，擺明將至深仇大恨的地步。

如果可以，顧嬋當然要拒絕他，只是眼下沒有別的辦法。路引與銀兩全在顧楓身上，她自己哪兒都去不了，就算天降鴻運，給她撞到任丘，沒有路引也進不了城。

她只有兩個選擇，一是留在這裡等死，二是與韓拓同行。

她還不想死，所以唯有選擇後者。

「我……凍僵了，動不了。」她囁嚅，聲若蚊蚋。

難得他竟聽清楚了，道一聲「唐突」，打橫將她抱起送上馬背。

鎏金嵌玉鑲琉璃的手爐掉落，滾在雪地裡，韓拓見了，搖頭輕笑，拾起來交回她手中。

他矯捷地躍上馬，坐在顧嬋身後，雙手持韁，策馬前行。

他沒一點不規矩，雙臂環過她身側時也小心留出距離，可馬背顛簸，難免不時觸碰。每每兩相貼緊，他身上熱力穿透衣衫，傳遞至她肌膚之中，忽而又撤開，溫暖不再，空留悵惘。

一路行來，明明無人踰矩，偏曖昧意味似水蒸騰，千絲萬縷，縈繞不斷。

店小二提著兩桶新鮮滾熱的水進屋來，倒進折屏後一早備妥的澡盆裡，嘩啦啦激起一室氤氳。

角落裡生了炭火爐，顧嬋湊在近前烤火，僵硬麻木的手腳早已烤得暖烘烘、軟綿綿。她心滿意足，從條凳上起身，覷一眼韓拓，雖沒說話，示意卻鮮明。

韓拓正坐在桌前喝著熱茶，對她的動作恍若未覺，穩如泰山，不挪不動。

顧嬋再覷他一眼，見他仍無反應，又不好意思對個男人直言自己要洗澡，只道：「王爺，洗澡水好了，多謝王爺。」

韓拓捧著茶杯回她。「去吧，多泡一泡好驅寒氣。」

說罷仍坐著，拎起白瓷提壺給茶碗裡滿上水，繼續飲茶。

山村野店，茶水粗劣，他依舊喝得愜意，動作優雅，姿態宜人，宛如畫卷中的翩躚神君。

顧嬋沒心思欣賞，見他絲毫沒有打算迴避的意思，咬一咬唇瓣，抬手指向門口。「請王爺回房吧。」

「嗯？」他正色道：「本王只要了一間房。」

見她瞪圓了眼睛，氣呼呼地鼓起兩頰，他心中感到好笑，仍舊一本正經繼續道：「平川鎮位於幽州府轄下州縣良鄉、固安與涿州交界的三不管地帶，是個匪鎮。鎮上人人都是響馬（注），間間都是黑店。我無心欺妳，怕只怕我前腳出門離開，後腳妳便被人擄了做壓寨夫人。」

顧嬋被他嚇住，煩躁不安地跺跺腳，氣他為何將自己帶來這種地方，試探問道：「不會有事的吧？這裡可是王爺的藩屬。」

注：響馬，北方乘馬攔路的強盜。因劫掠時先施放響箭，故稱為響馬。

韓拓哂笑。「那又如何？強龍不壓地頭蛇。況且我沒帶護衛，孤掌難鳴，若著了道讓人毀屍滅跡了，便是百萬雄師前來踏平此鎮也救不活，還是小心為妙。」

他不說時她倒沒覺得，堂堂王爺，出門在外，別說護衛，居然連個隨侍都沒有，也不知在折騰些什麼，果然是心思狡詐、難以捉摸之人。

生氣歸生氣，這會兒就算韓拓打算走，顧嬋也不敢讓他離開了。

她看了看那最普通不過的四扇折屏，屏圍以綠紗所製，遮擋能力實在有限，影影綽綽地可將澡盆形狀描繪出來，想來人進去後也是一樣。

韓拓隨她目光方向看去，忽又體貼起來，十分君子地背轉身。「這樣可好？放心吧，本王不會偷看的。」

顧嬋無奈，猶豫地踱到折屏後面，將脫下來的衣裳一件件展開，鋪搭在屏風頂端，那背身而坐的人影一點點被擋住，她總算放下心來，這才跨入盆中。

水微燙，正適合她這被凍過透心涼的人，浸泡其間，四肢百骸都淌過熱流，她仰靠在盆邊凹陷處，舒適得長吁一口氣。

寂寂深夜，水聲撩人，饒是韓拓自制力過人，也難以抑制地心猿意馬起來。

他鬼使神差地開口：「妳衣服乾了嗎？這會兒爐火正旺，我再幫妳烤一烤。」

顧嬋被熱氣燻蒸得昏昏欲睡，他的話她起初沒聽真切，隨意應和一聲。其後聽到聲響，驀地反應過來，驚叫：「不要不要！」

她深閨嬌養，未習過武，不懂得聽音辨位，只覺腳步聲聲催人心亂。

「別碰我衣服！」她惶急窘迫，匆匆起身，勾手去拽折屏上的衣服，生怕慢一步叫他搶了先，將她刻意搭出的遮擋拆去。

青石地磚上濺了水，木盆底打滑，顧嬋腳下使多大力，盆就向後滑出多遠。她不防，就勢前撲，力道十分凶猛，衣服倒是搆到了，還拽了下來，勢頭半點沒緩，只聽「哐噹」一聲，小小人兒隨著那折屏一起，撲倒在地。

初春寒冷，除了貼身小衣，其餘衣物都是夾棉的，有它們墊著，顧嬋摔得其實不大疼，再加上運氣好角度巧，沒被折屏的木架硌著，因此也沒受什麼傷。不過，驚嚇可真是不小。

她茫然地趴在地上，正與韓拓四目相對。

他站立在牆角的炭火爐前，手上拿著她一進屋就脫下丟在榆木方桌上的貂絨氅衣，一臉驚愕地看著她，彷彿完全不能理解為什麼好端端洗著熱水澡的人會突然從屏風後面撲出來，並且輔以出人意表的破壞力與無比狼狽的姿勢。

到底是久經沙場的統帥，韓拓很快反應過來，此刻不是盯著她看的好時機。他別轉頭，自欺地合起雙眼，可那一具嬌妍柔美的女體已印在腦海裡，揮之不去。

顧嬋早先難得留了一次心眼，沒將衣衫除盡。湖綠底繡大紅海棠的絲緞抹胸與鵝黃的松江棉布褻褲堪堪只能遮擋住那一丁點最緊要的部位，四肢與腰背上大片肌膚盡皆袒露在外，被鮮豔的顏色一襯，更形白嫩惑人。

她愣怔了足有小半盞茶工夫，才明白過來，眼下這般境地完全是因為自己會錯意造成的，那個把自己看光了的男人根本沒有半點錯處。

女孩子家本就面皮薄，丟醜已讓她難堪，受了天大的委屈又沒得申訴，似乎唯有眼淚才能舒緩心中抑鬱。

顧嬋嗚嗚咽咽地，像受傷的幼獸般，哀悽無助。

韓拓聽在耳中，心有不忍，輕聲安慰道：「別哭了，我什麼都沒看見。」

他認為她能夠理解，今晚的事若是認真起來，說到底吃虧的只是顧嬋一個人。因為這場烏龍，她就得嫁他；而他呢，不僅沒有損失，還白撿了如花美眷，以及她背後的勢力——永昭侯先祖靠軍功封爵，傳承三代更見顯赫，顧嬋的伯父時任右軍都督府都督，官拜一品，她父親如今雖外放，但不出三年定會回京，屆時極大機會執掌戶部，顧家與她同輩的三個男兒，雖然尚未出仕，也都是芝蘭玉樹之才，遲早會有一番作為。

韓拓並不需仗他人之勢，不過，這一門英傑的侯府，若真與他結了親，高坐鳳椅的那位——顧嬋的嫡親姨母寧皇后心中定然添堵。

所以，顧嬋應當同他有默契，當作什麼都沒有發生，對她只有好沒有壞。況且，本來也沒有發生什麼，就那麼一眼而已。遇事要靈活，這是最好的解決辦法。

顧嬋聽了他的話，不但沒得著寬慰，反而更加難受。

看了就是看了，嘴上不說就能當作沒有嗎？騙得了別人騙不了自己。他這人就是壞，居然不肯承認看了她。她失了清白，他卻不肯負責任。可是，就算他願意娶，她也不想嫁啊。她千辛萬苦地逃家，是為了救娘，不讓家人再嘗生離死別之苦痛，她重活一回，也不是為了再次落入他魔掌的。為什麼事情的走向會變成現在這樣？

顧嬋不笨，只是經的事少，又有點較真，陷在自以為頂大的困局裡兜圈子，不知所措地揪著散落一地的衣服往身上胡亂纏裹。

韓拓眼角餘光瞥見了，忍不住道：「快起來吧，地上濕冷，穿濕衣服也不好，當心生病。」

什麼都沒看見怎麼知道她潑灑了水，怎麼知道她濕了衣裳，怎麼知道她坐在地上？

顧嬋今日連番受挫，到此時已經承受不住，嚎啕大哭，幾乎崩潰。

韓拓十分無奈，他之前說她年紀小，不過是給兩人共騎找個適合的藉口，眼下看來她確實還是個沒長大的女娃娃，愛哭鼻子，又完全不會照顧自己。

他揉揉額角，扯過榆木衣架上的白棉布長巾，邁開步子走過去把她裹住橫抱起來。

顧嬋掙扎，可惜力氣不如人，全都白費，最後被他放坐在方桌上，兩條光裸的腿從桌沿垂下。

一瞬間，在鳳儀宮那些夜晚的記憶全部洶湧地噴薄而出，搖曳的紅燭，晃動的人影，還有吱呀作響的……

對顧嬋來說，這些並不愉快。

大婚之初，韓拓有一段時間幾乎沒一夜肯放過她，後來不能再行事，那也是因為她的身體支撐不了。顧嬋曾惡意揣測，大概他覺得用元帕刺激得姨母中風並不足夠，還想令自己有孕好氣得她一命嗚呼，因此才這般辛勤耕耘……

她對韓拓的瞭解其實很少，僅有的那麼一丁點還都是基於敵對的心態，自然很容易就想到最壞的地方去。

韓拓傾下身，神仙似的面孔漸漸靠近過來。

驚嚇會令人哭泣，太過驚嚇則會令人欲哭無淚。顧嬋恐懼地瞪大雙眼，抽噎地看他，前世今生的界線混淆起來，只剩下不住地扭動踢打。

「別亂動。」韓拓按住她膝上一寸的位置，觸手一片柔膩，另一隻手伸在她身後，從隨身的包袱裡抽出一套白綾中單。「去把它換了。」

顧嬋曉得自己又誤會了，癟著嘴低下頭不敢看他。

韓拓目光落在她腳上，肌膚細白如脂，腳趾圓潤可愛，趾甲是花瓣一樣的淡淡粉色。他再瞥一眼不遠處屏風旁浸泡在水裡的青緞粉底小朝靴，暗自嘆一口氣，手伸過她腿窩，又將人抱起來。

顧嬋這會兒乖順得像隻小貓，任由他把自己抱到床上放好。

「把衣服換了，好好睡一覺，我會安排送妳回家的。」韓拓一邊說，一邊揉了揉她頭頂，如同安撫一個幼童。

她靠在床頭，他坐在床沿，面對著面，輕聲細語，顧嬋很熟悉這樣的情景，前世裡最後那段時日，他探她病時，都是這般。

顧嬋向來很怕他，第一面就見到他揮刀砍下人頭，血濺當場，因而總覺得他是個暴戾的人，稍不順意就會要打要殺。如今隔了一段時光再回想，似乎又不完全是那樣。他對她其實並不算差，甚至可以說得上好，為她請來神醫治病，一心盼著她康復，最後不治時的憤怒、失望也不似假裝。這樣一想，添了些許溫情，人也就顯得不那麼可怕，反而親近起來，於是她大著膽子說：「王爺，我不想回家。」

韓拓不解，皺眉問：「為何？」

顧嬋將前因後果仔仔細細講述一遍，除了重生之事，其餘皆如實沒有半點隱瞞。「可否請王爺幫我找到潼林？」

「妳是否想過，也許他找不到妳，現在已經回家求援了。」他陳述一種可能。

「想過的，」顧嬋點頭。「可我還是希望能找到蕭神醫……」

她細聲細氣，說到半途沒了聲音，逃家之事可一不可再，不管是她還是潼林，回到家中就別想再出來，禁足受罰她不怕，只是娘的病要怎麼辦？

韓拓盯著她胸前紅繩上垂掛的羊脂白玉觀音墜，沈默一息，道：「我會幫妳打探他行蹤，若是他沒有回家，便將他帶來與妳會合。還有，不管是否能找到他，本王都會陪妳上路，一直到將蕭鶴年請回幽州為止。」

顧嬋喜出望外，即使她見識不廣，也清楚韓拓的能耐比潼林大得多，他肯相助，必定事半功倍。先前還有些擔憂，萬一潼林已經回家去，她自己上路，不知還能不能順利找到蕭鶴年，如今是一律不需發愁了。

高興歸高興，她並未忘形。「王爺這般盛情相助，小女不勝感激，他日若有機會，我定全力回報。」

韓拓勾起唇角，爽快道：「他日之事，他日再算。眼下我有一事待辦，且需妳助我一臂之力，待此事妥當，我們即刻啟程前往任丘。」

顧嬋有些猶豫，畢竟時間不等人，娘的病拖不得太久。

「不知王爺的事情需辦多久？」

「少則一、兩日，多不過三、五日便能解決。」

她計算時日，應是沒有問題，便笑應了。

事情說定，心安穩下來，便生出好奇，她不由打探道：「王爺要做何事？我可以幫你什麼？」

韓拓只道：「妳無須知道太多，只管聽我安排便是。」

又囑她換下濕衣，好好睡覺，繼而起身，放下幔帳。

顧嬋撇嘴，同樣意思的話她才從潼林那裡聽過沒多久，他那時也說得口響，結果呢……

折騰了整夜，到底困倦，雖則思緒滿腔，卻很快進入了夢鄉。

這一覺睡得香甜，顧嬋醒來後，支著手臂伸過懶腰，從幔帳裡探出腦袋望一望，韓拓不在，室內靜悄悄的。

窗外紅日高照，看光景已過了晌午。

抹胸和褻褲昨夜被她丟在床腳，此刻已經陰乾了，她拽過來換好，這才掀開幔帳，跳下床去。

炭爐裡的火早熄了，榆木衣架被挪到爐前，上面掛著顧嬋昨日穿的那套男裝。

她赤著腳連蹦帶跳地過去，衣服是烤乾的，摸上去還能感受到暖烘烘的溫度，又見靴子也在一旁，就取過一併換上。
客棧房間簡陋，連妝檯也沒有安置，幸好盆架上的臉盆裡有水，她以水為鏡，簡簡單單梳了個男子髮式。
梳洗打扮妥當，韓拓依然不見蹤影。
顧嬋坐在床上，百無聊賴地晃蕩著雙腳，邊等韓拓回來，邊興致勃勃地猜測，不知他究竟會需要自己為他做些什麼。
被人需要的感覺很好，但還不至於令顧嬋飄飄然忘記自己的斤兩，韓拓那樣殺伐決斷的一個人，自己能幫上他什麼？
猜來猜去猜不透，肚子卻咕嚕叫了起來。顧嬋揉著肚子站起來，打算下樓吃點東西，走到門口突然記起韓拓昨晚的話來。
黑店她是曉得的。前世裡，在宮中生病的那段日子，為了打發時間，她看了不少坊間流傳的話本子，其中有一本講過，在通往西域的必經之路上，大漠黃沙之間，有一家客棧，老闆會在飲食中下迷藥，半夜裡把昏睡的客人送到後廚，端出來就變成了香噴噴的人肉包子，還有片烤人腿肉……
想到這兒，顧嬋將已經碰到門扉的手收了回來。
韓拓到底去哪兒了，不是說擔心她一個人在房間有危險，所以不能避開嗎？為何這會兒又不見人影？
顧嬋悶悶不樂地坐到桌前的條凳上，飢腸轆轆，一聲響過一聲。

不多時，門吱呀一聲被推開，韓拓走了進來，身上穿的還是那件黑狐裘大氅，手裡拿著個同他人不大協調的靛青印花布包。

「給妳的。」他將包袱遞過。

顧嬋打開一看，包袱裡是一整套女子衣衫，桃紅撒花裙，鵝黃彩繡牡丹短襦，櫻色對襟比甲，桃紅妝花錦鍛滾兔毛邊的斗篷，還有一雙木底繡花鞋。

原來是去為她買替換衣物。

他這樣體貼，顧嬋十分感激。不過，她心裡記得出行前潼林交代的話。

「我還是穿男裝吧，出門在外的，行動方便，又不惹人注目。」顧嬋一股腦兒將男裝打扮的好處轉述。

本以為韓拓定會通情達理，誰知他哼道：「本王的馬上不載男人，女扮男裝的也不行。」

顧嬋滿心的不以為然。「昨晚穿的就是男裝呀。」

韓拓卻不鬆口。「那是三更半夜，荒山野嶺沒人看得到。從今兒起，咱們少不了白日裡穿州過鎮，讓人看到兩個男人共乘一騎，實在不像話。」

顧嬋一時不能領悟，兩個男人共乘一騎不像話在哪兒，她覺得至少比一男一女同騎來得好。

人與人相處的道理大概是這樣，你進我退，我進你退。昨晚顧嬋頓悟了韓拓不但沒傷害過她，還一直對她很好，如今他又主動提出幫她，所以面對他時，她也就多出了討價還價的膽量。

「不如王爺幫我雇輛馬車吧，坐在車裡有簾子擋著，左右沒人看得見我是男是女。只是現在我身上沒有銀子，王爺先記著帳，等回到幽州後我再連本帶利還給王爺。」

顧嬋認為這是再好不過的辦法，對外免除了旁人的非議，對內也解決了兩人之間的尷尬。

可惜韓拓完全不領情，他先是斬釘截鐵地拒絕道：「馬車行程慢，事情緊急，耽誤不起時間。」後又輕飄飄地補上一句。「再說，坐馬車，妳不怕舊事重演嗎？」

顧嬋被他揶揄得紅了臉，張開嘴想說什麼，話還沒出口，就聽他說：「不是說好了都聽我安排嗎？如果妳不聽話，事情就算了，現在就安排送妳回幽州去。」

這便是赤裸裸的威脅了。

顧嬋不服氣，但到底有求於人，生怕再說下去韓拓真的變卦，只好依言將衣服換過。適才梳的男子髮式也要改掉，她將頭髮拆散披下，分成兩股在頭頂盤起，梳成了小女孩的包包頭。

打扮完畢，顧嬋自覺很滿意。小鎮買來的衣服質料自然不會多好，不過，鮮亮的顏色剛好襯她白皙的皮膚，包包頭顯得年紀小，大約也能等同於男裝不惹人注目的效果。

韓拓顯然也很滿意，唇角勾起，眉梢眼角都透出笑意。

「過來，」他對她招招手，將她叫至身前，從腰間荷包裡掏出一樣東西。「把這個戴上。」

那是一對珠花，做成茶花模樣，翡翠雕葉，粉紅碧璽的層層花瓣，花蕊各用五顆金黃珍珠攢成。

顧嬋見識過不少好東西，因此一把珠花拿上手，就看出這樣名貴的材質和精湛的手工不應是出自小鎮。她好奇地掂量，發現珠花底部刻了北斗七星，這是京師天字一號首飾鋪子摘星閣出品的首飾才有的特殊標記。

堂堂靖王爺，為何隨身帶著一對珠花？該不會是他準備送給心上人的禮物吧？

顧嬋猜來猜去，覺得唯有這個答案最合理。他千里迢迢地從京城帶回幽州，本是多珍貴的心意，收禮的姑娘得多高興。雖然他沒有別的意思，只是好心，暫時借給自己，到時候意義可就完全不同了。男人粗心不懂，她得提醒他。

「王爺這樣做不合適。」顧嬋把珠花推回去。「送心上人的禮物不能借給旁人，姑娘家最忌諱這樣了。」

韓拓臉上笑意斂去，瞇著眼，生硬道：「讓妳戴妳就戴，要是不聽話……」

不等他說完，顧嬋已將珠花簪好。只是她人氣鼓鼓的，委屈得不得了。

又威脅她，不識好人心，看以後誰還管他……

初春日短，待兩人用過飯，整裝出發時已濛濛黑。太陽隱去烏雲背後，空中飄起細碎的雪花，他們頂著風雪趕路。

白蹄烏是千里神駒，可惜為了照顧顧嬋，韓拓特意放緩了速度，沒能讓牠一展雄風。

月上中天時，被一條河阻住了去路。

那河寬約三丈，近河岸處的河水結冰了，通往對岸的木橋已損毀，放眼看去也不見渡口。

顧嬋疑心韓拓走錯了路，又覺得這樣烏龍的事情不應當發生在他身上，於是裹著斗篷不作聲。

韓拓倒很從容，策馬掉頭，往回不過一刻鐘，來到一間廟前。

廟很小，進了山門，只一進院落，而且年久失修，白皚皚的雪光下，能看見屋頂積雪中鑽出半人高的雜草，左配殿塌了半邊屋簷，右配殿的破子欞窗（注）顫巍巍半懸著，似乎隨時都會掉下來。

韓拓在大殿裡生了火，用樹枝串了從客棧買的包子在火上烤熱。

顧嬋坐在火堆旁取暖，吹了一路寒風，她這會兒又冷又餓，早把人肉包子的典故忘在腦後，一口咬下去，皮薄餡大，還淌著汪汪的油。她滿足地舔舔嘴唇，再見到潼林時一定要和他分享，原來靖王不只行軍打仗出色，還有隨時隨地能把一切安排妥當周到的好本領。她這樣想著，再看韓拓時目光中便滿滿的全是崇拜之情。

顧嬋長了一雙水汪汪的大眼睛，柳眉芙面，瓊鼻小嘴，臉頰上還有一對可愛的梨渦。被這樣一個嬌憨甜美的小姑娘崇拜，是非常能滿足男人虛榮心的事情，不過韓拓是誰，他可不

注：破子欞窗，直欞窗所用欞條，將方形斷面的木料沿對角線斜破而成，即一根方欞條破成兩根三角形欞條。

會因此忘形，不顧正事。

「還冷嗎？」見顧嬋吃飽了，他出聲詢問。

顧嬋嗯一聲。「還是有些冷。」

說完又後悔，覺得不夠禮貌，他已經做得那麼好，自己不應當再挑剔抱怨，連忙找補道：「比剛進來時好多了。」

韓拓溫和一笑，站起來，走到顧嬋身側，脫下大氅披在她肩上。

顧嬋感動得想落淚，連忙推讓道：「別這樣，王爺也會冷的。」

人心肉做，這一瞬間，她為自己過去所有對韓拓的惡意揣測感到慚愧。

「等會兒不論我做什麼，妳都要乖乖配合，這就是妳能幫我的事情，知道了嗎？」韓拓附在她耳邊輕聲道。

顧嬋下意識地點頭，下一刻，她便被韓拓猛地拉了起來，緊緊摟在懷裡。

顧嬋個子嬌小，尚未及韓拓肩膀高，她的臉正好貼在韓拓胸前，目瞪口呆地聽著他沈穩有力的心跳聲。

在顧嬋能反應過來之前，韓拓已換了姿勢，攬住她的腰把她往後推，兩人纏在一起，他進她退，不過兩、三步距離，便將她抵在神案上。

韓拓的面孔壓過來，顧嬋偏頭躲閃，見到西首的夜叉爺，怒睜二目與她對視。

顧嬋心中一驚，連忙調轉目光，如此，便對上上首供奉的東海龍王，人身龍頭，龍目閃閃，口中獠牙尖利斜出。火光忽明忽暗，映照得韓拓也如同妖獸一般令她毛骨悚然。

如果顧嬋足夠敏銳，也許會察覺到事情不對勁的地方，可惜長期安逸的生活只會使人怠鈍，所以她並沒有。顧嬋想起的是前世大婚那一夜，在鳳儀宮，韓拓以同樣的姿勢將她推躺在龍床上。

那時候，顧嬋不敢反抗他，因為宮中禁衛森嚴她無處可逃，也因為他用父兄要脅她，可現在不一樣，門外是廣闊天地，她也沒有任何親朋落在他手中。

顧嬋幾乎拚盡全力地踢在韓拓腿上，推開他便往外跑。

「璨璨，別出去！」韓拓在她身後喊，她一腳正中他腿骨，疼痛之下行動略緩，來不及第一時間抓住她。

顧嬋哪裡會聽，面前就是殿門，跑出去可以搶走他的馬，馬兒腳程快他追不上，她自然獲得安全。

勝利就在眼前，驚慌與興奮交織，顧嬋完全忘記了自己不會騎馬，也無暇注意到韓拓不應當知道她的小字。

然而，門外的世界並不如她想像中那般美好。

雪大起來，似撕碎了冬被，羽絲棉絮漫天飛舞。

白毛毛的雪中不知何時出現了一排十幾個蓑衣人，皆是身材異常高大壯碩，頭戴斗笠遮住臉孔。

當中一人從蓑衣下抽出彎刀，亮出泛著凜冽寒光的鋒刃。

他持刀高舉向天空，頭上斗笠隨動作跌落，露出神情凶悍的寬闊國字臉，大如銅鈴般的雙眼惡狠狠地盯住顧嬋，操著不甚流利的漢語高聲道：「今夜誰取下靖王首級，便可最先享用他的女人。」

顧嬋驚呼一聲，轉身往回跑，有人比她動作更快，從背後捉住她，抓住她肩頭的衣服像老鷹捉小雞般將她拎起。

韓拓已步出大殿，大氅被北風吹鼓，更顯得他身材頎長，身姿挺拔，翩然若仙。

眾人迅速向他圍攏過去。

紛亂的飛雪中有更多人影在晃動，手持兵刃身穿黑色戰袍的兵士從四面八方湧來，瞬間將蓑衣人圍堵。

這場突變令人措手不及。

顧嬋從裝扮上認出那是韓拓旗下的玄甲軍，是皇上允許藩王擁有的近衛，可由藩王自行招募，是他們的心腹，也是他們的死士。韓拓攻陷京師時，帶入皇宮的就是這一支隊伍。

那腔調奇怪、不流利的漢語再次響起，語氣裡帶著不曾掩飾的憤怒。「中原人，狡猾，陰險。靖王，這是你設下的圈套。」

韓拓嗤笑。「烏爾術，你從曲阜開始，暗中跟蹤我至此處，打算做的事情又光明正大在哪裡？」

烏爾術對他的話不以為然，理直氣壯道：「我要取你人頭，祭我父兄、還有我韃靼在擒孤山戰死的數千勇士。」

韓拓語氣更加輕蔑。「在戰場上打不贏我大殷將士，就只會出暗殺這種下三濫招式？怪不得被你二王兄搶去汗位。」

顧嬋聽著他們的對話，與韓拓相遇後這一天兩夜的事情串連起來，有什麼在腦海呼之欲出，似乎將要觸到謎底，但她來不及細想，冰冷的刀鋒已抵上頸間。

烏爾術不受激，陰森森道：「廢話少說，叫你的人放下武器，束手就擒，否則我便殺了她。」

韓拓站在大殿前的石階上看過來，目光比刀鋒還冷。「你還是殺了她吧，左右不過雪地裡隨手撿來的玩意兒，沒什麼值得稀罕的。」

顧嬋不可抑制地顫抖，這樣的結果並非意外，他們不過相識一日，自然比不上與他出生入死的親信重要，也沒有資格讓他為她將自己置於危殆之中。

威脅不起作用，烏爾術拎著顧嬋將她轉過，從頭到腳地打量她，似乎在衡量韓拓的話究竟幾分真幾分假。

不過一刻鬆懈，已有冷箭破空而來，狂呼的北風遮蓋過箭聲尖嘯，毫無防備地，烏爾術被長箭穿胸而過，他跌倒，瞪大著眼睛不可置信。顧嬋隨之落地。

兩方人馬交戰起來，有人打算故技重施，越過重圍來抓她，幾番交手才勉強近身，到底失去耐性，明晃晃的彎刀舉起作勢劈下。

電光石火間，一個身影擋在顧嬋身前，她尚未看清來者何人，已被攬在懷中，鼻息間充盈著熟悉的氣息。

韓拓抱著她幾個騰躍，安全地回到大殿之內。

「能自己站著嗎？」他在她耳邊問。

顧嬋點點頭，接著便被他放下地來。

她受驚不小，落地時腿有些發軟，一時站立不穩，幾欲摔倒，慌亂中手攀上韓拓肩頭，只覺觸手濕熱，收回一看，竟然滿手殷紅。

顧嬋往韓拓肩上看去，黑色的大氅染血也不顯顏色，但能看出狐裘沾濕。「你受傷了？」

她想起適才那從高處劈落的彎刀，最終竟由他替自己擋去災禍。

「不要緊。」韓拓淡淡道。

不過片刻工夫鮮血便滲透了層層厚重的冬衣，怎會不要緊？

顧嬋執意要為他裹傷，衣衫一件件褪下，露出男人結實的手臂，還有肌理分明的胸膛。傷口在左肩下一分之處，皮肉翻開，猙獰可怖。

顧嬋心中酸澀，比自己受傷還要難過，淚花在眼中打轉，她死死咬住唇不准它們落下。傷處鮮血汩汩地往外冒，手帕才敷貼上去便被浸透，換一條又是如此。

韓拓看她慘白著小臉，躡手躡腳的模樣，心知她未見過這種陣仗，便叫她不要再管。門外打鬥聲已停，雙方人數太過懸殊，不過一盞茶時間已分勝負。

近衛長李武成帶了數名近衛進殿，順理成章接手為韓拓療傷。

顧嬋依舊試圖幫忙，可他們訓練有素，配合默契，她插不上一點空檔，什麼也幫不上，最後只能孤伶伶坐在角落裡垂淚。她不知道自己哭了多久，最後倦極，伴著木柴噼噼啪啪的燃燒聲，迷迷糊糊地打起盹了。

醒來時近衛們已經不在，大殿裡又只剩下她和韓拓兩人。

韓拓閉著眼，背靠神案，隨意地坐在地上，肩膊處已包紮妥當，裹傷的白棉布巾子上仍見得到血水滲出。

顧嬋以為他睡著了，可她輕輕一動，他便睜開了眼。

「過來。」韓拓喊她，順手拍了拍身側的蒲團，示意顧嬋坐到他身旁。

第三章

顧嬋小心翼翼地走近前去，拖著蒲團向後斜退，繞過火堆坐在韓拓正對面。

兩人隔火相望，一時無話。

韓拓未將上衫穿回，大剌剌袒露著上身。顧嬋不敢多看，低下頭去。

靜默一陣之後，韓拓開始講述今晚之事的來龍去脈。

七月裡韃靼犯境，韓拓率軍應戰，在擒孤山將敵軍重挫。臘月班師回朝，進京獻俘，留在京中出席了皇室新年的家宴才離京。在此期間，韃靼老汗王病逝，因原定為繼承人的長子在今次戰役中陣亡，餘下的數位王子為爭奪汗位幾乎到了你死我活的地步。那烏爾術排行第四，在輸給汗王二子烏其勒之後並不服氣，便想出刺殺韓拓的主意，以期為自己增添反敗為勝的籌碼。

韓拓離京後收到探子密報，得知烏爾術喬裝改扮帶了一隊人馬進入大殷境內，欲對自己不利。於是一路留心，直至曲阜時開始發現有人跟蹤的痕跡。韓拓索性將計就計，假扮自己因事離開大隊，孤身前行，實際上由李武成帶著玄甲軍暗中跟隨調查，只等烏爾術一行現身之後再行襲擊。

可是烏爾術實在太過謹慎，眼看已進入幽州府地界，他仍不肯現身，韓拓擔心禍及百姓，不欲將這個隱患帶入幽州城中，又正巧撿到了顧嬋，今晚便巧做安排，假意扮作意亂情迷，果然引出了在暗中窺探的烏爾術等人。

斷橋與廢棄的龍王廟，都是李武成日間踩過點、安排好的地方，昨晚入住平川鎮，也是看中那裡居民剽悍，不至於被自己連累。

顧嬋聽完，靜靜琢磨一陣，問：「王爺，如果我剛才沒有跑出去，你是不是就不會受傷了？」

她是個有些過於善良的姑娘，總是希望每一個人都能好好的，見到誰吃苦受罪都會心生不忍，更何況別人因她而受傷，她的良心實在過意不去。

韓拓聽到她的問題，眼光變得十分柔和，連聲音也輕柔起來。「不怪妳，是我大意了，我應當事先同妳說清楚。」

碰到男人對自己又摟又抱，正經人家出身的姑娘當然是躲之不及，他不應當以為一句話，便能讓她乖乖由自己處置。但顧嬋為了他受傷之事傷心難過，他都看在眼中，要說不感動絕對是假的。

韓拓對她招手。「過來，坐這裡。」說完，順勢指了指自身右側的空地。

顧嬋猶豫地將蒲團推了回去，仍舊打算跪坐著，誰知還未坐穩，已讓韓拓長臂一展，將她攬進懷裡，臉頰貼在他胸前熱烘烘的肌膚上，她自是掙扎起來。

「別動，我冷。」韓拓的聲音從她頭頂傳來。

冷就穿好衣服，抱著她做什麼？她又不是湯婆子。

顧嬋兀自扭動不休，還伸出手來推他。

韓拓「嘶」一聲輕呼。「嬋兒，我傷口疼。」

這句話戳中顧嬋的軟肋，以為剛才掙扎時不小心觸碰到他肩傷，乖乖停下了動作，不過還是使勁蹭著他的胸口想將頭抬起來查看。「那你放開我，我去叫他們回來，再幫你看一看。」

她剛才見到李武成那些人身上都帶著傷藥，說不定也有能用於止痛的。

韓拓摟著她的手臂緊了緊，輕飄飄道：「不用，讓我抱著妳睡一會兒就沒事了。」

原來是裝可憐占便宜，顧嬋又羞又惱，再次掙扎起來，但到底顧忌他的傷，推他的手不敢往上，只能向下去，結果碰到了不該碰的地方。

顧嬋一下子僵在那裡，不知該作何反應。

作為前世與韓拓圓過房的顧嬋，她自然知道那張牙舞爪的物件是什麼，可真正十三歲的顧嬋，是不應該也不可能有任何途徑知道的。

她要怎麼做？是裝作什麼都沒有發生，不著痕跡地挪開手，還是故作純真好奇地追問？後者她自問做不出，前者……真的是一個不解人事的小姑娘碰到這種情況時正常的反應嗎？

正為難著，韓拓突然握著她的腰把她往上提了提，顧嬋的手自然就離開了那令人尷尬的東西。

其實，真不能怪韓拓無恥。他是正常的成年男子，身體健康沒有隱疾，受傷後失血過多，精神不濟，自制力變弱，這時候美人在懷，貼得那麼緊，他都能感受到她兩顆蜜桃起伏的形狀，而且美人還不斷掙扎，肌膚相貼磨蹭……

怎麼可能不起火？

顧嬋被韓拓的「無恥」嚇住了，下巴抵在他右肩窩上，全身上下除了那對眨巴著的大眼睛之外，哪裡都不敢再動。

韓拓將頭埋在顧嬋頸間，輕輕親了親她白嫩嫩的脖子，惹得顧嬋一陣顫慄。

「別怕，」他喑啞著嗓子安撫道。「我會娶妳的。」

顧嬋搞不清楚到底發生了什麼事情，以至於韓拓對她的態度會發生這麼大的轉變。原本聽他講述暗殺的事情時，還以為他今晚對她的親近，完全是為了迷惑敵人，但現在看來顯然不是。

「王爺……」顧嬋叫他，一面組織著語言，試圖與他再談一談。

回應她的是韓拓平穩綿長的呼吸聲。

他，已經睡著了。

雖然身居廢廟，韓拓這一覺卻睡得極為舒暢，他甚至作了一個美夢。

夢裡車輪轆轆滾動前行，忽而吱嘎一聲停住，車簾掀起，內侍徐高陸探進頭來。

「殿下，天雨路滑，前面有輛車車輪滑下路基，阻住了去路，還請殿下稍待片刻。」

韓拓順著簾布挑起的縫隙看出去，果見前面一輛馬車歪斜地半倒在路旁，一隻輪子懸出路外，車前套的老馬橫在路中央，一位綠衣石榴裙的少婦「嘚嘚」地打馬拉車，車側有位粗布衫大漢弓著腰推車，奈何官道路基高築，車輪懸空借不上力，任憑馬兒嘶嘶噴氣，大漢嘿嘿用力，「救車」的行動始終得不著進展。

「去幫一把。」韓拓淡淡道。

他在從京師去幽州府就藩的路上，車後跟著一隊侍衛。

徐高陸傳令過去，數個侍衛一擁而上，他們年輕力壯，又經過訓練，呼著號齊齊施力，馬車便被抬起，再往前一推，輪子穩穩當當地站在了青石路磚上。

大漢領著少婦向眾人道謝的當下，他身後車簾靜悄悄掀起一角，鑽出一個粉妝玉琢的女娃娃，約莫四、五歲年紀，穿桃紅百褶裙和鵝黄對襟褙子，雙丫髻上簪一對茶花形狀的珠花。她黑葡萄似的大眼骨碌碌轉兩轉，打量一下四周，小嘴一張哭了起來。

少婦變了臉色，忙不迭過去把人抱起來哄，女娃娃卻不停捶打她，嘴裡還嗚嗚咽咽地喊著娘。

「哭哭哭，就會哭，妳個喪門星！」大漢可沒那麼好脾氣，揮起手掌便打。

徐高陸突然輕聲驚呼。「殿下，事情不大對，那孩子看著像是永昭侯家的孫小姐。」

韓拓瞥他一眼。「你確定嗎？」

即使徐高陸不說，韓拓也看出不對勁，那女娃娃身上的衣服質料上乘，眉目間氣質不凡，看起來出身非富即貴，而那對男女都是窮人家裝扮，再看那馬車，車廂上的黑漆已經斑駁不堪，怕是整輛車連著這二人全身上下的衣服加起來，價值還不夠買女娃娃裙子上的銀絲繡線。

「新年的時候，永昭侯家的三奶奶帶著兒女進宮給皇后娘娘拜年，當時皇上還特意過去看了那對龍鳳胎，直誇漂亮得跟觀音大士座前的金童玉女似的，這還沒過一個月呢，奴才不會認錯的。」

徐高陸本是在元和帝身邊伺候的，因韓拓離京就藩，元和帝特意將自己身邊的人賜下照顧兒子。

韓拓思索片刻，才低聲吩咐徐高陸將人抱回來，然後便放下簾布，閉目養神，不再理會外間動靜。

一盞茶時間後，徐高陸果然將女娃娃抱回車上。

原來那對農家夫婦一直不育，今日在京郊的人牙子手上用五兩銀子買了個孩子。

女娃娃哭花了一張臉，見到韓拓卻不認生，對他伸出雙臂，紅潤潤的菱角小嘴裡不停念叨：「抱抱，抱抱……」

聲音嬌軟，聽得人心軟，連自認鐵石心腸的韓拓都有些不忍拒絕，可他還沒來得及回應，就聽她又道：「姨丈皇上……」

原來是將他認作了元和帝。

韓拓面孔一板，嚴肅道：「我不是妳姨丈。」

女娃娃咬著手指看他，明顯深深困惑。「那為什麼長得一樣？」

元和帝的幾個兒子裡，韓拓長得最像他，不過就是再像，十六歲的少年，又怎會同四十幾歲的成年男子一模一樣，只是小女孩心智未開，分不清楚而已。

「我是韓拓，是妳姨丈的兒子。妳叫什麼名字？幾歲了？」韓拓幾乎沒有和小孩子相處的經驗，自以為十分溫和，其實聽起來仍是泛著冷意。

女娃娃倒不怕他，嗲聲嗲氣地答：「我叫璨璨，唔……」扳著手指數一數。「今年五歲了。」

她說完，歪了歪頭，流利地唸出一句詩。「元夜良宵月嬋娟，火樹星橋華燈璨。祖父說我的名字是從這首詩裡來的，所以，我還叫顧嬋。」

韓拓嗯一聲表示知道了，下巴對旁邊一揚。「不許哭了，去那裡坐好。」

馬車上一共三排座位，韓拓坐在正對車簾的首座，兩旁側座都空著。

五歲的顧嬋小朋友很聽話，吸著鼻子爬到右側座位上坐好。

藩王離京後，不得擅回，所以韓拓只能帶著她同行，另外派了一名侍衛去永昭侯府報信。

馬車又行進起來。

顧嬋在顛簸中點著頭，開始打瞌睡。韓拓由得她去睡，自己拿出一本書打發時間。

忽聽「咕咚」一聲，睡夢中的顧嬋從座位上摔了下來。這一摔自然醒了，她趴在地上，咧開小嘴眼看又要哭。

韓拓忙道：「不許哭，可摔到哪兒了？」

五歲的小娃娃哪裡懂得檢視傷勢，顧嬋癟著小嘴，懵懵懂懂地看他，想哭不敢哭，明亮的大眼睛裡蓄起淚水，一閃一閃像盛載了滿天繁星。

韓拓無奈地揉了揉額角，拎著顧嬋背上衣衫將人提到膝上放好，摸著她手腳關節問：

「疼嗎？」

顧嬋搖頭。

看來沒傷著，為了穩妥起見，韓拓又問：「那覺得身上哪兒疼嗎？」

顧嬋伸出白嫩嫩的小手指著右頰。「璨璨臉上疼。」

她白瓷般的小臉上鼓起紅腫的指痕。

韓拓吩咐徐高陸取來藥膏，細細地給她塗上。抹完擦手時，才發現她拱在他懷裡睡著了，兩隻小短手緊緊圍在他腰間。

因有了剛才的經驗，怕她再摔一次，所以韓拓沒把她放回座位上，就那麼放任她摟著自己。

初時，韓拓很不習慣這樣肢體接觸的親近，他是宮人帶大的，對別的孩童來說稀鬆平常的摟抱撫慰，他從未得到過。不過，小姑娘身嬌體軟，還帶著果子般的芬芳，如蜜橘鮮美，又如枇杷甘甜，令人神怡，他也就慢慢地不再抗拒，反而伸臂虛扶在她背後，以免她被顛下去。

夜宿驛站，自是安排丫鬟為顧嬋洗澡，哄她睡覺，可她哭鬧不休，韓拓聞訊過來探視，顧嬋一見他就抱住他腿不撒手，哭得嗓子都嘶啞了。

丫鬟們也跟著哭，跪了一地請罪，連連解釋並沒有對她不盡心、不周到。

小孩子鬧起脾氣，根本沒有道理可講，最後是韓拓答應陪她洗澡，還要陪她睡覺，總之是一步也不能離開她，才作罷。

三日後，永昭侯三子顧景吾追上大隊，來將女兒接回。

顧嬋見到爹爹很是開心，待清楚得知跟著爹爹走，就得和這個長得像姨丈的哥哥分別，嘟著小嘴糾結不停，她兩邊都不捨得，左右為難，想不出辦法，一著急就掉眼淚，賭氣把自己關在房間裡不肯出來。

韓拓已經是個很稱職的「保母」了，自動自覺去哄。「璨璨還小，小孩子都要和父母在一起。」

顧嬋聽得明白，卻不甘心。「那我長大了可以和你在一起嗎？到時候你再陪我睡，給我講你打仗的故事。」

韓拓知道她什麼都不懂，耐著性子解釋男女有別，等她長大這樣更不適合。

小姑娘出奇地執著，一定要他想出辦法令這樣的陪伴合情合理。

「我懂成親呢！」顧嬋開心極了。「姑姑同姑丈也是成親呢，他們還交換了聘禮和嫁妝。」

韓拓記得永昭侯府年底時辦過喜事，想來她人雖小，卻也不是那般懵懂，終於鬆一口氣。

誰想，她摘下雙丫髻上簪的珠花塞給他，咯咯笑著，奶聲奶氣道：「這是我的嫁妝，是爹爹從摘星閣裡買給我的呢。你要還我聘禮。」

韓拓愣了愣，揉著額角，顧景吾已派人過來催過兩回了，再拖下去不成事，為了哄走她，他只好取下隨身佩戴的白玉觀音墜，掛在她頸上，學著她的腔調。「這是我的聘禮，也是我爹爹送的，妳要收好了。」

顧嬋心滿意足地隨著父親離去，車輪轆轆中，韓拓睜開眼睛，唇角仍噙著笑意。

晨曦穿透破子欞窗，溫暖地照進殿內，他懷中已空，顧嬋裹緊斗篷隔著火堆睡在對面。

他輕輕地走到她跟前蹲下，愛憐地撫摸她睡得紅撲撲的小臉。

韓拓生母早逝，父皇為了補償，對他很好，可越是這樣，寧皇后就越是忌諱他。有時候他覺得好笑，一個連外家都沒有的皇子，居然也能被東宮嫡系當作威脅。但皇宮中趨炎附勢之輩太多，如同吃飯睡覺般平常，即使皇后是毫無道理的猜忌，也不妨礙眾人隨之對他冷落欺侮。

大殷的皇子不論封王早晚，皆在大婚後才會離宮開府，百來年間俱是如此，唯有他初獲戰功後，寧皇后已容不下他繼續留在宮中，婚事無人提，卻不妨礙他十五歲封王建府，十六歲便遠赴幽州就藩。

韓拓不會傻到把五歲孩子的許婚當真，眼前的姑娘顯然也早已將往事忘記。但事情那樣巧，他怎樣也想不到竟能再撿到她一次。

一想起她坐在雪地裡稚弱無助的樣子就覺得有趣，荒郊野地裡，從馬車上脫難下來，居然連包袱和銀兩也不知道拿，只知道緊緊抱著個沒有用處的手爐。再想，卻感動於她對母親的一片心意。

他也想要一個人，會為自己的安危憂心，甚至會不顧一切的努力。他不需要她真的為他做什麼，他只是想要那樣一個人在身邊。

一個人獨行太久，他早已習慣，並不覺孤寒，可趨近溫暖是人的本能，顧嬋便是那冰冷的京城裡令他懷念的最後一點暖意。

這一次，他不打算放手。

韓拓將昨晚跟隨至龍王廟的玄甲軍兵分三路。

一路跟隨他前往任丘尋找氣死閻王蕭鶴年；一路由李武成帶領去尋找顧楓，若顧楓並未回到顧家，則將他領來與顧嬋會合；最後一路，也是絕大部分人馬則返回幽州大營待命。

安排妥當，各自出發。

顧嬋不會騎馬，即使多出了烏爾術一行人留下的馬匹，仍舊得與韓拓共乘一騎。

從走出大殿到拴著馬的白樺樹前，短短一段路，韓拓注意到顧嬋猶豫不安地看了他好幾次，每次都是檀口微啟復又緊緊抿住，明顯欲言又止。

「怎麼了？可是有話要同我說？」走至白蹄烏前，韓拓率先問道。

顧嬋咬著唇瓣，半晌，像下了極大決心似的開口。「王爺，我……我不想嫁給你。」

韓拓聞言輕笑，揉著她頭頂安撫道：「好，我知道了。」

言畢，伸臂至她腿窩，將她打橫抱起送上馬背。

顧嬋難以置信，對於她的拒絕，韓拓就這樣雲淡風輕地揭過了？是否他本來也只是隨口說說，根本沒有當真打算娶她？

虧她糾結了一個早上，不知道應不應當同他講清楚。若說了，怕他惱羞成怒，將她丟棄在半路。畢竟，他們談好的交易是互相幫助，而昨晚，她不但沒幫上忙，還添了麻煩，若他毀約也是情理之中；若不說，或待尋到蕭鶴年後再說，又有利用之嫌。到時若承他情更多，不但更難開口，怕他也不會善罷甘休。

顧嬋放鬆了心情，長吁一口氣，看來是她想太多了。

韓拓躍上馬背，坐在顧嬋身後，帶傷的左臂攬在她身前，右手持韁，策馬向東方初昇的朝陽前行。

她現在不願意嫁給他，一點都不令人意外。韓拓也不會因為顧嬋一句話就改變主意。要娶她，最簡單最直接的辦法是請元和帝下旨賜婚。可，現在韓拓不想這樣做。

他不想逼她，她還有兩年才及笄，他有大把時間、大把機會讓她回心轉意，心甘情願地嫁給他。

兩日後，正月十九，顧嬋一行人到達了目的地。

任丘位於河間府境內，是個縣城，不大，卻很繁華。

因顧嬋不清楚蕭鶴年實際住處，他們進了城便先往醫館打聽。誰知走訪了城內兩間醫館、三間藥鋪，不論是本名蕭鶴年還是別號氣死閻王，均無人知曉。

這有些出人意料，尤其是顧嬋，她明明記得蕭鶴年親口說過，他識得韓拓不足兩年，從前都在老家任丘居住。如今這般不知出了什麼差錯。

韓拓又帶著她去了南北雜貨行與鏢局，想著這兩處中人走南闖北，消息或許更靈通，可結果仍然令人失望。

眼看紅日西斜，眾人便先住進了客棧。

河間府屬於靖王封地範圍，但為了不引起不必要的麻煩，韓拓一路微服，進城使用的路引也是另備，並未亮明身分。

他一邊安慰顧嬋，一邊吩咐近衛林修帶印信去縣衙查找籍帳。大殷的戶籍政策十分完備，只要蕭鶴年此人曾在任丘居住過，不論時間長短，總會留有紀錄。

翌日是補天節，傳說中女媧補天拯救蒼生的日子，也是人們期盼來年風調雨順、農業豐收的節日。縣城裡大半居民務農為生，慶祝活動格外隆重。

辰時三刻，顧嬋與韓拓正在客棧二樓用早膳，忽聽窗外擂鼓震天。

開窗望去，只見客棧前庭廣場上圍滿人群，正中擺放九面大鼓，那鼓直徑足有丈許，由十六個身穿紅衣的健壯青年同時敲打，鼓聲淳厚蒼勁，有虎嘯龍吟之勢，亦有萬馬奔騰之威。

肩搭白麻巾的店小二以為他們是路過的遊人，上前解釋，這是今日慶典開始，接下來有一整天的節目，其中最精采，萬不能錯過的便是女媧出巡云云。

顧嬋望眼欲穿等著林修去縣衙調檔查戶籍的結果，根本沒有心思湊熱鬧，韓拓用幾錢碎銀將熱心的店小二打發了以圖清靜。

待到巳時，林修終於回來。

原來任丘確實有蕭鶴年此人，聽縣衙主簿講，是個不大受歡迎的人物，自稱是神醫扁鵲後人，還行走過南洋數國拜師學藝，曾在城中醫館掛單，但他性格怪異，不通人情世故，最喜當著病患挑剔醫館中其他大夫開方看診的錯處，因而得了個「討人嫌」的諢名，到後來甚至人人知他討人嫌，而不知他叫蕭鶴年。

即使這般，他行事也不收斂，最後讓兩大醫館的主人聯手趕出城去，寄居在城外十里的鵲王廟中已多年。

得了準信，他們立刻啟程，到了城門口，正碰上女媧出巡的隊伍也要出城。按習俗，女媧要巡遍縣內十數家村鎮，才能保佑來年萬物欣榮。

於是，出巡的隊伍、打算出城看熱鬧的百姓，各色車馬人流皆匯集在城門前，更別提還有從各處村鎮趕來等著進城的，雙向交錯，造成嚴重的壅堵。顧嬋一行人也只能排隊等候通行。

鑼鼓喧天中，三名黑衣衙差登上城樓，高聲宣佈關閉城門。

原來任丘轄下的舞陽鎮半月前爆發瘟疫，已有數十人死亡。因未能及時上報封鎖村莊，現已在附近各個村落傳染。為避免造成更大影響，知府下令方圓三十里內的村莊、城鎮皆需戒嚴。凡出現過病患的地方，皆嚴禁出入；暫無人患病處，則許出不許入。

突如其來的變故將節日的喜慶一掃而空，巡遊隊伍四散，紛紛向城內湧回，而原本只是打算進城湊趣的，這會兒為了保命，也試圖湧進城內，頃刻亂作一團。

韓拓向城門守衛問明鵲王廟與舞陽鎮不在同一方向，當機立斷帶顧嬋出了城。

十里路不過一刻鐘工夫便到，鵲王廟門前同樣舉辦著慶典，似乎全不受影響。

廟祝告訴他們，早在十日前，初次聽聞過往行商提起瘟疫之事後，蕭鶴年已動身往舞陽鎮救治瘟疫患者去了。而廟內住持在今日收到各處封城的消息之後，知道事態嚴重，也決定派出數名懂醫術的僧侶前去，午後便要出發。

顧嬋聽後，靜默片刻，忽向韓拓深深一福。「顧嬋感激王爺一路護送，接下來我可以與諸位師父結伴同行，無須再煩擾王爺，今日就此拜別，來日回到幽州再向王爺鄭重致謝。」

她此行目的是蕭鶴年，沒有理由此時無功而返，失去娘親的傷痛她不想再重來一次。但她不能要求韓拓等人陪她涉險，也不願他們的親人去品嘗自己曾經感受過的痛苦。

韓拓深深看她一眼。「治下百姓遭受重災，本王理應前往巡視。」再向身後林修等人吩咐。「你們不必同行，再次等候即可。」

言畢，根本不待顧嬋反應，便將她抱上白蹄烏，驅馬離去。

舞陽鎮此時守衛森嚴，臉蒙布巾的衛兵非常盡責，堅決拒絕放人進鎮。

韓拓不得已只能出示印信，表明身分。

靖王的到來，為萎靡近絕望的百姓們帶來鼓舞，但真正能夠救助他們的人還是妙手回春的醫者。

蕭鶴年在臨時搭建的茅草醫廬裡看診，還是顧嬋記憶中清瘦的模樣，穿著卻比那時落魄許多。

韓拓向他道明來意，不出意外的，蕭鶴年拒絕離開，即使韓拓許諾重金並另請名醫也不為所動。

「王爺若是有心，不如想辦法採摘龍潤草，以此物熬製的湯藥，正可醫治此次瘟疫。」舞陽鎮依山而建，龍潤草則生長在峭壁之上，平常人根本採摘不到，鎮中大夫曾是軍醫，習過武，身手靈活，偶爾冒險帶回。正巧蕭鶴年到達發現此物對症，原本已稍將疫症緩解。後來龍潤草用盡，那大夫也染上瘟疫，周身軟乏無力，再也無法去採藥。空有妙方而無藥可用，眾人坐困愁城，才導致疫情擴大爆發。

「如果王爺能尋得此藥，在下自是任憑王爺差遣。」這就是蕭鶴年給出的回答。

林修等人此時追趕到來。眾人在藥僮的帶領下爬上山頂。

「師傅說他是將繩索繫在樹上攀爬下去的。」他指一指山崖邊一棵足有兩人合抱粗的大樹。「龍潤草莖葉粗大，呈紫紅色，很好辨認。」

依他所言，林修帶人將兒臂粗的繩索盤在樹幹，以軍中特殊的結繩之法扣成死結。

顧嬋探頭望去，崖壁幾乎是垂直向下，近處可見樹木或山石突起，約莫兩、三丈遠後便有雲霧繚繞，迷濛一片，不知崖下究竟有多深遠。

「如果我親自把龍潤草帶回來，妳會不會改變心意，答應嫁給我？」韓拓附在她耳邊輕聲問道。

之後，也不給顧嬋時間思考回答，在她驚愕的目光中，他攀住繩索滑下山崖，須臾便消失在雲霧之中。

顧嬋一動不動，雕塑般的站在原地，兩眼目不轉睛地盯著韓拓消失的地方。

韓拓跳落下去之時，她覺得自己的一顆心瞬間也隨之向下猛沈，接著便是「怦怦」、「怦怦」地急速跳動不停。

顧嬋雙手交疊按在心口處，她可以感受到心臟每一次跳動時強悍的力度，那樣猛烈地撞擊著她的手掌，彷彿下一秒便要脫離胸腔而出。她甚至能感覺到全身的血液席捲著氣力一起湧向那一處，只向那一處。

也不知站在那裡多久，也許一個時辰那樣長，又或者不過一刻鐘那樣短。顧嬋的眼睛裡、心思中除了繩索與雲霧交界之處，再裝不下其他，直到繩索上綁的銀鈴響起，韓拓的面孔從雲霧中探出，她才又活了過來。

韓拓攀著繩索向上，身手矯捷，動作俐落。落日穿透遠方的雲層，萬丈霞光將他映襯得猶如神祇。

緊繃驟然鬆弛，顧嬋落下淚來。

韓拓將背簍交給林修，裡面是滿滿一筐深紫色的龍淵草。

「怎麼了？」他柔聲問道。「我不是好好的嗎，哭什麼？」說著，伸手去拭顧嬋的眼淚，他手上沾了泥灰，混著她的淚水，在白皙的臉頰上留下一道黑印。

顧嬋絲毫不覺，韓拓暗自好笑，惡作劇般的又多抹幾下。

「韓拓……王爺……」她攥著他衣襟，口中喃喃不成句，心依然狂跳不止。

「好了，好了，沒事的……」韓拓哄著顧嬋，巧妙地側轉身，擋住眾人視線，摟她入懷中，緊緊地抱了一下，然後掏出巾帕仔仔細細地擦淨那張小花臉。

顧嬋的目光落在韓拓左肩膊處，為了行動方便，他解了大氅，只穿雨過天青色的錦袍，因而可以清晰地見到衣服上浸染的血漬，殷紅新鮮，而且範圍正在不斷暈開擴大。她顫聲道：「王爺，你的傷口裂開了……」

韓拓側頭看了看，眉頭微皺。「可能用力太猛了，不礙事，回去再重新上藥即可。」

他口氣十分輕巧，好像傷的不是他自己的身體一般。

他們一路上山用了半個多時辰，下山怕也快不了許多，耗時那麼久，還得騎馬，血豈不是要流盡了？

顧嬋可見不得人這樣不愛惜自己，喚來林修立刻重新為韓拓裹傷。

回程的路上，顧嬋忍不住問起。「王爺有傷在身，為何還要自己下去呢？」

韓拓道：「龍澗草能治癒瘟疫，解除河間府眾村鎮災情，於情於理，有能力者都應該出一分力。」

他沈穩的聲音伴著鏗鏘的話語從她頭頂傳來。道理是沒錯，顧嬋願意相信韓拓有悲天憫人、體恤百姓的心腸，可即便是這樣，他堂堂靖王爺，大殷三皇子，也無須如此以身犯險，他的侍衛都在，為何不派他們下去，他們的身手應當不遜於他，不是嗎？

「如果我親自把龍澗草帶回來，妳會不會改變心意，答應嫁給我？」

顧嬋突然記起韓拓下崖前問過的問題，那時她無暇去想，甚至乾脆忘在腦後。願意嗎？她問自己。

韓拓消失在雲霧中之後，她腦子裡紛紛亂亂閃過很多念頭。欽佩他的勇敢，也擔心他的安全，怕他在他們看不見的地方遇到危險，再也不能回來。

韓拓本來是可以做皇帝的，未來幾年裡，他還會打好幾場勝仗，保衛大殷的疆土和百姓。如果他真的出了事，顧嬋會愧疚，他是不相干的人，不應當因為她而改變自己的命運。

也有那麼一瞬間，顧嬋想起了前世那個悶熱的夏日長夜，或許韓拓提前死了，並不是壞事。如果他死在這裡，啟表哥就不會被他篡位奪命，姨母也不會受辱……

這惡劣而自私的念頭很快便消逝了，當韓拓最終平安無事回來，顧嬋的喜悅是真實且發自內心的。她希望他平安無事地活著。

顧嬋曾聽父親說過，韓啟登基後的一些作為，確實有愧於天子之位。前世裡她一直害怕韓拓，不可能心甘情願做他的皇后，但也知道韓拓之所以能夠篡位成功，除了他本身的能力，還有韓啟失了人心的緣故。

自古有云：得人心者得天下，反之亦然。

顧嬋認為自己與韓拓站在對立面，是因為寧皇后與韓啟是她的親人，純粹出於感情。可是，無論如何，這輩子，她都不想再嫁韓拓一次。

「王爺為什麼想娶我？」顧嬋問。

她想知道韓拓一夜之間改變心意的原因，就如看診般，對症下藥，才能勸服他打消這一廂情願的想法。

韓拓的左臂一直攬在顧嬋腰間，保護她不要掉下馬去。此時，聽了她的問題，他手臂微微用力，將她的身體向後帶，直到輕輕靠在他胸前。

「妳現在改變主意，願意嫁給我了嗎？」韓拓不答反問。

顧嬋昨日已經拒絕過他一次，這回便儘量說得婉轉些。「一路上，王爺實在幫了我太多，這樣的恩惠，我真的不知應該如何回報。」

韓拓輕笑。「妳覺得，以身相許如何？」

他俯在顧嬋耳邊說話，她甚至能感覺他吐息間溫熱的氣息，而他冰冷的嘴唇也彷彿正在輕觸她凍僵的耳朵。

顧嬋咬唇不答。

韓拓坐在她身後，看不到她的表情，卻能感覺到懷中的身子一僵，這是緊張與抗拒的表現。

「好了，我是同妳說笑的。」他大笑道。

顧嬋同樣看不到韓拓的表情，只能靠聽覺來分辨，他笑得那樣爽朗，想來並沒有惱怒，她跟著他笑，身體也放鬆下來。

韓拓的聲音再次響起。「不過，本王從不無償幫人，一定會向妳索取回報的，待本王想好了需要妳做什麼，再告訴妳。」

第四章

梧桐院正房裡，寧氏斜倚床欄，身上蓋著厚厚的冬被，頭上戴的大紅抹額襯得她面孔更加蒼白。

她本來只是易乏，尋思也許過年期間四處串門累著了，雖說自己向來身體康健，但幽州地處偏遠，與她生活了三十幾年的京師完全不同，水土不服下身體受到影響也不定。原想靜養幾日應無大礙，偏偏家裡出了一對不省心的兒女。

正月十五那夜，寧氏吩咐小廚房煮好了湯圓，等出門看花燈的孩子們回來消夜。誰想左等右等不見人，過了子時卻見到哭著回來的碧落，這才知道寶貝女兒顧嬋不見蹤影了。

顧景吾當時就派人把顧嬋最後露面的筆墨鋪子別樣居圍了個水泄不通。

別樣居的老闆收了顧楓的掩口錢，保證過守口如瓶，可架不住連番審問威脅，最後還是老實交代出來。

待知道原來是顧楓與顧嬋兩人一起作怪，顧景吾夫婦倒還放下一些心來，只要不是顧嬋遭了拐子便好。顧楓年紀雖然不大，到底是個男孩子，又自幼拜師學了武藝，有他在旁照顧應該出不了大事。

顧家的護院依舊連夜追出城去。人是追到了，卻只有顧楓一人。

顧楓一五一十把前因後果交代，寧氏聽後便兩眼一黑，暈了過去，醒來以後只是垂淚，茶飯不進，臥床不起。

大夫來看，也只說受了刺激，是心病。

正月十七晚上，靖王的近衛長李武成前來拜訪，告知顧家人顧嬋平安無事，且有靖王親自護送，請眾人不必擔憂。

按說心藥到了，應當好轉，寧氏的情況竟逐漸加重起來。大夫前前後後換了幾位，都診不出原因，開的全是補身體的湯藥。

幸而，昨日李武成送來顧嬋親筆所書的信箋，說已在返程的路上，寧氏今日才略有起色。

「夫人，把藥喝了吧，姑娘這一、兩日便到家了，夫人別再擔心了。」寧氏的大丫鬟巧月一手捧著青瓷藥碗，一手拿著舀了藥湯的湯匙，邊餵藥邊勸說。

鄭氏正坐在床頭的紅木雕花繡墩上同寧氏商量今日的晚餐，也跟著勸道：「夫人，嬋姊兒素來乖巧懂事，這回也是為了您才會離家，要是她回來看到您的病反而加重，心裡該內疚了。」

寧氏人在病中，吃什麼都沒有味道，多日來全靠鄭氏變著法兒的煮一些香口的食物，才勉強能用一些。

鄭氏畢竟不是顧家真正的奴婢，寧氏對她向來寬和，若是說話久了，都會讓她坐。同樣是做母親的人，鄭氏自然比剛滿十七歲尚未出嫁的巧月更能勸到點子上。

寧氏就著那匙將藥喝下，神色依舊懨懨的。「我不是擔心她的安全。」

靖王聲名在外，又有近衛隨從，安全自是無虞。但顧嬋一路和他同行……

寧氏從前絲毫未擔心過女兒的婚事。論家世，寧國公府是皇親國戚，永昭侯府又是得勢的，顧景吾深得元和帝重用，前途無量。論人品相貌，顧嬋也不輸同樣家世的任何一位姑娘。

顧景吾夫婦兩個商量過，等女兒十五歲及笄了再議親，要選一個人品、才貌出眾的少年郎，婆母性情也要和順。最好門當戶對，若不行，寧可低嫁也不高攀，這樣他們以後才能護著女兒。訂了親，走完三書六禮，還要將顧嬋多留兩、三年，到十八歲再過門。

可惜計劃永遠趕不上變化。單說眼前這樁事，如果傳出去，顧嬋恐怕只能嫁給靖王了。

鄭氏在世家大族做過媳婦，雖說那世家落魄了，但規矩同樣不少，心思一轉就明白寧氏的擔憂。「旁的事也不緊要，嬋姊兒才多大點人啊。算起來，靖王也是哥兒姊兒們的表兄呢，不是外男。」

還有一句鄭氏沒說，在她眼中靖王是再好不過的女婿人選。他是皇帝的兒子，出身無人能及，又能征善戰，有真才實幹並非紈袴。雖沒見過相貌，但皇帝女人自然是美人，生出來的兒女肯定也不會差，再說男人又不以相貌論長短。能嫁給這樣的人，那是幾輩子修來的福氣，開心還來不及，有什麼可憂心的？

鄭氏這是只知其一，不知其二。寧氏發愁的，正是鄭氏不知道的地方，這涉及了帝后之間的舊事。

寧皇后是元和帝的髮妻，他們成婚時元和帝還是太子，原本夫妻恩愛，元和帝的頭兩個兒子都是寧皇后所出。誰想後來元和帝替聖駕親征東察合台汗國，竟然從哈密衛帶回一個身懷六甲的女人，並請封為太子側妃。

這之前，元和帝也有妾室，都沒有請封，雖說側妃也是妾，進了皇家玉牒到底還是不同。再後來，那女人難產而死，孩子卻活下來，便是現在的靖王韓拓——元和帝的第三子，也是寧皇后之外其他女人為元和帝生的第一個孩子。

寧皇后所出的長子早逝，元和帝登基後立了二皇子韓磊為太子。

寧皇后一直不喜歡韓拓，初時因為他的母親，後來隨著韓拓年紀漸長，便完全因為他這個人太出色，令寧皇后忌憚。

太子文弱多病，而韓拓小小年紀就立下戰功，聲望漸盛。太子只大韓拓兩歲，寧皇后生的第三個兒子，七皇子韓啟則比韓拓小了足足十歲。寧皇后既擔心元和帝會因韓拓起了廢太子之心，又擔心太子身體撐不住去了，韓啟雖是嫡子也爭不過軍功顯赫的韓拓。

在寧皇后心中，韓拓的母親已搶了她的丈夫，她絕對不允許韓拓再搶去她兒子的皇位。久而久之，韓拓便成了寧皇后的眼中釘、肉中刺。

寧氏自然清楚姊姊的心思，所以她不想同韓拓結親，一來不願與寧皇后對立，二來也不願女兒涉足皇室糾紛。

只是鄭氏是外人，這番話並不適合對她說起。

顧嬋在這日傍晚回到家中，進門第一件事便是請蕭鶴年為寧氏診脈。

蕭鶴年查完脈象，細細詢問了寧氏從發病起的症狀，跟著用銀針刺破她手指取了數滴鮮血，分放在五個青花瓷碗裡，又掏出五瓶顏色各異的藥粉，用指甲挑了分別倒入碗內。然後，他靜靜坐在桌前，看著那幾只碗出神。

他神色鄭重，旁人即使心有疑惑，也不敢出聲打擾。

室內靜默了足有兩盞茶之久，蕭鶴年突然嗯了一聲，開口道：「果真如此，夫人並非生病，而是中了南海奇花之毒。」

隨著蕭鶴年話音落下，前世大婚夜裡，韓拓說過的話在顧嬋耳邊迴響起來。「蕭鶴年說妳中了南海奇花之毒……」

顧嬋震驚不已。時隔五年，從幽州到宮城千里迢迢，她和娘怎麼會中一樣的毒？是誰給她們母女下毒？

蕭鶴年仍在解釋，聲音徐徐，不急不躁。「此花名為修羅，產自南海暹羅國。花瓣墨黑，花蕊豔紅，因神似暹羅傳說中三面青黑、口吐烈火的阿修羅王得名。此花極美，但見之只覺妖異非常，毒性也很強。中其花毒者，初時身乏短力，漸漸伴有身體虛弱、頭暈噁心的症狀，表象似有孕，脈象卻如常，極難診斷，最後往往不治而死。」

屋內其他人的震驚程度絲毫不遜於顧嬋，養尊處優的從二品官太太，怎會無端中了連聽都沒有聽說過的海外奇毒？

關心愛妻的顧景吾此刻最急於知道的並非前因，而是後果。「先生可有把握解毒？」

蕭鶴年點頭道：「顧大人放心，老夫既然驗得出，自然有辦法解毒。夫人中毒時日尚淺，並未深入脾臟，根除不難，且不會留下後遺之症。」

「還請先生多費心，若有任何需要協助之事先生儘管開口，顧某自會竭力達成。」顧景吾本對所謂神醫之說並不大以為然，只是抱著姑且一試的心態，但見蕭鶴年言語實在，一出手便診出病因，卻並不借機拿喬託大，對他高看了幾分，言詞間也更客氣。

蕭鶴年道：「應當無須太過麻煩，我寫個方子，大人派人去抓藥煎藥即可，此藥早晚各服用一帖，只是飲藥後每隔三日需放血一次，屆時夫人會受些苦楚。」

「無妨的，」寧氏緩緩道。「我受得了，先謝過蕭大夫。」

蕭鶴年擺手道：「行醫治病乃老夫分內事，夫人不必謝我。」說著，掃了顧嬋一眼，又道：「夫人若想謝，應向靖王道謝才是。」

本來這話無甚出奇，但配上蕭鶴年的眼神，真真叫寧氏心裡不安生。

蕭鶴年與顧嬋同行而來，自是知道靖王護送女兒的事情，可為何又要特意一提，為何又要那樣看女兒？難不成還有什麼事情自己不知道嗎？

寧氏想問，可看看屋中眾人，顧景吾父子三個，顧嬋，還有巧月、蓮心兩個大丫鬟，都是自己人，但人多嘴雜，這時候問出來不是害了女兒嗎？也就打消了問話的念頭，只把求救的目光投向丈夫。

顧景吾與妻子甚為默契，立刻開口道：「先生說得是，顧某自是會親自登門向王爺道謝。」

他是一家之主，由他出面，靖王的恩情便算是施予顧氏全家，與顧嬋脫了干係。

顧嬋正悶頭苦思，將識得的人選一個個過濾，渾然不覺適才一場小小風波起而覆滅，這時忽然發問：「蕭先生可查得出我娘是如何中毒的嗎？」

蕭鶴年與她較為熟稔，對答起來不那麼拘束，笑道：「呵，妳倒來問我。」

說完，轉動著腦袋將正屋內各種擺設細細打量一遍，才撚著鬍鬚正色道：「說來不過是兩種途徑，一是食用，花瓣、花粉、根莖皆有毒，另一乃聞香。說來有趣，此花本身花香無毒，但研磨後加入調香之中，卻會令人中毒。食用毒發較快較烈，而聞香則需連續數月才見效，且症狀較輕，夫人室內並無使用熏香，看情形應是誤食引起的。不過，修羅花在中土不能種植，老夫也是早年往南海諸國周遊時見過才知其性狀，所以來源大約應是與南海通商的商行、商船中人。」

顧景吾當即親自徹查了所有下人的房間，甚至連顧嬋的老師雲蔚夫人居處都沒有放過，兩間廚房更是其中重點。

一時間，箱籠滿院，衣衫遍地，凌亂不堪。翻查一直進行到交子時方結束，卻是一無所獲。

顧景吾記得妻子發病之初是在年節，其間幽州城內各家勛貴皆有宴請，難不成是那時……

他們才到幽州不過數月，且素來與人為善，並未結怨，怎會有人想害妻子性命？他又能有什麼辦法到各家勛貴家中尋查？

他並未愁思太久，辦法總是會有的，眼下既然查清了家中並無人可疑，生活起居總算可以放心，其他的自然要等機會。

顧景吾命人在前院單獨給蕭鶴年騰出一間房來，還派了兩名小廝充作藥僮供他差遣。神醫受禮遇，請來神醫的姑娘卻要受罰。顧嬋被關在梧桐院西梢間的小佛堂裡，面壁思過，罰跪直至天明。

這已算輕的，顧楓被尋回來的那一日，顧景吾動用了家法，足有三指粗的藤條抽打了二十下，皮開肉綻，現在才剛結痂。

到顧嬋回家，隔的時日多了，火氣不再那樣盛，又是嬌滴滴的女兒，顧景吾實在打下不手。

顧楓可沒有因此覺得父親偏心，相反，他覺得自己未被罰夠，主動走到佛堂裡陪顧嬋一起罰跪。

他雖免不了少年衝動心性，但終歸是個一等一明事理的好小夥子，心知這次事情責任全在自己。是他出的主意，是他準備好一切，也是他一時大意未將馬拴好。幸好蒼天保佑，顧嬋平安無事，不然豈不是要害她一生。

「噯，潼林，你要不要歇一歇？反正爹也沒有罰你。」顧嬋跪了兩刻鐘，雙腿痠痲，換了姿勢坐在蒲團上，同時也詢問顧楓。

「別管我，我自己罰自己。」顧楓生硬地回一句。他自幼所受教導，男子為天，要保護女子。他十三歲了，自認為聰明能幹，卻弄丟了姊姊，氣病了母親，心中愧疚不安，非得多吃些苦頭才能抹平。

人年少時多受些挫折其實大有益處，從今以後他為人處事，若再有逞強好勝的念頭，思及今日因果，便會多一分慎重。

當然，這是後話。

眼下，顧嬋正拽著他的袖子，柔聲問：「潼林，你的傷怎麼樣了？真的不歇一下嗎？」

顧楓甩開她手。「都說別管我了。」

顧嬋尋了個更舒服的姿勢坐著，一手抱膝，一手托腮，忽聽「吱呀」一聲，身後的門開了。

她以為是父親前來監督，連忙起身端正跪好。

腳步聲徐徐靠近，顧嬋眼角餘光瞥見翠藍袍角與鑲邊雲頭履，猛地回頭，嗔道：「大哥，你做什麼嚇唬人呢？」

來人正是顧景吾與寧氏的長子顧松，他今年十六歲，身量抽高，肩寬腰窄，翠藍縐紗直裰襯得他玉樹臨風、儒雅不凡，活脫脫一個年輕版的顧景吾。

顧松板著臉，嚴肅道：「不做虧心事，不怕我進門。妳快跪好，誰准妳坐下的，不是罰跪嗎，難道我聽錯了？爹是罰妳坐？」

原來顧嬋看清是他後，又恢復了舒適的坐姿，指著顧松手上提的剔紅食盒，笑嘻嘻道：「大哥，你要是來替爹爹監管我的，為什麼還提著食盒？」

顧松面不改色，仍舊一本正經。「爹說罰妳跪，沒說罰妳不許吃消夜。快跪好了，不然可沒得吃……」

說到最後，再也忍不住笑出來，索性將食盒推進顧嬋懷裡。

顧嬋掀開蓋子，三層食盒裡分別放著紅棗金絲糕、茭白筍絲、酸湯肥牛，還有兩碗白米飯，一看便知並非出自鄭氏的手藝。

她猜得很對，顧松畢竟是瞞著父母偷偷給弟弟妹妹送飯，自不能大張旗鼓在梧桐院的小廚房張羅，只能去吩咐前院大廚房準備。

顧嬋將碗碟一一擺放好，又去拽顧楓衣袖叫他吃飯，可他十分倔強，硬是不肯動。顧嬋用匙舀一勺白飯，再拿筷子挾一塊肥牛、一塊茭白筍，放在米飯上配好，送到顧楓嘴邊。

顧楓磨不過她，只好張嘴吃下，他也飢腸轆轆，最後抵不過飯菜香氣誘惑，雖仍是跪著，卻也就著菜用了整碗白飯。

顧松也尋了個蒲團盤腿坐下，隨意與顧嬋聊著她離家後的種種事情。

顧嬋並非無心悔過，只是她想要的已經達成，母親不會死，一家人不會因此分離，這是她心中最好的結果，天底下再沒有其他事比這更重要。

三日後，寧氏經歷過第一次放血，自覺精神比之前好了許多，於是將顧嬋叫到跟前，屏退屋中所有丫鬟，只留母女兩個。

「璨璨，娘有一些話得問問妳，妳不用怕，只要照實告訴娘就行。妳和靖王這一路上，發生過什麼事嗎？」

母親問得隱晦，顧嬋卻聽懂了，發生了很多事，但都不能說，所以她答：「沒有啊，娘，不就是一路護送我嗎？我在信上都寫了。」

寧氏一看顧嬋脹紅的臉頰就知道她沒說實話，乾脆換了個方式。「我跟妳爹已經商量過了，不過還想問問妳的想法，璨璨，妳想嫁給靖王嗎？」

寧氏這話問得很有技巧，她與顧景吾兩人商量的是什麼，結論是什麼，全都沒說。但凡顧嬋對韓拓有一點兒私心念想，保不準就要會錯意。

顧嬋確實沒聽出寧氏話裡面的陷阱，她驚愕道：「娘，你們不會想把我嫁給他吧？」

寧氏看得出顧嬋的抗拒並非作偽。「那妳好好告訴我，妳爹說他去驛站接妳的時候，看到王爺沒雇馬車，妳又不會騎馬，你們這一路是怎麼過來的？」

顧嬋沒想到父親這樣心細，她只能老實說。

寧氏一聽就扶額，這還叫什麼都沒發生？她與顧景吾新婚燕爾時也試過共騎一馬，再明白不過那手碰手、腳碰腳、前胸貼後背的親密姿勢。就算靖王是正人君子，刻意保持距離，依然架不住快馬顛簸，怎麼都不可能避免肢體觸碰。

顧嬋解釋道：「娘，當時為了儘快找到蕭神醫，我們要趕路才這樣，王爺答應我絕對不會將此事宣揚出去，他身邊的侍衛也不會亂說的。」

寧氏也不是死心眼，看來只好自欺欺人當沒事發生，再說靖王會這樣保證，想來對女兒無意，這倒是件好事。

緊接著，她又想起蕭鶴年那別有深意的眼神，再問道：「蕭大夫那天為什麼特地提起要我們感謝王爺？」

顧嬋便將韓拓下崖採龍澗草，換得蕭鶴年答應前來幽州診病之事說了，不過，還是隱瞞了韓拓與自己之間的種種對話。

「王爺倒是個仗義之人。」寧氏不由稱讚道。「真是可惜……」後半截沒說完的話是：如果沒有與寧皇后的恩怨在其中，靖王倒真是個不錯的女婿人選。

這話當然不能說給顧嬋聽，免得她起了不該有的念頭。

母女倆又絮絮聊了半晌，無非都是一些生活瑣事。

巧月在門外報說鄭氏有事回稟，寧氏便吩咐請人進來。

轉頭又對顧嬋道：「應當是百花宴的事情，妳也別走，多聽聽學學，看看能幫上娘什麼。」

寧氏以前一直覺得顧嬋還小，管家的事情等將來議親再說也不遲，可這次事情一出，竟生出女兒嫁人迫在眉睫的錯覺，因此改變主意，打算讓她偶爾參與一些事情。

正巧下個月十五是花朝節，幽州府勛貴之家歷來有共聚賞花、共嘗百花宴的習俗，百花宴由各家主母輪流籌辦，今年輪到布政使夫人寧氏。

這是個給顧嬋學習的好機會，花花草草、美食饕餮，小姑娘肯定喜歡，不怕枯燥無趣，又能乘機瞭解一些往來人情。

鄭氏上前遞過紙箋。「這是百花宴的菜單，請夫人過目。」

一共十二道菜名以小楷書在竹青色暗紋的角花箋，字跡清秀端整，令人悅目。

寧氏道：「都很好，不過有幾樣得修改一下。菊花錦繡蟹肉羹換成桂花澆汁白鱔……」

鄭氏突然道：「夫人可是擔心螃蟹不應季？我有辦法……」

寧氏蹙眉打斷她。「我不是擔心這個，既然妳列出來，我相信妳一定有辦法做到最好。只不過，幽州四季分明，春夏秋冬皆有賞花會，」她伸手依序指了幾個菜名。「妳看看，我們這一次把桃荷菊梅都用盡了，豈不是叫今年承辦四季花宴的夫人們心生芥蒂。」

風頭不必出盡，也要留給別人表現的機會，否則得罪人還不自知，實非處事之道。

鄭氏連忙恭敬道：「還是夫人想得周到。」

寧氏再道：「還有，桃花臘味湯圓換成玫瑰燕窩，梅花水晶凍換成蘭花水晶葛彩糕，蓮花石斛燉海螺換成……」

她停頓下來，略一思量。「換成櫻花魚吧。之前聽馮夫人提過城郊順義縣出產的虹鱒魚極美味，便用這種魚來做。」

鄭氏一一應下了，又道：「還有佐餐的酒，為了應百花宴之名，備選的有桂花蜜、梅子青、桃花釀，夫人覺得哪樣更好些？」

「我們是金陵人，自然選江浙一帶出產的桂花蜜，」寧氏答道。「另外，再備些稍烈些的，老爺們喜歡喝的酒。」

「順義縣出產一種燒酒，在幽州府裡十分知名，夫人覺得選這種可好？」

「照妳的意思辦吧。」寧氏點頭，主動轉換了話題。「我最近身子不好，還得靠妳多操勞，廚房裡人手可夠？若是需要再添人手只管同我說。」

鄭氏聽了，立刻道：「謝夫人體諒。平日裡廚房的活計都沒問題，只是百花宴涉及事情較多，我正想著要向夫人推薦一個人來幫手。」

百花宴需要添人手寧氏不意外，只是沒想到鄭氏已有人選，問道：「是何人？妳且說來聽聽。」

鄭氏羞赧道：「是我的女兒，乳名青青，今年十四歲，從前在寧波老家的時候讀過幾年書，她懂廚藝，又素喜擺弄花草，不論是去百花園還是料理食物，都能幫得上忙。」

「嗯，聽妳這樣說，如果只放她在廚房倒是委屈了。這樣吧，百花宴前就先讓她給妳打下手，月例麼，先按五百錢算，之後，若有什麼位置適合她再調過去。」

寧氏並不猶豫，直接答應下來。她給待遇也很優厚，一千錢是一兩銀，寧氏身邊的大丫鬟一個月的例錢也不過是一兩銀而已。

當天晚上，寧氏把顧嬋對靖王的態度轉述給顧景吾，她言語之間表示此事已可揭過，顧景吾想的卻更深一層。

這是靖王第二次救顧嬋，兩次都是可以改變她一生命運的大難，冥冥之中似有天意。不過，既然妻女都無意，那麼他便按照之前設想的再做些事情，將女兒與靖王撇清關係。

到二月十五花朝節這日，幽州府已是滿城春色，草長鶯飛。

晨鐘初響，城門才開，往郊外踏青的人們已行動起來，治水兩岸的官道上熙來攘往，馬車密密麻麻一輛接著一輛望不到盡頭。

河堤上楊柳抽出嫩芽，柔枝新綠，隨風款擺，路旁報春花如期綻放，一片片金黃璀璨迷人眼。

顧嬋放下車窗簾，笑看身旁閉目養神的寧氏。

寧氏身穿檀色織金月華裙，臂纏胭脂色雲紋直帔，妝容精緻，面色紅潤。她如今身子已大好，只人稍清減些，乍一看反倒顯得年輕幾歲。

母女兩個前世都沒機會見到幽州春日美景，這輩子一切都會不同。

車行小半個時辰，遙遙望見百花園的墨瓦白牆，未至門前先聞人聲鼎沸。

百花園本是前朝大儒于鴻傑的私宅，于鴻傑愛花成癖，在園中滿種各色名花，尤以牡丹為最。後來改朝換代，文人清傲，于鴻傑不願事二主，到延壽寺剃度為僧，百花園也隨之成為寺廟的產業，不僅對百姓開放，還養活了大批花農。

花朝節是百花園一年中最熱鬧的時候，延壽寺大半僧侶這日都會來協助理事，方丈濟空大師親迎寧氏母女至客房。稍事休息後，寧氏便去查看宴席準備情況，鄭氏等家僕昨日已先一步來打點籌辦相關事宜。

顧嬋這半月並未如寧氏所願學習管家。事緣初一起她生了一場病，說來並無大礙，只是之前奔波勞累，又擔驚受怕，自幼嬌養的姑娘哪裡受過半點苦，不過憑著救母的心氣強撐未倒，回到家中後，緊繃的那根弦一放鬆，便隨著月事發作出來。

寧氏那時已能下地，見女兒病得小可憐似的，索性放她自在，專心調養。

今日她們出發得早，其他家的女眷還沒到，顧嬋便留在客房等馮鸞和章靜琴。

碧落從紫檀嵌螺鈿匣子裡取出剪好的五彩紙箋配色，碧苓把成疊彩箋對摺打孔再鋪展開，彩箋上便有一左一右對稱的兩個孔洞，顧嬋拿五股擰成一股的紅繩兩頭分別從兩個洞裡穿過，中間對稱著留空半臂長，各串上一個林檎果，最後底下打個如意結固定好。

不多時，顧嬋的好友章靜琴來了，還帶著自家妹妹，九歲的章靜思。

「妳這個東西有意思！是怎麼想出來的？」章靜琴十分伶俐，擺弄幾下便猜出其中訣竅，不停追問。

顧嬋含糊道：「一時心血來潮想到的，還沒試過呢，也不知道靈不靈。」

其實，這法子是她上輩子從宮女那兒學來的。

花朝節姑娘們要祭花神賞紅護花，用彩紙彩綢綁在花枝上，送禮給花神。傳說誰打扮的花樹最美、花枝最高，便能獲得最多福佑，所以民間總有藝高膽大的閨女搭梯子爬樹。

但是皇宮裡面規矩大，宮女們不能擅自登梯爬高，又不願意放棄祈求福佑的機會，人的智慧總能在困境裡發揚光大，於是琢磨出這麼一個應變的法子，將重物繫在彩紙兩端，用巧勁拋出，便能飛掛上高枝。

「咱們現在就去試試吧！」章靜琴好奇心大起，躍躍欲試。

「再等等鸞姊姊吧，大家約好的。」顧嬋一邊勸，一邊指導她們兩個一起穿紅繩綁水果。

章靜琴是個活潑跳脫的性子，等不過一刻鐘時間，已滿不耐煩。「說好早到的，怎麼失約呢？別等了，回頭叫她自己去園子裡找我們。」

章靜思對掛林檎果的五彩箋也新鮮得不行，盯著眼都不眨的，心思全寫在臉上。

顧嬋只好和她們去了客房的院子裡，在一棵玉蘭樹前試驗。

章靜思最先拋，她年紀小，力氣也小，又不得其法，將將掛上一處比她個頭略高的花枝上。

顧嬋模仿印象裡宮女的動作，悠著勁兒，比章靜思掛得高許多。

章靜琴學顧嬋的姿勢，不過力氣使得太大，林檎果拽著五彩箋在半空劃出一道完美的弧度，高高從玉蘭樹頂掠過，最後又落回地上。她不大服氣，撿起來一試再試，終於找到了訣竅，便吵著每人回屋多取一疊，準備再比高下。

可再出到院子，章靜琴又改了主意。「不行不行，在這裡玩不過癮，牡丹園東邊有從兩廣遷來的百年杜鵑樹，高有六丈，我們去那兒。」她興致正高，並且打算為自己的失誤找回場子。

於是，章靜琴帶頭，三人一路小跑，往目標行進。

今日遊園賞花的人多，顧嬋骨子裡是個大姑娘了，總惦記著保持儀態，每次遙遙見到人影，便停下來規行矩步，漸漸落到最後。

噢，其實也不算最後，在她後面，還有提著彩箋兜的丫鬟們，彩紙不重，但那幾十個林檎果真叫碧落和碧苓吃不消，就是想跑也跑不動。

經過綁滿紅黃兩色綢帶的牡丹園，穿出月亮門，前頭章靜琴和章靜思繞著池塘邊的抄手遊廊三拐兩拐不見了蹤影，後面兩個丫鬟還沒跟上來，顧嬋索性站在門邊休息。

驀地斜刺裡伸過來一隻手臂，攔腰箍著強橫地把她往後拖，她下意識地尖叫，嘴剛張開便堵上一隻溫熱的大手。掙扎踢打全部不管用，最後乾脆被豎著抱起放進假山石洞，才給落地。

顧嬋擰轉身，驚魂未定，先對上韓拓似笑非笑的俊臉。

「王爺！」她撫著胸口，半嗔半怒。「嚇死人了！」

忽然想起一事，又問：「王爺怎麼會在這裡？」

雖說花朝節未被特定為女兒節，但這一日並非國假，官府不休，商鋪照常營業，顧松、顧楓哥兒倆就讀的寒山書院也不休沐，是以日間男人們大多沒得空閒來遊玩，不過晚間來赴宴而已。

何況今兒是十五，顧景吾一早趕去靖王府候見，與她們母女同時出家門的，再加上三司其他的官員們……

難道靖王殿下把他們全都晾在王府，自己跑來賞花？

韓拓並不答她話，反問道：「妳身子大好了？」

顧嬋驚訝道：「王爺怎麼知道我生病了？難道王爺在我家裡安插了細作？」

韓拓聞言賞了她額頭一記爆栗。「蕭鶴年走前我見過他。」

他下手並沒真正使力，奈何她皮膚嬌嫩，還是淡淡起了一道紅印。

顧嬋看不見，卻能感覺到疼，揉著額頭，嘴嘟起老高，不滿道：「王爺專門來欺負人嗎？」

韓拓輕笑出聲。「送妳的。」說著遞來一個麵人。

顧嬋歪著頭打量。「豬八戒揹媳婦？」神情、語氣絲毫不掩飾嫌棄，送她小孩子的玩意兒也就罷了，還是那麼個醜東西，就算不會挑，也可以送百花仙子應節嘛。

韓拓眼睛裡閃著亮光，唇角上翹，問道：「妳記得？」

記得什麼？顧嬋不明白，只答：「我看過話本。」

韓拓默然。八年前的第一個晚上，她哭著纏人，要他一起睡，還要聽故事，看她哭得花臉貓似的，他專挑了個滑稽的橋段講，逗得她咯咯嬌笑。

明知她什麼都不記得了，他偏不死心，非要試試看她會不會想起來。

前些日子顧景吾送了韓拓一把西域鍛造的斷水寶刀，作為救他妻女的答謝，雖未明言，行動卻表明將人情債攬到自己身上，從今以後跟顧嬋再沒瓜葛。

韓拓可不會讓他如意。

「本王是來找妳索取回報的。」他往前邁步，逼與他面對面站著的顧嬋不停後退，直到背抵住石壁，再退無可退。

石洞頂上半空，駕一座造景的漢白玉橋，一縷陽光透過橋洞，照在面前的姑娘身上。

顧嬋今日穿一襲月白妝花齊胸襦裙，搭配水藍緞直領上襦，裙邊還繫了妃色縐紗條子，長髮綰成隨雲髻，髻側簪一朵趙粉（注），既雅緻又嬌俏。

自從驛站一別，他們足有二十日未見，她竟已褪去稚氣，變得亭亭玉立。

韓拓分不清究竟是裝扮的原因，還是成長中的少女本就變化得快。他也無心分辨，只知

注：趙粉，牡丹四大名品之一。

她更令他想親近，而他的打算本就是抽刀斷水水更流，要將兩人之間的聯結織成線、纏成網，千絲萬縷再不能斬斷。

「王爺想要什麼？」顧嬋問道。

韓拓站得太近，近到呼吸可聞，她鼻息間充盈的全是他身上沉水香的味道，這令她有些侷促，羞澀地低下頭，心不在焉地轉動手中的麵人。

「我要……」

他聲音漸低，她聽不清楚，茫然抬頭，只見他俯下身，一分一寸地靠近，面孔在她眼前無限放大，長而鬈翹的睫毛，高而挺直的鼻梁，薄而緊抿的唇……

顧嬋腦中一片空白，麵人脫手，啪一聲掉在地上。

然而事情與顧嬋以為的大不一樣。

韓拓的雙唇並沒有印上她的唇瓣，而是在眼看將要觸碰到時側向一旁，虛滑過她柔嫩的臉頰，輕撫過鬢邊青絲，最終停在她耳旁。「我要妳親手做一樣東西送給我。」

他根本沒打算輕薄顧嬋，一次不見天日的親吻，親密程度怎麼也比不過之前一路同行的種種。今日來，為的就是尋個由頭，以後能再約見她。見面次數多了，自然能哄得她開心，慢慢改變心意。

如果不幸，顧嬋是塊頑石，怎麼也打動不了該怎麼辦？

這種事從來不在韓拓考慮的範圍之內。多年領兵征戰的經歷讓他成為一個沈著又自信的男人，且在骨子裡形成了極強的攻擊性。他的字典裡沒存在過認輸這兩個字，面對艱難殘酷、瀕臨絕境的戰役他都能反敗為勝，何況眼前這個嬌滴滴、一根指頭戳下去便要哇哇哭叫的小姑娘。

韓拓直起身子，順手在顧嬋臉頰上揉捏了一把。「妳打算送什麼給我？」

「送什麼給你？」顧嬋無意識地重複他的話，她還沒從剛才突如其來的曖昧氣氛裡恢復過來，身體裡頭氣血翻湧，臉脹得通紅，腦子裡亂糟糟的，完全不知道韓拓到底在說什麼。

「妳要親手做一樣東西送我，這是我要的回報。」韓拓的聲音裡有掩飾不住的笑意。

送東西？

顧嬋總算抓住了重點。「我爹送了你一把刀。」

這絕對屬於哪壺不開提哪壺的行為，韓拓臉一沈，道：「他是他，妳是妳，我幫的人是妳不是他，所以回報我的人也只能是妳。」

「哦。」顧嬋手捂上臉頰，觸手滾熱，她有點為難，做什麼才能抵得上稀世寶刀？就算她有那樣的心卻沒有那樣的力。

她索性問他。「那你想要什麼？」

韓拓壓根兒沒想過要多麼了不得的寶貝，輕飄飄答：「做件外袍給我吧。」

他計劃得極好。做衣服需量體，此時此地顯然沒那個條件，便得有下次約見。衣服做好了，要試穿，不合適的地方還要改，又有了第三次、第四次見面。

顧嬋這會兒腦子轉速終於回復到正常水平，先不論願意與否，她怎麼可能給他做衣服。八尺男兒漢，穿的外袍長度跟顧嬋整個人差不多，她做的時候要把衣服往哪兒藏，才能不被人發現。於是，只能找藉口推辭。「王爺，我女紅不好，王爺到時候穿出去要叫人笑話的。」

「那給我做雙鞋吧。」韓拓表面讓步，其實內裡沒差，做鞋的步驟不比做衣服少。

顧嬋癟嘴。「我不會。」這是真話，納鞋底可費勁了，她試過一次，手指頭被針磨出泡來，便再也沒碰過。

韓拓扶額，這麼討價還價，一來二去的，倒好像他在求她。「繡個手帕、荷包，妳總會了吧？」

幸虧韓拓是個王爺，王府裡頭繡娘丫鬟的數量論打算，對未來妻子的針線功夫沒有迫切需求。如果換成小門小戶的，說不定都要因此考慮換個人選了。

送手帕、送荷包，聽起來怎麼都脫不開私相授受的味道，顧嬋不想送，又不好意思再說不會做，可如果還拒絕韓拓，他會不會覺得她沒有報答的誠意？

顧嬋都快糾結壞了，眼珠子轉啊轉的，目光落在了山洞口的五彩箋上，那是她被韓拓抱進來時掙扎中從手裡掉下去的，也是她親手做的……

念頭才一起，顧嬋就在心裡把自己鄙視了個徹底。怎麼能夠這樣投機取巧呢？真送了它給韓拓，她自己都覺得毫無誠意。沒有韓拓的幫助，她自己是不可能成功將蕭鶴年請回家的。

韓拓順著她的目光也注意到了那疊五彩箋，他以為顧嬋是想要這個東西，便走過去撿了起來。「妳想要它？這有什麼用處？」

「綁在花樹上祈福的，綁得越高得到的福佑越多。」話題轉移開，顧嬋自在了許多，話也跟著多了起來。「它本來就是我的，正要去找六丈高的杜鵑樹把它掛上去呢，結果半路被王爺抓到洞裡來了。」說到後來，不自覺帶出幾分嗔怪。

韓拓笑道：「剛才妳們滿園子瘋跑，就是為了這個？」

顧嬋又羞又惱，卻反駁不了，劈手去奪那彩箋。「還我。」

韓拓側身躲過，假山對面是一排十幾棵白楊樹，參天而立，足有八、九丈高。「想要高是吧，本王讓妳如願。」說著便往洞外走。

這當口隱隱約約聽到有人在喊顧嬋的名字。

顧嬋幾乎跳起來，體會到什麼叫作賊心虛，光天化日，一男一女躲在假山洞裡，怎麼說都說不清，萬不能叫人看見，她伸手過去想拽住韓拓不讓他出去。

韓拓倒是淡定自若，那喊聲聽著尚有些距離，他不大在意，站出洞口，揮手一拋，林檎果牽著五彩箋高高飛起，穩當當掛上枝頭，整個過程乾淨俐落。

第五章

「嗳！王爺！」顧嬋氣得直跺腳。「那是要綁在花樹上的。」

難道一般的樹不行嗎？韓拓能一眼看穿五彩箋的機關，卻完全不瞭解姑娘家節日裡的習俗，他刻意在心愛的姑娘面前表現，希望討她歡心，結果不但沒得好，反而落下埋怨，臉色難免有些訕訕。

「顧嬋……」

「姑娘……」喊聲越來越近。

顧嬋趕緊把韓拓拉回洞裡，軟語央求道：「我先出去，王爺等一會兒再走，好不好？」

韓拓借機反握住顧嬋柔嫩的小手，指尖在她手背輕輕摩挲。

一眨眼工夫，喊聲已到跟前。

「嬋姊姊會不會躲到假山後面去了？」說話的是章靜思，接著腳步聲便往這邊來。

顧嬋推開韓拓走出去。

章靜思人小心思輕，見了顧嬋只管開心地拍手。「果然叫我猜中了。」

「姑娘，妳嚇死我了，要是再把妳弄丟一次，夫人肯定要把我發賣出去了。」碧落聲音裡帶著哭腔。

「妳躲在那邊幹什麼呢？」章靜琴莫名其妙地看著顧嬋。

顧嬋本就心虛，生怕叫她看出什麼，連忙道：「走累了歇一歇。」

白楊樹發芽晚，光禿禿灰白一片的枝椏上掛著鮮豔的彩箋，想不讓人注意都難，章靜琴果然發現了，既詫異又好笑。「那是妳拋上去的？妳怎麼想的，居然拋到白楊樹上去了，哈哈哈……」

顧嬋窘得回頭狠狠向著假山飛眼刀，有開山劈石的氣勢，卻沒同等的能耐，韓拓根本看不到。

幾個人漸漸走遠，章靜琴的笑聲依然沒停。

顧嬋離開了，那個豬八戒揹媳婦的麵人還留在地上。

韓拓俯身拾起，想到有話沒說完，不過不要緊，還有一整天的時間，總能找到機會再與她見面。

歇過午晌後，各家女眷已陸續到齊。

顧嬋和章靜琴、馮鸞等十幾個年紀差不多大的小姑娘一起在牡丹園的水榭裡商量著行花令。

這些人裡頭年紀最大的要數馮鸞了，玩伴不光看家世，也看年紀，再往上十五歲已經及笄的姑娘自有另外的小圈子，是不和她們這群黃毛丫頭廝混的。

人多嘴雜，好一陣子才商量出規則，又派丫鬟取來如蹴鞠球大小的絹花，剛準備停當，永清衛指揮使家的三姑娘梁桂英姍姍來遲。

「對不住各位，我來晚啦，剛才同母親一起見了安國公夫人。」她落坐後又問規則。

章靜琴搶著答：「花落誰手則誰人吟詩一句，為應節其中必有春字和花名，誤則罰酒。」

「是自己作的詩嗎？」梁桂英又問。「我可沒有妳們那麼好文采。」

「別人的詩有什麼意思，又不是黃口小兒，左右不過幾個字，難道還攢不出來嗎？」章靜琴一迭連聲反對。

有人附和她，也有人覺得可以降低難度，一時間又爭執不休。

最後是馮鸞出來打個圓場。「大家不過一起湊個熱鬧，又不是考舉子。」終於說定引用先賢詩作也沒問題。

丫鬟蒙眼彈琴，那朵絹花在眾人手中轉了幾個圈，每人大致都輪過了一遍。

有道是怕什麼來什麼，梁桂英不擅吟詩作對，偏就她輪到的次數最多。先頭幾次還能應付，後來用過的詩多了，又不能和別人重複，第五次輪到時，她期期艾艾半晌，也說不出個所以然來。

大家齊刷刷地盯著她看，也有人叫嚮：「罰酒！罰酒！」

梁桂英好強，猶自不肯認輸。

正僵持著，忽聽朗朗傳來一句：「銅雀春深鎖二喬。」

眾人回首望去，只見一個十三、四歲的小姑娘俏生生站在遊廊，身穿艾綠繡忍冬紋對襟褙子與蟹殼青卷草花馬面裙，雙垂髻上簪著花勝，容貌十分秀美可人。

這般品貌，又識文斷字，顯是讀過書，是哪家的小姐？為何從前沒見過？

可她孤身一人，沒丫鬟跟著，手上還抱著一盆二喬，作派又不像大戶人家的小姐。

那姑娘看大家探究地看她，也不羞不懼，落落大方地微笑回望。

「妳是誰？」梁桂英問，語氣不善，雖她沒吟誦得出，也不高興讓旁人搶了風頭。

顧嬋卻知來者何人，正是鄭氏的女兒江憐南。這是顧嬋這輩子第一次見到她，比前世早兩年，情景也全然不同。

江憐南未及答話，已有青衣的婆子從月洞門裡走出來拉她。「拿到花了怎麼還不快過去，夫人那邊等著呢。」

「還以為誰家的大小姐呢，原來不過是個下人，真是山雞裝鳳凰。」梁桂英諷刺道，損起人來她可俐落得不行，一點也不詞窮了。「她規矩這麼差，主人家一定是個破落戶。」

梁桂英口沒遮攔，絲毫不知道自己連布政使顧大人一家也罵上了。

章靜琴與顧嬋相熟，常在她家中出入，自然見過剛才那婆子。她有心維護顧嬋，再加上看梁桂英不順眼，嘴裡嘖嘖有聲，故意揭短道：「這年頭有人學問還不如下人。」

「妳說誰？」梁桂英怒問。

「我也好奇是誰啊，」章靜琴賣著關子。「哦，原來是個泥腿子。」

這一句真真戳中梁桂英的痛腳。

梁桂英的父親梁三出身農戶，少年時遇到荒年，為求活命投了軍，好在他人還機靈，從最低的職位一步步靠軍功爬上來，現今做了衛指揮使，別人給面子稱一句英雄莫問出處，其實背地裡沒少議論泥腿子也有因緣際會風雲變的運道，那都是鄙視不屑又尖酸刻薄的味道。

因此梁家人最聽不得「泥腿子」三個字，梁桂英又是個一點就著的火爆脾氣，章靜琴話音才落，就被她撲過來撕打。

在座的全是高門貴戶深閨嬌養的女孩子，哪裡見過人如此撒潑，一時間全愣在那處不知怎麼辦好，還是丫鬟們反應快，有幾個湊上去拉架，全被梁桂英推開跌坐到地上。

梁桂英力氣大，章靜琴也不是省油的燈，她小時候身體不好，為了強身健體，練過兩年拳腳功夫，這會兒一點不留地全往梁桂英身上招呼。

兩個人都吃了對方的虧，也更加發狠，只聽哐啷一聲巨響，竟是扭在一起撞壞了欄杆跌進池塘裡。

好在那池塘不深，才沒膝蓋而已，人是無大礙，只是全身濕透。梁桂英髮髻散開，髮絲凌亂地糊了半邊臉，章靜琴襦裙撕掉一片布，鵝黃的絲羅正掛在身旁的荷葉上，俱是狼狽不堪。

好在終於都住了手，只是狠狠盯著對方。

梁三下屬指揮同知家的方舜華，還有馮鸞趕緊吩咐丫鬟，分別拉兩人上岸，顧嬋解下自己披的夾緞斗篷給章靜琴繫上，各自回房梳妝整理，不歡而散。

客房裡，章靜琴已洗過澡，換過乾淨衣裳，手裡捧著熱薑茶，邊喝邊念叨：「最見不得這種人了，說白了不過靠父蔭，自己半點本事也沒有，還囂張跋扈……」

「好了好了，」馮鸞打斷她。「又不是什麼好人好事，妳還忘不了了。」

其實馮鸞也看不慣梁桂英，只是她性子比較沈靜，所以沒有當著梁桂英表現出來而已。勛貴人家正經的作派是不刻薄下人的，下人犯錯以事論事，可以打可以罰，甚至直接發賣掉，卻不興在言語上侮辱，因為那樣丟的是做主人的臉面，傳開了也叫同等人家瞧不起，沒出閣的姑娘如果這樣給外人知道，將來說親都說不上好人家。

顧嬋也一樣不喜，再想想關於梁桂英為人的傳言，問章靜琴：「妳不怕她找伯父伯母告狀嗎？」

章靜琴滿不在乎地道：「才不，我娘從來都是護短的，我爹麼，反正他派人傳信給我娘，今日他不過來了。」

丫鬟正拿帕子絞乾章靜琴的頭髮，力氣不慎使大了，她皺了皺眉，吩咐換成熏爐，又繼續道：「他今日比我還倒楣。」

章靜琴的父親章和浦是幽州府的提刑按察使，同顧景吾一樣屬於三司之一，今早也同樣照例去靖王府候見，誰知靖王心血來潮，命大家一同前往百花園賞花議事。章和浦才進王府，還沒坐穩，便又返出來上了車，誰知車才起行沒兩步，就撞了個大姑娘。

說撞也不確切，因為據車夫說她是自己撲過來，害他躲都躲不及。

大姑娘口口聲聲喊著冤枉，求大人伸冤。

章和浦問了幾句，原來不過是通州縣裡偷雞摸狗的小事，此等事自有知縣開堂審理，再不行還有知府呢，按理說怎麼也不用堂堂正三品按察使大人親自出馬，可靖王殿下就在旁邊冷眼看著。

雖說朝廷命官任用不歸藩王管，但人家到底是皇帝的親兒子，在皇帝面前隨口一句半句，搞不好就是他後半輩子前途的關鍵，章和浦不過四十出頭，還盼著有朝一日做京官呢，因此不得不親力親為一番以求表現。

「他這回肯定得忙好多天，就算知道也顧不上教訓我，左右不過叫我娘來管教，結果都一樣。」章靜琴得意洋洋地道。

章靜琴說得輕鬆自在，顧嬋也對京郊的小案不上心，她心裡翻來覆去想了很多，一忽兒是江憐南，一忽兒又是韓拓。

晚間的百花宴得到眾人交口稱讚，安國公夫人甚至要求見一見煮出佳餚的能人。能得安國公夫人垂青，這樣好的機會不能浪費，寧氏派人將江憐南帶了上來。

在幽州府裡，安國公府是僅次於靖王府，第二尊貴的人家。當年靖王小小年紀初上戰場，便是給安國公做副將，可以說是他教出了如今戰無不勝的靖王，而且靖王對他的敬重也人盡皆知。無形中更提高了安國公府的地位。

安國公夫人四十有餘，模樣甚是慈祥，見了江憐南便問：「好孩子，聽說百花宴的菜品全是妳想出來的？」

「不全是，早前我先草擬一份，其中不合適的我家夫人指出來並且替換掉了。」江憐南答得非常誠實。

不貪功，不諉過，安國公夫人對江憐南又多三分好感，問了她很多話，其中自然包括她的身世。江憐南全都答得不卑不亢。

安國公夫人賞了她一對水頭兒十足的翡翠鐲子，出手大方，令人驚嘆，即便這樣，江憐南依舊表現得體，不由叫人再高看幾分。

入夜之後，好動的小姑娘們還有最後一個活動，提著花神燈在花神廟附近巡遊。花神廟就在百花園裡頭，日落開宴前，百花園已清過場，除了延壽寺的僧侶，以及賓客名單上的幽州勛貴外再無閒雜人等，安全無虞，自然可以放心遊樂。包括顧嬋在內的很多姑娘，連丫鬟都沒跟著，只會同幾個夥伴，由僧人指引前行。

巡遊隊伍漸漸擴大，燈火璀璨，與紅花綠樹相映成趣。

行至花神廟門前，顧嬋突然被一顆飛來的石子打了一下，石子雖小，打在身上卻疼得很，她扭頭朝石子飛來的方向尋找肇事的壞心人，看到韓拓正對大門站在廟內庭院裡，笑著對她招手。

顧嬋可笑不出來，氣呼呼把頭擰回，腳上不停步，根本不想理他，餘光卻瞥見韓拓抬腿要往廟外走，大有她不進去他便出來找她的架勢。

顧嬋膽子小，韓拓一嚇她就心慌，連忙對馮鸞和章靜琴假託解手，返身往回走。巡遊的隊伍有鑼鼓相伴，熱鬧非常。顧嬋一直走到最後面，站在原地看著隊伍走遠，確定沒人能看見她時，才邁步進了花神廟。

「王爺又找我做什麼？」顧嬋覺得被強迫做不願做的事情，心裡不痛快，問話時噘著嘴，語氣硬邦邦的，可惜聲音嬌柔，帶不出氣勢。

韓拓並不回答，將顧嬋拽到右側兩人高的石碑後面，從她手裡接過花神燈。

那盞燈是寧皇后派人從京師送來的皇商貢品，燈作傘形，有八角，以松江特產的玉版談箋糊成，面上用碎金屑描成十二花神遊春圖，才不過手掌高的人物，身姿神態無一不精妙傳神。

韓拓看也不看，一口氣吹滅了燈內紅燭，兩人瞬間置身於黑暗之中。

這倒好，不怕有人尋燈光找過來發現他們，顧嬋暗地裡鬆一口氣，耳聽韓拓問道：「過了大半日，妳想好送我什麼了嗎？」

唔，就為了這個？顧嬋覺得他有些小題大做。

圓月半遮半掩地藏在厚厚的雲層裡穿梭，朦朧的光暈照不透萬物。

顧嬋看不清韓拓的五官模樣，只隱隱約約能描繪出大概輪廓，因而比平時大膽些，敢於提出要求。「我不想送，私相授受，於禮不合，王爺可以想別的方式讓我回報你嗎？」

韓拓輕哼。「若當真講究守禮，妳就得乖乖坐上小轎從側門抬進本王王府了。」

顧嬋心知肚明他說的是實情，完全沒法反駁，到底不甘心，想起他從前的話來，便道：「王爺不是說過，不想娶我嗎？」

「嗯，本王什麼時候說過？」韓拓輕飄飄否認。

原話確實不是這句，可意思還不都一樣，顧嬋學著他當初的強調。「王爺說過，要娶我只是玩笑話。」

她如此執著於拒絕他，令韓拓不悅，索性挑明。「本王反悔了。」
顧嬋目瞪口呆。「王爺怎麼能言而無信呢？」
一時說娶，一時說玩笑，一時又說反悔，還有人比他更反覆無常嗎？
韓拓握住她纖纖細腰，惡狠狠道：「到底是誰言而無信？說要回報的人是妳，本王提出要求，妳卻諸般推脫。怎麼，利用完本王，便要急不可待地劃清界線？」
「不是，我沒有……」顧嬋囁嚅。韓拓一發怒，她就想起前世裡金鑾殿上第一次見他的情景，恐懼在黑暗中恣意而生。
韓拓乘機逼近。「本王決定了，就要妳一條帕子，需得繡上本王和妳的名字。」
這是生怕旁人不知道他們兩個有牽扯嗎？顧嬋情急，連連搖頭。
韓拓只當作沒看到，自顧自說道：「就這麼定了，明日本王要動身去邊境重新布防，一個月之後回來，妳先將手帕準備好，到時候本王再來找妳。」
來赴百花宴的人今晚大都在園內客房安置，韓拓明天清晨便要啟程，不能留下，特地來見顧嬋。自己心有不捨，可看她表現，怕是巴不得自己再也別回來，韓拓心裡酸澀，說不清到底是什麼滋味。
顧嬋靜靜地不說話，她不想再見他……
耳中卻聽韓拓柔聲道：「妳要是有事情找我，就寫信交給白樺，她知道怎麼送到我手上。」
顧嬋倒抽一口涼氣，白樺是顧景吾找來懂武功的丫鬟，昨日才進顧家，想不到竟是韓拓的人。

她諷刺道：「王爺果然安插了細作在我家裡。」

韓拓嗤笑。「那是為了保護妳。」

韓拓一世沒怕過什麼，如今只要想起上元夜裡的事情便心驚膽跳，要是沒趕巧遇到他，顧嬋會是什麼下場？他絕不容許這種意外再有機會發生。

顧嬋滿心不樂意，留下白樺等於把韓拓的眼睛黏在自己身上，從今以後逃不過被他監視，她打算明天回家便要把白樺打發走。

「怎麼不說話？是不是想著明天我前腳出城，妳後腳就把白樺趕走，嗯？」韓拓一語道破。

哎，這人是懂讀心術不成？

顧嬋撇嘴，她不能承認，唯有耍賴。「難不成連不說話都有錯了？」

韓拓不再去戳穿她，只道：「白樺拜師學過醫理，蕭鶴年走前教會了她南海花毒的診斷方法與解毒方法。」

其實這才是他今日想說的重點。「我聽顧大人說家中並未翻查到證據線索，但若有心藏匿也不是完全不可能成功。前些日子蕭鶴年在，對方肯定不敢再輕易造次。如今他離開了，萬一對方故技重施，有白樺防著，也就不怕了。只是妳千萬別透露出去，以免打草驚蛇，知道嗎？」

她又不傻，當然不會到處宣揚。可顧嬋不服氣，故意唱反調。「也許是外人做的也說不定。」

「不管是什麼人做的，你們安全無事最重要，命保住了，其餘皆可以再查。」說著抬頭看天光，月上中天，時辰已到。

他重新點燃花神燈，交回顧嬋手裡，張開雙臂道：「為夫要走了，臨別前讓我抱一抱可好？」

為夫他個頭，顧嬋沒有見過這樣厚臉皮的傢伙，不願同他歪纏，抱著燈跳開。

鑼鼓聲漸漸近了，繞花神廟巡遊一周之後，便要進來將燈掛上枝頭，她得趕在隊伍到達前出去。「王爺說完了吧，我要走了。」

顧嬋不等韓拓回答，已返身向外跑去。

韓拓沒攔她，顧嬋竟有些不大適應，跑出幾步，停下來，回頭看他。

韓拓還站在原地，用剛好能讓她聽到的聲音，不緊不慢道：「乖乖等著我回來娶妳。」

韓拓的語氣溫柔且飽含寵溺，顧嬋有一刹那失神，恍惚間彷彿生出些微不捨。

鏗鏘的鑼鼓很快將她拉回現實，再不走怕是來不及。

「王爺莫再胡亂說笑了！」顧嬋說罷，跺腳扭身，頭也不回地跑了出去。

待她隨著巡遊隊伍再次進入花神廟內，石碑後已空空如也，韓拓早不在那處了。

回到客房安置時約是四更時分，遊玩整日，十分疲累，顧嬋一沾床便睡著了。然而，她這夜睡得並不安穩，在夢裡回到曾經生活五年之久的禁宮。

琉璃瓦，朱漆門，斗拱重簷，雕梁畫棟，檀香裊裊，燈火通明。

身穿玄色重甲的士兵靜默有序地穿梭在巍峨的宮殿之間，顧嬋被他們押解著，不得不疾行前進。

風雪大作，華麗的紵絲翟衣不足以禦寒，身體漸漸僵硬，舉步維艱……

終於到達奉天殿，顧嬋邁過門檻進去，十幾名妃嬪跪在西側，瑟瑟發抖，低聲哭泣，顧嬋走到她們前面，一樣跪下，沈重的九龍九鳳冠壓得她幾乎抬不起頭來。

韓拓高坐金龍椅，垂眸專注地擦拭偃月刀，忽而抬眼望向顧嬋，凌厲的鳳眼冷漠如冰。

「朕說過，等朕回來就會娶妳，妳很乖，朕很開心，這份大婚之禮是朕精心準備，皇后可還喜歡？」

他將顧嬋打橫抱起，放置於金龍椅上，她未坐穩，已被推躺下去，他欺身而上……

「不要！」顧嬋掙扎大喊，猛地睜開眼坐起。

青紗帳外，一燈如豆，原來只是個噩夢。

睡在外間的碧苓與碧落聽見動靜，外衫都來不及披，立刻趿拉著鞋子趕進來。「姑娘可是魘著了？」

顧嬋擁著被子坐在那裡，驚魂未定，呼吸急促，額頭滿是汗滴。

碧落趕忙坐上床頭，輕掃顧嬋背脊給她順氣，一面安撫。「沒事的，沒事的，只是夢而已，夢都是反的呢，姑娘別怕。」

碧苓麻利地沏了岩茶來，直將茶杯送到顧嬋嘴邊。「姑娘，喝杯熱茶壓壓驚。」

顧嬋就著她手小口啜著，喝掉大半杯，氣息漸漸平順，便著兩人繼續去睡。

外間。

碧落扶她躺下，掖好被角，碧芩拿溫水浸了帕子替顧嬋擦淨汗水，然後兩人才齊齊回到外間。

顧嬋在黑暗裡翻來覆去，再也無法入睡。她本覺得韓拓今日反覆無常是為了捉弄她，現在靜下來細細回想，只怕自己想錯了。

韓拓若只是動手動腳，胡說八道嘴上討便宜，或許還能說是胡鬧，但他安排白樺到自己身邊，便說明他並非玩笑。往來任丘的那一趟，韓拓已做得仁至義盡，而後她顧嬋的安危與他韓拓又有什麼關係，需得他這般費心關注。

顧嬋真想告訴自己那只是韓拓喜歡掌控別人而已，畢竟他將來會起兵謀反，一個殺孽深重的逆賊有些奇怪的癖好才正常。可她沒辦法說服自己。那日下山時說的話或許只為了打消她的戒心，他可能真的想娶她。

顧嬋不知道自己到底什麼地方令韓拓動了心思。當然，這不是說她認為自己不是值得別人戀慕的好姑娘。她純粹是想不明白，為什麼兩世裡韓拓都要這樣莫名其妙地「霸占」自己。

前世還能說是為了刺激姨母。這輩子又是為了什麼？

顧嬋以前沒有想過自己究竟想要嫁給什麼樣的人，前世是因為來不及想便被寧皇后定給韓啟，今世則是還未顧及。

但她清楚，自己不想嫁給韓拓，也不想嫁給韓啟。後者，她更多的是表兄妹之情，是親人，而前者，是會讓她與親人對立的人。

顧嬋希望這一世闔家安康，這個家不只是顧景吾夫婦與他們兄妹五人，也包括永昭侯府、寧國公府的人，韓啟自然也算在內。

若要救韓啟，就得出賣韓拓，提前抑制他謀反的可能，這無異於將韓拓推上死路。

韓拓曾為救寧氏出了大力，顧嬋不想恩將仇報……

看，這就是個死結，顧嬋煩躁地踢腳，賭氣般拉起被子蒙住頭。

隔壁客房內，顧景吾夫婦已經晨起。

寧氏手持玉帶，圍在顧景吾腰間扣好，又為他整理衣襟，收拾妥當，喚丫鬟進來伺候兩人洗漱。

「昨兒耽擱整日，今日會在衙門裡多留一陣，晚上別等我吃飯了。」顧景吾接過巧月遞來的熱毛巾，一邊擦臉，一邊叮囑。

「嗯，你也不要太晚了，我等你回來再睡。」寧氏坐在妝檯前，由蓮心為她綰髮。「對了，我想給璨璨找個伴讀。」

顧景吾正用竹鹽漱口，一時未曾回話，到寧氏髮髻梳好，他也洗漱完畢，上前接過蓮心手中鎏金嵌紅寶石海棠花步搖，幫寧氏簪在髮中。「怎麼突然想起這事？」

寧氏回首對丈夫笑了笑。「璨璨大了，過兩年該議親了，平日的功課應當再著緊些，從前在家裡時有姍姊兒作伴，還算過得去，到幽州之後只她一人，日漸憊懶下來，這樣下去可不成。所以，我打算找個人陪她，兩人有比較，才能有動力。」

顧景吾道：「倒是個好辦法，妳可有合適的人選了？」

寧氏答道：「我看鄭氏的女兒不錯。」

顧景吾皺眉道：「就這一人？沒其他人選了嗎？」

他亦聽聞了今日安國公夫人讚賞江憐南的事情，男人看事情的出發點與女人不同，他寧可女兒懈怠慵懶，也不想她在無謂的與旁人比較中挫傷自己。何況在他心目中，女兒已經足夠好，就算才學上更進一步，也不過錦上添花而已。

「相公不喜嗎？」十多年夫妻，寧氏自是聽出顧景吾話中的不樂意。

顧景吾未曾見過江憐南，談不上喜或不喜。「我看她舅舅做事雖一絲不苟，恪盡職守，但為人不大靈光，所以一直未能升遷。」

顧景吾說得十分含蓄。鄭懷恩做了足足二十年九品官，皆因為人太不懂變通。有句俗話叫：外甥多似舅。一家人性情上難免近似。顧景吾既擔心伴讀太過優秀讓女兒受委屈，又擔心對方有這樣那樣的問題，不知不覺中影響女兒。

寧氏意識到這是嫌棄對方門第，不過選伴讀肯定會比自家門第低，就像顧楓給七皇子做伴讀，哪有反過來的道理，她解釋道：「她父家曾是江南大族，祖輩官至前朝太史公，只是後來沒落了。」

顧景吾心道：那更糟。但凡世家沒落，無非是家風出了問題，子孫紈袴無能，不思進取所致。相比較下，他倒寧可選擇寒門小戶卻聰明上進的孩子。

「我看碧苓、碧落都不錯，人伶俐，也開過蒙，又是從小和瓅瓅一起長大的，不如讓她們伴讀。」

寧氏嘆道：「我也知道她們兩個好，就是擔心她們事事順著、讓著璨璨，起不了效果。」

寧氏並非一時心血來潮，從鄭氏提出讓江憐南來幫忙籌辦百花宴時她便有這個打算。

那日鄭氏拿來的菜單，明眼人一看就知並非出自鄭氏之手。待到後來她推薦自家閨女，寧氏還有什麼不明白的。鄭氏母女兩個顯然早打好了主意，如果不是寧氏對菜品不夠滿意，怕是不用等她問起，鄭氏便會主動提出請人幫忙的事情。

寧氏也是做母親的人，大致能猜出鄭氏的打算。換作是寧氏自己，女兒才貌皆出眾，她也不忍心就此埋沒。適當時候提供一次機會，對寧氏不過舉手之勞。

昨日江憐南如願得到安國公夫人讚許賞賜，在幽州貴婦人面前露過臉，但之後如何，還要看她自己的造化。畢竟，江憐南的身分擺在那裡，要進高門做正妻怕是十分困難。

寧氏認為江憐南適合給顧嬋做伴讀，其實是看中她心氣高。從她列的菜單中能看出，這孩子在刻意求表現，雖說有些過於想出風頭而忽視了其他事情，但寧氏要的正是能夠和顧嬋相互競爭的人。

寧氏夫婦兩個商量了許久，因一時實在沒有其他更好的人選，最後，顧景吾還是依了妻子。

這日回到府中，寧氏讓江憐南跟隨顧嬋去拜見了雲蔚夫人，從此，兩個女孩子便開始一起讀書學藝。

江憐南在學業上其實比不過顧嬋，自從四年前父親去世，隨母親回到幽州投奔舅父之後，江憐南已未再接觸過書本。而且，她琴藝和畫技都沒有基礎。好在她知道這機會得來不易，異常珍惜，刻苦用功，人又聰慧，很快便有明顯進步。

寧氏也開始不時向顧嬋灌輸管家之道，江憐南偶爾旁聽，往往比顧嬋更顯露出心領神會的表現。

其實，顧嬋並非表現出來的那般懵懂，很多事情前世寧皇后曾教導過她，那可是一國之母，自是比任何家庭的主母更有眼界與手段。顧嬋故意裝出什麼都不懂的模樣，只是想等自己學會後，寧氏能得到更多成就感。

忙忙碌碌中，時光轉眼即逝。

三月中，西山桃花正豔。顧家母女擇日踏青賞花。

顧嬋此時與江憐南已經十分熟悉，便邀了她一同前往。

「聽說西山碧雲寺的菩薩特別靈驗，香火鼎盛幽州數百年，」去程的馬車上，江憐南道。「妳想不想去拜一拜？」

顧嬋如今生活順意，沒有什麼特別想求的，但見江憐南神往的模樣，也想去見識見識。

於是，她便向寧氏提出去碧雲寺上香，寧氏體力不如兩個小姑娘，賞花後已見累，一聽碧雲寺在山頂，徒步登山後，還要再登五百臺階才能進大殿，立刻沒了興趣，便吩咐白樺陪兩個小姑娘上山，自己帶著丫鬟去馬車上休息。

顧嬋與江憐南添過香油，各求了一支籤。顧嬋的是上籤，今日新花上嫩條，意為紅鸞星動；江憐南的卻是下籤，頃刻雲遮亦暗存，會遇突發事件，前途不甚明朗。

下山的路上，江憐南情緒明顯低落，靜默半途，忽然問道：「璨璨，妳想過自己要嫁什麼樣的夫婿嗎？」

這話問得巧，前些天顧嬋才考慮過此事。「自是要嫁一個真心疼愛我的人。」

江憐南側頭看她。「只是這樣嗎？對方的樣貌、門第之類的妳都不考慮嗎？」

顧嬋搖頭，她不是沒考慮過，只是依前世種種，即便是皇室天家生活也未必順意。她權衡過，認為自己還是更想過安樂的日子。

江憐南嘆口氣，似是自言自語般道：「也不需妳考慮，妳是侯府出身的，將來的夫家門第又怎麼會差呢。」

顧嬋不接她的話，只問：「那妳呢，妳想嫁什麼樣的人家？」

江憐南面上微紅，羞澀道：「我說了妳可別笑我。我想嫁一個有權有勢的人，其他的事情我都不在意，只要他能保護我、照顧我就行。」

顧嬋似懂非懂。「無權無勢便不能保護妳、照顧妳嗎？」

「妳沒吃過苦，妳不懂。」江憐南欲言又止。「前些年裡我見多了，那些沒權沒勢的，自保都難，遑論妻女……」

一聲響雷打斷她的話，抬頭只見空中黑雲翻滾，頃刻間雨滴已落下。

三人一路小跑，奔到不遠處的涼亭避雨。等了兩盞茶工夫，雨勢絲毫沒有要停的跡象，反而愈來愈大。

顧嬋愛美，只穿著鮮亮輕薄的春裝，適才淋濕了，此刻被冷風一吹，瑟瑟發抖，噴嚏連連。

江憐南聽得皺眉。「再這樣下去妳會生病的。馬車上有傘，我去取來。」

「讓白樺去吧。」顧嬋道，她想白樺會功夫，身體比她們兩個都強壯。

江憐南也想到白樺會武功的事情。「還是讓白樺留下吧，她的責任就是保護妳呢。」說完，快步跑出去，山路彎轉，不多時已看不到她身影。

顧嬋等了很久也不見江憐南回來，她又不喜同白樺聊天，總覺得不管和白樺說什麼，最後都會被韓拓知道。雖然她並沒什麼不可告人之事，但就是不喜歡那種被他監視的感覺。

正百無聊賴間，忽見遙遙一道身影從雨霧中走來。

那人漸漸走近，手中高舉十六骨油紙傘，上半身隱在繪墨竹的原色傘面之下，只見到雨過天青色的錦袍下襬與厚底墨黑皂靴。

顧嬋不知為何竟緊張起來。

待到來人走進涼亭，傘面斜晃，露出俊美如謫仙的面孔。除了韓拓還能是誰。

月餘未見，韓拓原本明亮的淺麥色肌膚被草原的烈日曬成深沈的古銅色，人也略微清瘦，這些變化不但不曾折損他的容顏，反更顯得輪廓深刻如刀鑿，稜角分明，五官精緻，叫人看到便挪不開眼睛。

「看什麼呢？本王臉上有蟲兒嗎？」韓拓問，唇角高高上揚，眉梢眼角盡是笑意。

聽到問話，顧嬋從短暫的失神中恢復，發現韓拓正站在她身前，而白樺已撐起韓拓的紙傘走出涼亭。

顧嬋有些惱火，撇著嘴垂下眼眸，並不打算詢問他為何來此。在這裡遇見不可能是巧合，韓拓自有他的目的，她不問，他也會說，不然豈不是白來一趟。

韓拓似乎並不在意她的刻意冷淡，沈穩有力的大手伸來，握住她柔若無骨的小手，拇指在她手背滑嫩的肌膚上輕輕摩挲。

顧嬋猛地一抽，再一甩，脫開他的手，不悅道：「王爺有事嗎？可不可以好好說話，不要動手動腳的。」

韓拓笑道：「本王今日前來賞花，偶遇姑娘，竟然一見傾心，敢問姑娘芳名，家住何方，改日本王也好正式登門拜訪，取回姑娘專為本王準備的羅帕。」

韓拓的遊戲沒有引起顧嬋的興趣，她依然冷著臉，在心底偷偷演示著，拿捏了數遍腔調，希望說出口時能儘量強硬些。「王爺，我說過我不想送。」

韓拓收斂笑意，嚴肅道：「本王也說過，布防回來後，會找妳拿。」

原來從分離前兩人便各持己見，誰也沒把誰當時說的話聽進去。如今再見，又各自執著自己認定的結果，於是陷入詭異尷尬的局面，兩個人都想如意，但這不可能，只好你瞪著我，我瞪著你，僵持起來。

韓拓到底是男子，且比顧嬋年長，自覺同小姑娘置氣有失風度，率先讓步，牽住她手，柔聲輕哄。「不想送手帕，便做個荷包吧，還是一樣繡上妳和我的名字。」

他手上施力，顧嬋掙脫不開，蹙眉道：「荷包我也不會送你。」

韓拓不急不惱，他打定主意，耐心十足，伸出手臂虛環住她腰肢，令兩人更形親暱。「怎麼了？不開心？是不是最近功課太多，太累了，才這麼煩躁？沒關係，本王不催妳，待妳有空時慢慢做，反正本王一直等著。」

他怎麼知道她功課多？

顧嬋看向涼亭外，白樺舉著油紙傘，背身站在雨裡，對涼亭裡的事情完全不聞不問。她頓時火冒三丈，還說保護她呢，護衛是這樣做的嗎？這根本是敵軍的奸細。

若不是白樺通風報信，韓拓怎麼知道她今日來西山賞花，又怎麼能找到這處涼亭。

韓拓一說話便要動手動腳輕薄她，最是需要保護與解圍的時候，白樺不來幫忙就算，反而替對方站崗放哨。

其實顧嬋冤枉了白樺，是她給韓拓捎信報告顧嬋行蹤沒錯，但她此時真不是在替韓拓站崗。雨勢那麼急，就像詩句裡寫的，嘈嘈切切錯雜彈，大珠小珠落玉盤。即使有紙傘遮擋，也淋得衣褲盡濕。白樺多希望自己可以進涼亭裡站著避雨呀，可惜她不能，主人談話，她得避開。

顧嬋心裡有氣，說出來的話語氣自然生硬。「王爺，我不是太忙顧不上做。一方羅帕，一只荷包，能費多少工夫？我只是不想給你做，不管是忙是閒都不會做，之前不做，現在不做，以後也不會做。我說過要報答王爺，就不會食言。我會物色適合的禮物，之後請爹爹代送到王府去。王爺以後不要再來找我，我不會再私下跟你見面的。」

顧嬋一股腦兒說出來，流利得不行，氣都不喘的。實在是這番話她已經左思右想很多遍，熟悉得不能再熟悉。

這一個月的時間足夠她作出決定。

如果韓拓不來找她便罷，他來的話一定要把話說明白，不留情面，免得以後繼續糾纏不清。

韓拓聞言，臉色有些陰沈，但不過轉瞬即逝，很快便重拾笑容，仍舊輕聲細語道：「生我氣了？可是怪我沒有書信給妳？」

她明明說清楚了，可他故意裝糊塗兜圈子，就是不肯面對，還非得歪曲成她在耍脾氣、使性子，顧嬋對這樣的對話感到不耐煩，未加思索便脫口而出，根本未曾顧及話中意思容易產生誤解。「王爺為什麼要寫信給我？我又有什麼資格因為王爺不寫信來就生氣呢。」

韓拓笑著抓起她胸前散落的髮絲。「還說沒生氣，本王不是說了會娶妳，妳是我未來的王妃，別說幾封書信，妳有資格對本王提出任何要求。」

說來說去怎麼還在原地打轉，顧嬋急得不行，她經事少，稍不順利便沈不住氣，跺腳道：「我不是那個意思！」

韓拓放開她，他一讓再讓，搭出幾個臺階顧嬋都不肯下，非得把事情做絕了，他的耐心耗盡，笑意不再，聲音也跟著冷下來。「那妳是什麼意思？」

第六章

顧嬋硬著頭皮與韓拓對視。「王爺，我是認真的，我絕對不可能嫁給王爺。」

「為什麼？妳心悅其他人？那人是誰？是不是在京師？」韓拓問出一連串問題。

他在顧嬋身邊放了人，對她的事情瞭若指掌，在幽州顧嬋大抵不出門，也不認識什麼外男，所以如果有那麼一個人，想來是在京師。

韓拓也是氣急了，他根本沒想到顧嬋離開京城的時候才十二歲，那麼小的年紀又懂什麼心悅不心悅。所以韓拓純屬瞎想，他動了真心，關心則亂，也是人之常情。

顧嬋不想騙他，搖頭道：「不是這個原因。」

「那到底是為什麼？我們之前不是相處得挺好嗎？本王再怎樣也不至於讓妳討厭到這種地步吧。」韓拓繼續追根究柢，為了誘哄她吐露實情，聲音也放軟許多。

顧嬋咬著下唇，低頭糾結半晌，終於大著膽子道：「因為……你同姨母……互相看不順眼。」

韓拓笑出聲來。「我還以為是什麼天大的難題，原來不過如此，我又不同母后成親，與她互相看不看得順眼有什麼關係，我與妳互相看得順眼不就好了。」他心情放鬆，說話便隨意起來。

顧嬋早學會了不去理韓拓的調笑之言。何況，她也不覺得他有多順眼。韓拓確實有很多令女子心動的地方，但對顧嬋來說，她對他的感情並沒有達到非君不嫁的程度。

「反正我就是這樣想的，我將來要嫁的人，要能夠與我所有的家人都互相看得順眼。」

韓拓不以為然，說來說去，還不是在顧忌寧皇后的感受。他與顧嬋不同，他與寧皇后不但沒多少感情，甚至還可以說互相敵視，韓拓自然不會去顧慮寧皇后的感受，相反的，他很樂意給她添堵。

「最重要的還是妳自己的看法，別人根本不重要……」

「王爺別再說了！」顧嬋打斷他。「王爺覺得這事根本不重要，那是因為王爺不在意，可是對我來說姨母是親人，是我在意的人，我當然會顧及她的想法和感受。王爺離開的這段日子我一直在考慮這件事情，我覺得這樣最好。」

別看顧嬋平時性子綿軟，一旦固執起來可是十頭牛都拉不回。

韓拓想了顧嬋整整一個月，盼著回來見她；顧嬋也想了韓拓整整一個月，想的卻是怎樣把他遠遠推開。

她最後那句話，真的觸怒了韓拓。這認知猶如兜頭一盆冷水潑來，又如狠狠碰上個大鐵釘，把韓拓滿腔的柔情全部凍結成冰，再燃出熊熊怒火，偏偏顧嬋還要火上澆油。

「王爺，我要說的話都說完了，你快點走吧，我的丫鬟回來了，叫她們看到不好。」

她越過韓拓肩膀，看到江憐南與碧落一前一後從山路轉出。

「好，」韓拓口不擇言。「本王就如妳所願。」

他喚回白樺，拿了傘，頭也不回地下山去了。

「那人是誰？」江憐南同韓拓打了個照面，見他氣派不凡，好奇追問。

顧嬋不欲與她多說，撒謊道：「不認識，不過是個問路的。」

當晚，顧嬋便尋了個由頭，將白樺打發走了。

韓拓回到王府後一直生悶氣，臉冷得很，看得貼身伺候他的人個個心驚膽顫。結果在三恪堂見到提著包袱的白樺，韓拓反而笑了。

他什麼也沒問，只讓白樺回房休息，之後提筆給元和帝寫了一封信。

五日後，總管大太監梁晨光快馬到達幽州，他帶來的還有元和帝為韓拓與顧嬋賜婚的聖旨。

翌日適逢書院休沐，顧松、顧楓兄弟兩個回到家中。

前一晚他們已經得了信兒，知道賜婚之事，顧松只是略感突然，顧楓卻是全家最開心的一個。

「若是妳向姊夫美言幾句，說不定我還能進玄甲軍。」顧楓興奮得手舞足蹈，最崇拜的人如今不再遙不可及，將來不僅能進入靖王軍營，還有機會得到許多親傳指點，不由感嘆道：「瞧瞧咱們和姊夫這緣分。」

顧嬋本就心煩氣躁，被顧楓一聲聲姊夫叫得更加鬱悶，撇嘴道：「顧潼林，既然你這麼歡喜他，不如你嫁給他好了。」

顧楓口中茶水噴出，一手撣著衣袍，一手去擰顧嬋臉頰。「說什麼呢？妳才是歡喜傻了吧，男人怎麼能嫁男人。」

若他不是男人，就真嫁了不成？

顧嬋更氣，再道：「有什麼關係，反正我們長得一樣，他之所以會救我，也是因為從前見過你，才能認出我是顧家人。」

顧楓擦拭水漬的手停下，雙眼泛光，心裡美得直冒泡。「妳是說……姊夫早就對我有深刻印象……姊夫……姊夫他果然慧眼識英傑，英雄所見略同。」

顧嬋冷眼看他，潼林對靖王奉若神明，卻不知將來命會折在韓拓手中。罷了，嫁給韓拓也許有千萬樁不好，但有一樁總歸不會錯，至少潼林名正言順歸入他部屬，再不必面臨城門對決之禍。

千里之外，京師皇城中，同樣有人歡喜有人愁。

鳳儀宮裡，寧皇后整襟端坐，面冷如霜，腳邊滾了一地透明晶亮的蜜蠟佛珠，在煌煌燈火照映下，顯出繽紛色彩，瑰麗非凡。

小宮女連忙上前撿拾，卻被寧皇后厲聲喝退，趕出殿去。

「郝嬤嬤，妳說，皇上這是什麼意思？他可是知道那事……」

所以專指了她娘家妹妹的女兒，讓她再不能妄動嗎？不然怎麼之前一連數年不見動靜，如今卻突然下旨賜婚？而且還瞞著她，身為皇后、身為皇帝的枕邊人，她竟是在消息從幽州傳回後才得知。

「娘娘，那事隱密，相關之人也早已伏誅，皇上應不知情。」郝嬤嬤是寧皇后陪嫁，三十年的心腹。「只是同樣的事情可一不可再。」

寧皇后哼道：「難道眼睜睜看著他白白撿去我多年經營？」
她是皇后，自然照拂家人，妹婿一家她也沒少關照，為的不過是給兩個兒子將來多添助力。她娘家兄弟姪子多紈袴，反而永昭侯府一門英傑，也更得她看重，如今竟要一股腦兒便宜給那女人的兒子，這口氣怎麼嚥得下。
「娘娘莫急，依老奴所見，就算成了夫妻，也未必和順，靖王未必能夠借得上永昭侯府勢力。再退一步講，三夫人與二姑娘向來親近娘娘，二姑娘又是天真爛漫、心無城府的，說不定將來還能充當娘娘眼線，成為娘娘助力也不定。」郝嬤嬤輕聲勸道。
寧皇后很快冷靜下來，郝嬤嬤說得沒錯，她應做的是重新籌謀，而不是自亂陣腳。
待到初一，元和帝照例御幸鳳儀宮。
為韓拓和顧嬋賜婚的事情，元和帝確實刻意瞞著皇后，卻並非有什麼猜忌。皇后曾提過有意將姨甥女許給老七，只因兩人年紀尚小，所以不曾坐實。若讓皇后知道老三有意娶同一位姑娘，皇后未必肯答應。
這是老三第一次求他……
幾個兒子裡，元和帝最喜歡韓拓。因為他的生母，也因為他最像自己。偏偏韓拓自幼喪母，性情冷淡，素來與人不親近，連他這個父皇都受帶累。
那晚收到老三信件，元和帝心情大好，原來兒子並非不親近他，有大事時還是願意向他吐露心聲。
積聚多年、無處安置的父愛一股腦兒發作出來，元和帝打定主意滿足兒子願望，當即便派人將翰林院學士從被窩裡挖出來擬旨，再命梁晨光連夜出城，馬不停蹄趕往幽州。

至於皇后，他會再給老七選位好姑娘，各方面都不比老三媳婦差不就行了。

到底偏頗了兒子，虧待了妻子，元和帝見到寧皇后時主動提及。

「老三的婚事塵埃落定，朕總算放下一樁心事，接下來該給老六和老七選妃，皇后心中可有得宜的人選？」

寧皇后面帶微笑道：「那我可得好好選選，還得跟貴妃妹妹商量一下，回頭多選幾個給皇上過過眼，讓您來決定。」

六皇子韓哲是貴妃楊氏的兒子，今年十五，比寧皇后的七皇子韓啟大兩歲，年初剛封了晉王。

「嗯，孩子們的心意也考慮考慮，畢竟是過一輩子的人，他們也要喜歡才是。」元和帝想了想，又囑咐道。

「臣妾曉得了。」

寧皇后一邊親手服侍元和帝更衣，一邊想，難不成你不知道我和啟兒都看中璨璨，現在把她給了別人，還談什麼我們的心意？

但她可不會說出口，皇命難違，元和帝既然已決定，她若表現出絲毫埋怨只會令元和帝不喜，索性表現大方賢慧。「不過臣妾有一事憂心，璨璨能伺候靖王，那是她幾世修來的福分，我這個做姨母的替她開心。只是，璨璨如今年紀還小，一時不能成婚，靖王身邊卻不好缺了人服侍，臣妾想著，不如從今年的秀女裡選上幾個送過去。皇上您意下如何？」

寧皇后是過來人，想要夫妻離心，最有用的便是分寵。旁人尚且難說，她的妹夫顧景吾從未納妾，便是因為妹妹不願，顧嬋自幼受母親影響，在這事上未必看得開。皇家不是尋常人家，就算顧嬋將來當上靖王正妃，也不可能阻止皇上為靖王廣添姬妾，更何況如今。

這話元和帝聽了甚是受用，他如今一心展現父愛，對有關韓拓的事情非常上心，不出半月，第二道聖旨便送到了幽州。

因為顧嬋今年只有十三歲，成婚實在太早，元和帝下旨將大婚的時間定在顧嬋及笄之後，具體日子由欽天監選出，為元和二十三年的二月初五。

和聖旨一起到達幽州的還有賜給靖王的兩名秀女。

元和帝計劃得非常周到，先由這兩名秀女服侍兒子，若能添幾個孫子孫女當然最好，太子只大靖王兩歲，已經兒女成雙，韓拓身邊卻連個貼心的人都沒有。大殷的秀女皆是從平民中選拔，娘家身分低微，元和帝又刻意壓制，不給她們封號，自認為這樣不必擔心她們入府早占先機，影響王妃將來的地位。待到大婚之後，過一、兩年時間，再選兩個家世好的給靖王做側妃，也好給王妃作伴。

韓拓淡淡掃一眼兩位迎風款擺的美人，微笑讚道：「很好。」吩咐王府裡的管事嬤嬤將人帶去後院，又道：「這趟辛苦曹公公了。」

徐高陸捧來紅木雕花托盤，盤中整整齊齊擺放著四八三十二錠金燦燦、黃澄澄的大元寶。

今次前來傳旨的內侍是梁晨光的乾兒子曹德行，他懷揣金元寶喜孜孜地回到京城，向元和帝彙報。「殿下很高興。」

元和帝聽了合不攏嘴。

計劃初步達成，寧皇后喜不自勝。

靖王府某處偏遠院落裡，兩位秀女也非常高興，靖王殿下身分尊貴，青春年少，相貌又那樣俊美，兩人一心只盼著早日得到寵幸。

誰知日昇月落，斗轉星移，竟再不曾見到靖王容顏。

而另一廂，寧皇后不論是身為皇后還是身為姨母，都沒有理由不對顧嬋表示關懷。她給未來靖王妃送來一位教養嬤嬤。

這位簡嬤嬤和郝嬤嬤一樣，都是寧皇后的陪嫁，年紀大了仍未出宮，一直在寧皇后身邊伺候，是她最可靠的心腹。

如今是元和二十一年四月中旬，滿打滿算，顧嬋留在家中做閨女的時間也不夠兩年了。

寧氏滿心都是不捨，這與她原本的計劃相差太多，女兒不只要早嫁，還要遠嫁。

顧景吾在任上只要不犯大錯，一定會調回京中，不過時間早晚而已。而女兒做了靖王妃，便要隨夫長居幽州，沒有聖命甚至不能進京。只怕將來一年都未必見得到女兒一面。寧氏一想到這些，就眼淚汪汪，恨不得將自己的貼心小棉襖藏起來不讓嫁。

不捨歸不捨，寧氏現在不得不狠起心腸做個嚴母。

自從賜婚之後，顧嬋的課業重點已從琴棋書畫轉移到管家和女紅等內容。將來嫁入王府，她得擔起主母的責任，管家的學習便成了頭等大事，而女紅一直是顧嬋的弱項。

說起來這不能怪她，上輩子寧氏去世的時候她年紀還小，後來進了宮，寧皇后將她當作未來皇后培養，自然不會著重女紅一事。後宮各位主子，衣衫飾物皆有尚服局裁製。身為皇后，精通女紅固然錦上添花，不擅長亦無傷大雅。

不過，寧氏可是設身處地為顧嬋將來著想。按習俗，待嫁的姑娘都需自己繡嫁衣。顧嬋嫁作親王妃，成婚時穿的禮服由宮中定制，好歹免去一道難題。

寧氏認為，即便不繡嫁衣，嫁為人婦後顧嬋總要為夫君縫製些物件，雖說靖王府裡絕對少不了精工的繡娘，但王妃親手所縫製的意義卻不同。夫妻麼，要想感情和睦，講究貼心貼身，一個從不打點丈夫衣食住行的妻子，自然也「貼」不起來。

於是，晴嵐小築裡往日朗朗讀書聲，還有少女們的歡聲笑語，如今全部換成——

「哎喲！」

顧嬋坐在六尺寬的繡架前，委屈地吮著食指，江憐南從繡架另一側抬頭。「妳又扎到啦？」

她們今日繡的是花開富貴牡丹圖，花樣是顧嬋自己畫的，朵朵牡丹嬌豔富麗，層次豐富，刻畫入微。

江憐南不擅畫畫，但說到女紅完全難不倒她。從前在舅父家中寄人籬下，又受舅母苛待，她與鄭氏母女兩個就常把繡品拿出去寄賣，早已做慣。

江憐南是伴讀，顧名思義便是顧嬋學什麼做什麼她就跟著一起學什麼做什麼。

女紅上她高出顧嬋不止一頭，但跟著簡嬤嬤學規矩的時候，兩位姑娘卻完全顛倒過來。

簡嬤嬤不苟言笑，教起人來也異常嚴格。

顧嬋還好，前世跟在寧皇后身邊多年，不論是宮裡的規矩，還是簡嬤嬤本身，她皆十分熟悉。學規矩對她來說，沒有難度。頂多是多了個嬤嬤盯著，起居不像從前那般舒適隨意而已。

江憐南就慘了，簡嬤嬤不是嫌她坐著時眼睛亂瞟，就是嫌走路時腰肢扭擺得太大，連笑容都能挑剔出毛病。每每做得不合格就打手板，一點也不留情面。

這日，從早起到晌午，江憐南一共被打了二十下手板，主人家去歇晌了，她偷偷躲在梧桐院的假山後面，撫著紅腫的手心掉眼淚。

江憐南不是因為受傷而哭，她難過的是簡嬤嬤挑剔她時講的那些話，句句話外之音都在說她是個不正經的輕佻女子。雖然江憐南過了幾年苦日子，但這不妨礙她自視甚高。她和顧嬋一起上學的時候，也是各有高低，勉強算是平手。

任何功課一時學不好，都不算事兒，加緊努力總能進步。不正派卻是女子天大的缺陷，受到這種指責她心裡接受不來。況且江憐南從不覺得自己哪裡不正派，顧家夫人和安國公夫人不都很喜歡她嗎？為什麼到了簡嬤嬤這裡就什麼都不對？

顧松正好從書院休沐回家，他穿過梧桐院廊簷往自己住的跨院去的路上，便聽到假山後面微微壓抑的啜泣聲。

「是誰？誰在那兒？」

假山後面轉出來一個穿竹青色對襟褙子，梳雙垂髻，紅著眼圈的小姑娘。

顧松認得她是妹妹的伴讀，可名字他一時想不起來。「妳哭什麼呢？有人欺負妳了？」他語氣有些不自覺的嚴厲，因為擔心，怕這位姑娘跟妹妹鬧了彆扭，又礙於身分不敢明說，故意躲在這兒哭引人來。

不管發生什麼事，顧松總是護著自己唯一的妹妹，他得問明白了，把人攔下來絕不叫妹妹吃虧。

「不是的，二少爺。我只是被簡嬤嬤罰了，手上疼。」江憐南腦子轉得快，避重就輕道。

「受傷了？」顧松看她一直撫著手心，隨口道。「我那兒有傷藥，妳跟我來拿吧。」

顧松心裡好笑，自家姑姑出嫁前，也有宮裡來的嬤嬤教規矩，學不好就罰打手板，姑姑委屈得發脾氣說不嫁，結果被祖母禁了足。那會兒顧松已經八歲大，記得清清楚楚，沒想到今日舊事重演。

不知道妹妹怎麼樣了，會不會也挨了罰受了傷？

之前弟弟被父親責打時，顧松找來兩瓶上好的傷藥，沒用完的那瓶給這姑娘，另外沒開封過的，便給妹妹留著。

江憐南哪裡知道顧松心裡的彎彎繞繞，她受寵若驚地跟他到了跨院門口，站在那兒等著。

顧松走進正房，出來的時候手裡多了個白瓷瓶。

午後陽光燦爛，顧松背光穿過院子，江憐南迎面看他，只覺眼前少年高大英俊，如鍍過一層金般閃閃發光。

江憐南進了顧家之後便隨鄭氏住在後罩房，對窗的大通鋪睡了八個人，貼牆的兩個立櫃大家共用。

即便江憐南對那瓶傷藥珍而重之，也沒有一個屬於她自己的地方可以妥當收藏，只能壓在枕頭下面。

翌日一早，鄭氏收拾床鋪時，那白瓷瓶骨碌碌滾下來，她拾起打開一聞，便知是藥。

江憐南正蹲在窗底下洗衣服，鄭氏攥著瓶子走出去。「妳哪兒不舒服？怎麼會有一瓶藥？」

她們母女兩個相依為命，鄭氏素來對女兒的一舉一動皆十分關注。

學規矩挨手板的事情，江憐南本來沒打算告訴鄭氏，現在卻不得不說。

「讓我看看。」鄭氏蹲下去拽她的手，看到手心紅腫心疼不已。「手傷了怎麼還洗衣服？我去跟夫人說那規矩咱們不學了，二姑娘是嫁給王爺才學皇家的規矩，妳根本沒那個必要。」

「娘，我沒事。」江憐南反對道。「妳總說想讓我嫁戶好人家，學好了規矩當然不會有壞處。而且娘要真去說了，又叫夫人怎麼想，萬一以後別的也沒機會學怎麼辦？」

鄭氏不是不明白這些道理，不然也不會把女兒推到人前去，但還有一句話叫做關心則亂。「不怕，娘有辦法。桃紅前兒把腿摔了，給兩個少爺上書院送湯水的差事還沒著落呢，我跟夫人說讓妳幫把手，她覺得妳懂事勤快還來不及，又怎麼可能疑心妳偷懶。」

江憐南性子要強，讓她放棄學規矩，等於讓她承認自己不行，自然會令她打從心眼裡抗拒。但去書院給兩位少爺送湯水，便有機會經常見到二少爺……

想起那溫和英俊的少年，她紅著臉點了點頭。

梧桐院裡，寧氏母女的話題也圍繞著一雙手。

「娘，我的手扎得都快變成篩子了。」顧嬋嬌聲嗲氣，故意把尾音拖得長長的。

寧氏抓著她手湊在眼前，蹙眉道：「什麼也看不出來嘛。」

針尖才多大點兒，又過了一夜，顧嬋的手指頭依舊嫩得水蔥似的，一點痕跡也沒有。

「可是真的好疼。」

寧氏嘆氣道：「那怎麼辦呢？要不娘給妳找十個頂針，每個手指頭上戴一個，就不怕扎了。」

顧嬋腦海中描繪一番自己戴著十個頂針繡花的情景，然後非常堅決地甩頭把那可笑的情景拋開。「璨璨還沒嫁呢，娘就把璨璨當成潑出去的水了嗎？娘一點都不疼璨璨了。」

她說這話的時候抱著寧氏又扭又蹭，可著勁地撒嬌。

寧氏半點不為所動，知女莫若母，顧嬋開口說第一句話時寧氏便知道她的目的。要是從前寧氏一準心軟縱著她，但如今不行。「娘是疼妳才要求妳。這樣吧，妳肯好好做針黹功夫，娘便讓妳出門去逛錦繡坊。」

顧嬋心動了。

錦繡坊是幽州最大的布莊，平日不管是裁製衣裳的布料，還是女紅用的絲線，都是由錦繡坊送到顧家來供各人挑選，可顧嬋還是比較喜歡自己逛。

顧嬋得了一日假，由碧落、碧苓與江憐南陪伴，在錦繡坊的雅間裡消磨足有半個時辰，選了兩疋布，二十幾種顏色的繡線，才心滿意足登上回程的馬車。

「我覺得，妳可以嘗試給靖王爺做點簡單的東西，比如手帕、荷包或者汗巾子之類。」江憐南擺弄著一卷卷五彩繽紛的繡線，隨口建議道。

顧嬋反對。「雖然婚事已定，但現在送他這些於禮不合吧。」

江憐南噗哧笑出聲來。「我又沒讓妳現在就送給他。妳先慢慢做著，等將來成婚之後再送嘛，如果王爺知道這是妳一早專程為他做的，高興還來不及呢。」

她不過是將心比心，卻不知靖王是顧嬋不願觸碰的話題。

這時馬車到了點心鋪子荷香居門前，顧嬋便不再接話，只吩咐碧落與碧苓下去買數樣糕點。

錦繡坊、荷香居都位於北海斜街。幽州是前朝古都，當時為加強漕運，人工開鑿了惠河，使北海成為南北大運河的終點碼頭，這一帶也因而逐漸形成繁華的商業街道，許多知名商鋪都位於此處，包括三百年老字號大小酒家松鶴樓。

車外自是一片嘈雜，隱隱還夾著爭吵聲。

江憐南見顧嬋不說話，十分無趣，便掀了窗簾向外看。

吵架的是一對男女，男人橫眉豎目、疾言厲色，女人雖抹著淚，卻也毫不相讓，他們中間站一個八、九歲大的小女孩，被一人抓著一隻手臂拉來扯去。
原來，這是一家三口，男人欠債沒錢還，打算將女兒賣進青樓，女人發現後趕來阻止。這等賣兒賣女之事雖然惡劣，但並不鮮見，斜街上人來人往，根本沒人圍觀，更別提伸出援手。
江憐南聽明白來龍去脈，一聲不吭跳下馬車。
顧嬋低著頭理線，忽覺馬車一震，抬頭時江憐南已不在車內。
她挑起窗簾尋人，竟見江憐南站在一個瘦猴似的男人跟前，氣勢洶洶道：「你知不知道把她賣去那裡會毀了她一輩子，欠了錢想辦法賺回來便是，何苦害自己的女兒！」
那男人早被自己婆娘吵得不耐煩，對莫名其妙冒出來的江憐南更不會客氣，一把搡在她肩頭。「哪裡來的小娘子，老子的家事與妳何干，莫不是想送上門來給老子做小妾。」
他人雖瘦，力氣倒不小，江憐南毫無防備地被推倒在地上。
顧嬋忙叫趕車的護院去幫手，三兩下便將那瘦猴打跑了。
江憐南爬起來，把荷包裡的銅板全倒在小女孩手裡，她進顧家不過兩月，這已是全部身家。
顧嬋見狀，摸了摸自己荷包裡的碎銀，戴起帷帽，也下了車。
「這些給妳，足夠去鄉下買幾畝地收租，以後生活不成問題。那男人沒良心便不要再理他。」顧嬋學江憐南的樣子，把隨身的銀錢都交給那女人，她學著管家後，要看帳，自然知道各項市價。

「不行不行，我不能要妳們的錢。」那女人推拒著，一邊四處張望，一邊提醒道：「妳們快走吧，仔細他尋了人回來找妳們麻煩。」

話音未落，瘦猴果然帶著人從巷子裡跑出來，那些人個個五大三粗，凶神惡煞般，手上拎著棍棒，轉眼便至身前。

要走已然來不及，護院挺身而上，奈何對方人多，雙拳難敵四手，漸漸落了下風，被兩個大漢反轉手臂，死死壓制在地，動彈不得，又有人在他後頸補上一掌，便暈死過去人事不知。

有個穿紅戴綠、花枝招展的女人扭著腰走上前，雙手扠腰，尖著嗓子道：「也不打聽打聽我醉紅樓的柳媽媽是什麼人物，居然也敢壞我生意。現在就把她給我帶回去。」

她手一揮，瘦猴的女兒就叫人挾在肋下帶走了。

「小姑娘，妳模樣真標致，柳媽媽喜歡妳，來吧，跟著柳媽媽過日子，保證妳穿金戴銀。」她撣了撣江憐南衣裳前襟。「嘖嘖嘖，瞧瞧這是什麼破料子，咱們醉紅樓裡燒火丫頭都穿得比這金貴。」

江憐南嫌惡地拍開柳媽媽的爪子。

柳媽媽笑道：「喲，小姑娘氣性挺大，不過沒關係，男人就愛這調調，來來來，把她也帶回去，小心點，別弄傷了這張俊臉。」

「放開我！」江憐南掙扎不休，驀地朝顧嬋一指，聲嘶力竭地喊。「妳知道我們是誰嗎？她是布政使家的姑娘，是未來的靖王妃，妳敢亂來，顧大人和靖王都不會放過妳的。」

柳媽媽面色變了變，眼睛骨碌碌地在江憐南、顧嬋、還有那護院身上來回巡睃幾次，便恢復了正常。「真當妳柳媽媽沒見過世面哪？王妃出門，還不得鳴鑼開道，侍衛排出一條街那麼長，哪有妳們這樣寒酸。不過妳這點子妙，落難王妃來迎客，就是我得驗驗貨，青天白日擋著臉，別是個麻臉見不得人。」

她伸手來掀顧嬋帷帽，顧嬋向旁躲閃，便有大漢從後面上來捉她。

眼瞧著再也躲不過，突然不知從何處伸來兩隻手，一在顧嬋身前抓住柳媽媽手腕，一在後攥住那大漢手腕，只聽「喀嚓」兩聲響，他二人腕骨皆已折斷。

顧嬋看清來人，竟是李武成與林修。

「我乃靖王近衛長，你等在此造謠生事，假冒王妃，全部送官處置！」李武成發話，瞬間便有十來個侍衛湧出，將柳媽媽連同幾名大漢捆起，塞住口舌，丟進顧家馬車中，江憐南也一樣沒被放過。

「二姑娘，借一步說話。」李武成打出手勢，顧嬋便被他與林修一左一右夾著走開，不知情的看起來確實很像被押解。

行出數十步便是松鶴樓，李武成腳步一頓。「二姑娘，王爺請您上去見他。」

顧嬋抬頭，果見二樓一扇窗前，韓拓陰沈的面孔一閃而過。

賜婚後她與韓拓第一次見面，竟是在這樣尷尬的情形之下。

李武成引顧嬋到天字型大小雅間，進門先遇紫檀木邊點翠嵌牙花鳥插屏。轉過插屏，便見到韓拓坐在窗前玫瑰椅中，手托玲瓏骨瓷鏤空茶盞，悠哉悠哉地品茶。

松鶴樓客人皆是非富即貴，裝飾擺設自然極盡精巧之能。

雅間裡清一色的紫檀家具，插屏後設螭龍靈芝如意大圓桌，桌前八張配套圓腿燈掛椅，椅背板嵌巴掌大的和田玉，牆上掛著吳道子的山水圖，八扇雕花窗打開可將街景一覽無遺。窗前兩張玫瑰椅伴月牙桌，右側一張蝙蝠雲紋彌勒榻，就連茶盞裡都雕著一朵立體白玉蓮花，在清澈的茶水中悠悠盛開，栩栩如生。

顧嬋沒有心思欣賞這些，韓拓一直沈著臉，不看她，也不理她，她原本打算道謝的話便說不出口。

他們上次見面是一月之前，不歡而散的情景猶歷歷在目，如今他這般冷漠，顧嬋即使心中感激，又如何好意思表現熱情。

顧嬋唯有目不轉睛地盯著杯中蓮花瓣尖上那一點紅，藉此掩飾忐忑不安。

「妳可知今日做錯了什麼？」到底還是韓拓率先開口。

韓拓語氣冰冷又嚴肅，手中茶盞在月牙桌上磕出咚一聲輕響，顧嬋的心也隨之往下一沈。

她答不出他的問題，因為根本不覺得自己有錯，只好緩緩搖頭。

「幫人之前妳從來不先想想自己嗎？不懂得量力而為，到最後不單幫不上別人，還會害了自己。若是我今日沒在這裡，或是就算在也沒看到妳呢？妳現在會怎麼樣？妳以後會怎麼樣？」

若不是韓拓及時派人出手，顧嬋今日的名聲就算毀在此處。

沒人會在乎她真正的身分，他們只會傳言布政使家的姑娘、未來的靖王妃當街被鴇母掀了帷帽，被龜奴摟著抱著拖著拽著押進青樓……

就算顧嬋最後能逃脫，以後也不可能嫁給韓拓，甚至根本別想嫁給正經人家，恐怕只能出家為尼，長伴青燈，了此餘生。

顧嬋雖說不情願，也漸漸接受了要嫁給韓拓的事實，甚至列舉出一些嫁給他的益處。當然，如果能不嫁還是最好的，但她沒打算用毀掉自己一輩子做代價。

「王爺，真的感激你又救我一次。」顧嬋輕聲道。

這回她沒再問怎樣報答韓拓，嫁他不就等於以身相許。

韓拓並沒就此放過她，他一口氣梗在心口，這已經是第二次了！第一次尚且算作少不更事，但吃過一次虧，居然不長教訓，若不說得狠些，只怕將來少不了還會有第三次、第四次……總有一回要栽個大跟頭。

他也是關心則亂，卻有些冤枉顧嬋，今日畢竟不是她起頭去幫那對母女，只不過韓拓沒有看到全部過程而已。

「還有妳的丫鬟，」韓拓又道。「白樺妳不肯用，結果身邊都是沒腦子，關鍵時刻不知道護主，反而上趕著出賣主子的笨蛋？」

韓拓語氣太差，顧嬋下意識便想反駁他的話，完全不在意重點。「她不是丫鬟，是伴讀。」

韓拓嗤笑道：「就是那個廚娘的女兒？出身低，人沒規矩，再加上不懂護主，簡直一無是處，今日我便代岳父岳母把她處置。」

顧嬋驚訝，為韓拓厚臉皮的稱呼，更為他依舊對自己的一切瞭若指掌。「你打算把她怎麼樣？」

她當然看到江憐南和醉紅樓的人一起被塞進馬車，本以為不過是作場戲，免得惹人議論牽連韓拓，可聽他口氣，似乎並非這般打算。

韓拓道：「妳無須知道，反正從今以後她再也不會出現在妳面前。」

什麼叫做再也不會出現在她面前？除了死人，還有什麼情況能保證一個人永遠不出現在另一個人面前？

顧嬋急道：「她是我的人，要處置也是我自己來。而且，要用什麼人，是我自己的事情，不需要王爺操心，多管閒事。」

她口氣生硬到近乎頂撞，顧嬋也不喜歡江憐南適才做的事情，但那也罪不至死，最多不過不用她便是。而且，顧嬋實在太厭煩韓拓這種態度。自己又不是傻子，就算有些事做得不那麼周全，事先沒瞻前顧後，也不需要他像教訓小孩子一般教訓自己，更不需要他替自己作決定。

「如果妳不是我未來的王妃，我才懶得管妳死活。」韓拓毫不客氣地回敬她。「再說，若不是父皇下旨賜婚，我也不會娶妳。」

顧嬋聞言張口結舌，好半天才找回自己的聲音。「既然王爺不願娶，我也不願嫁，可否請王爺向皇上提議這樁婚事作罷？」

都說皇上金口玉言，說什麼便是什麼，聖旨既出，再無更改可能，但，韓拓是皇子，雖說不比尋常百姓家的父子關係，總歸也還能有些餘地，若是他肯試一試和皇上提及，未必沒有希望。

韓拓被她氣得直笑。「好，現在妳就同本王上京，一起去父皇面前表明態度，要求婚事作罷。」

他霍地站起，大步行至顧嬋身前，捉住她手臂將人往門口方向拽。

顧嬋適才說完便發覺不妥，心中頗有些後悔，但見韓拓如此行為，竟似當真要帶她離開，不禁又驚又怕，卻怎麼也掙不脫他鐵鉗一般的手掌。

韓拓只是嚇唬她，賜婚是他自己求來的，既是鐵了心不管顧嬋願不願意都先把人娶回去再說，又怎麼可能三言兩語不合便反悔。

他把顧嬋拖到門邊，看她嚇得花容失色，終於停下不鬧。

不過，韓拓可沒放開手，只是將攥手臂改為緊扣腰肢，強迫她面對面靠進自己胸膛。

顧嬋根本來不及推拒，韓拓的唇已不容抗拒地壓了下來，狠狠印上她的唇瓣。

顧嬋的唇粉嫩柔軟，如盛開的花瓣。韓拓絲毫也不憐香惜玉，他強硬地用舌頭撬開顧嬋的唇齒，肆無忌憚地品嘗她口中甘甜美味。

顧嬋沒有被人這樣對待過，她更想不到韓拓會這樣做，即便前世韓拓夜夜需索，也從來沒有親吻過她。

毫無疑問，對一個首嚐初吻的姑娘來說，整個過程都太過粗暴，顧嬋完全感受不到這種親密行為的美妙之處。

韓拓則不同，懷裡的姑娘嬌柔芬芳，蓬勃發育的兩團柔軟隔著春衫抵在自己胸膛，觸感美好，難以形容。他壓制住顧嬋不斷掙扎的身體，全情投入親吻之中，甚至完全忘記照顧對方的感受。

身體不能動，顧嬋還有牙齒，她卯足了勁去咬韓拓的舌頭，卻不知這舉動更激起韓拓征服的慾望。

在他一波強過一波的侵襲之下，顧嬋漸漸失去力氣，眼前一片昏黑，耳中聽不到聲音，頭腦中也是一團糨糊，她覺得自己變成攀附在大樹上的藤蔓，除了隨之舞動，再別無選擇。

不知過了多久，韓拓終於結束了這個充滿侵略意味的吻，他並沒有放開顧嬋，依舊緊緊摟住她，額頭抵著她額頭，鼻尖輕蹭她鼻尖。「以後再胡鬧，我就這樣懲罰妳。」聲音裡滿是饜足後的舒暢與溫和。

顧嬋猶在發愣，紅腫雙唇微啟，臉頰燦若飛花，雙目瑩潤如水，因氣息不穩，胸口急促起伏。

韓拓見她如此，禁不住再次吻下去。這次他可溫柔得多，吮著顧嬋唇瓣輕輕輾磨，一點一點誘惑她自己開啟牙關，與他唇舌糾纏。

待到韓拓鬆開顧嬋時，她只覺雙腿綿軟，不由自主便向下滑倒。

韓拓趕緊扶住她，將她打橫抱起走至彌勒榻前坐下，順勢把她放在自己腿上，微微俯身，與她面孔相貼。「既然我們要成親，我便會對妳好的，先別急著拒絕嫁給我，試試感受一下我對妳的好，好不好？」

明明是誘哄，他卻說得好似哀求，顧嬋聽得心中一緊。

顧嬋何嘗不知夫妻之道便是你對我好，我對你好，互相疼惜，兩人同心。但她要怎樣去與韓拓同心？

他大業得成之日，便是寧皇后與韓啟身死受辱之時，她希望這一幕永遠也不要發生。

朝堂之事顧嬋根本無力影響，就算她有，在明知韓拓能登至尊之位、有攬天下風雲色變之能的情況下，仍去折他翼、毀他前程，那便心中有愧，如何能安心做他妻子，受他寵愛？

別說韓拓只是奉旨娶她，就算他愛她至深，怕也不能容忍枕邊人存有阻礙他大業之心。韓拓可不是坊間話本裡那些為情生為情死的斯文書生，顧嬋見識過他殺人時狠絕無情的面目……

明明是進退兩難之局，叫顧嬋怎樣毫不抗拒地接受？

韓拓感受到懷中佳人輕微的顫慄，皺眉安撫道：「別怕，相信我，好不好？」

顧嬋垂眸，幾不可見地點了一下頭，她還能夠說什麼呢？

「我想回家。」她輕聲要求。

韓拓在顧嬋唇上重重地啄了一下。「好姑娘，我送妳回去。」他取過帷帽替她戴好，將人抱著上了靖王府的馬車。

第七章

藩臺衙門裡，顧景吾收到一封信，從比京師還要遙遠的寧波寄來，由他同窗摯友、浙江提刑按察使司副使馮青山親筆所書。

顧景吾早已等待多日，他忙不迭拆開，越讀面色越是難看。待他放下書信，瞥一眼書案上的西洋鐘，時間未到晌午，他卻再也坐不住，命人備馬，出了衙門，一路向家中奔去。

這段日子以來，顧景吾表面上不動聲色，其實暗中使人將顧家聽差眾人底細重新查訪，不光是到幽州後在當地招買的，也包括從永昭侯府裡帶來的家生子，無一人遺漏。於是雪片似的彙報書信紛至沓來，未曾間斷過。

馮青山寄來的這封信，講的是關於鄭氏與江憐南母女二人。

鄭氏在寧波鄉里間頗有美名，在婆家敗落後仍賢慧持家，為維持生計不得不拋頭露面經營路邊食棚，因手藝好來客漸多，慢慢發展成小小酒家。可是鄭氏的丈夫江玉郎其人卻是典型的敗家子，人品惡劣，六藝不學，詩文不通，吃喝嫖賭無一不精。

常言道，瘦死的駱駝比馬大，百足之蟲死而不僵。江家雖然日漸敗落，但前朝大族，總有些家底，若不揮霍無度，尋常富庶人家的日子也能再過上三、五代不愁。

偏偏出了江玉郎這個禍害，被百花樓裡的窯姊兒海棠春挑唆著賭錢，輸得連祖宅都抵了債。

初時江玉郎大概自覺無面目見人，終日不知所蹤。寧氏的酒家開張不久，他又出現索取銀錢，最終舊事重演，暗地裡將酒家房契偷取抵債。

這還不算完，江玉郎在海棠春的授意下，將主意打到女兒身上。江憐南雖然才九歲，但模樣標致，已能看出日後定是個亭亭玉立的美人，教養個幾年，到時候開苞就能賣個幾千兩，日後更是日進斗金。

江玉郎覺得這是生財有道，便與百花樓的媽媽談妥價格，趁鄭氏不備將女兒帶走。

鄭氏為此事與江玉郎當街撕破臉皮，把他打得頭破血流，救回了女兒。

後來江玉郎離奇暴斃，江母懷疑鄭氏謀害其子，將她送至官衙，可仵作驗不出江玉郎死因，又沒有任何證據，最終將鄭氏釋放。之後，鄭氏自請休書，帶著江憐南離去再無音信。

而且，寧波府自古便是中土重要的貿易港口，史書有記「海外雜國賈舶交至」。

雖不能因此斷定鄭氏母女兩個肯定與南海通商的商行、商船中人有來往，卻也不好說絕對不曾接觸。

顧景吾將書信內容轉述給妻子。

寧氏聽到江玉郎所作所為，只覺這樣畜生一般的人物死不足惜，若真是鄭氏殺了他，她也覺得情有可原，甚至還要為她做得神不知鬼不覺拍手稱好。

當顧景吾話鋒一轉說到寧波府海港通商之事，寧氏也就明白了，這是丈夫至今調查到的情況中最可疑的。

「那她為什麼要殺我呢？」寧氏不由問道。

寧氏自問待鄭氏不薄，絕對不可能令她深恨自己到殺之而後快的地步。

再不然，難道鄭氏殺過一次人後，便不再正常，可就算這樣，刻薄她們母女的嫂子安然無恙，反倒是厚待她們的自己遭了殃，怎麼說都好像有些牽強。

總之，若最後查出事實當真如他們猜測的這般，倒真是不得不感嘆一句人心難測，只怕以後對人施予善意之時都難免心有芥蒂。

顧景吾道：「先別管她是為什麼，我急著回來告訴妳，是叫妳防著她，還有她那個女兒，不能再留在璨璨身邊。」

「我這就把她們打發走。」寧氏倒也是個俐落脾氣，說著便要起身。

顧景吾卻示意她稍等。「為免打草驚蛇，先尋個理由將她們打發到莊子上去，讓人監視起來。」

寧氏與顧景吾多年夫妻，一聽便知丈夫定另有心思，問道：「之後呢，你打算怎麼辦？」

顧景吾坦言道：「如今妳平安無恙，就算以此事給她入罪也不過是個殺人未遂，了不起幾年徒刑便會放出，太過便宜。倒不如先將她們圈著，再去從當年之事入手，到時便是問斬。」

當然，這些話是建立在如果鄭氏是凶手的推論能夠成立的基礎上。以顧景吾從二品大員的身分手段，若蠻橫地栽贓嫁禍、屈打成招簡直一點也沒有難度。但常在河邊走，哪有不濕鞋，哪個當官的沒有虎視眈眈的對手，沒有勢均力敵的政敵，官越大，對立的那方便也越凶殘。所謂「一子錯，滿盤皆落索」，一旦被人抓住把柄，他自己出事不足惜，妻子兒女誰來照護？

夫妻兩個正低聲商議著不會叫鄭氏起疑心的藉口，忽聽巧月在門外通傳鄭氏求見。

寧氏心中打鼓，顧景吾按住她手背，示意她別慌，口中應道：「請她進來。」

鄭氏見顧景吾今日在家，不由一愣，但主人家的事情輪不到她問，只管道出此番來意。「夫人，小廚房的桃紅前日傷了腿，偏巧明日又是去書院給兩位少爺送湯水的日子，若是一時安排不出人手，便讓青青走上兩趟幫忙，不知夫人意下如何？」

這當口誰敢讓她們母女兩個去碰家中吃食！

寧氏面色微變，顧景吾一直按著她手沒有鬆開，見狀又用力壓了壓，以示安撫，寧氏喘了口氣才道：「青青願意幫忙真是再好不過了，不過咱們都是做母親的人，我知道妳心裡頭肯定更希望青青專注於功課，跑腿的事情隨便哪個丫頭都能做。這樣吧，我先安排看看，若是真的騰不出人手，咱們再讓青青去。」

鄭氏含笑道：「青青這丫頭能得夫人如此為她考量，真是她幾生修來的福氣。」說罷，目光在顧氏夫妻兩個交握的手上掃過，便道告退。

鄭氏前腳才走，蓮心後腳跟著進屋，面上神色有些古怪，囁嚅道：「夫人、老爺，靖王爺帶著……靖王爺上門求見……與咱們姑娘一起。」

鄭氏還未走遠，聽得清清楚楚，心道：靖王求見，姑娘回家，明明是兩件事，就算正巧碰在一起，也不好混作一堆，虧得蓮心還是夫人跟前的一等大丫鬟，連句話都說得不成體統，難怪夫人對她的青青另眼相待。

其實並非蓮心愚笨，而是今日情形太過怪異。姑娘明明是坐著自家的馬車出門，回來時卻變成乘著靖王府的馬車。就算靖王是未來姑爺，她可以見怪不怪，問題是跟著姑娘出門去的碧苓、碧落、甚至車夫都在，馬車和江憐南卻不見了……

韓拓此時已等在顧景吾的書房，右手緊緊扣住顧嬋的手腕不放鬆。

顧嬋掙不開，只覺手骨生疼。「王爺真的要向我爹娘告狀嗎？以後王爺說的話我都聽還不行嗎，這次就算了好不好？」

她可不想再去跪佛堂。

韓拓問：「以後是什麼時候？」

「從現在開始。」顧嬋咬唇道。

被韓拓扣在書房等見家長，令顧嬋聯想到小時候，顧楓剛做七皇子伴讀沒多久，在御書房裡闖了禍，教學的王大學士便抓著顧楓來家中告狀。那時她還幸災樂禍過，沒想到有一天主角會變成自己。

「好，所以現在妳就乖乖地坐在這裡等著，別再想跑掉。」韓拓好整以暇道，還不忘拋給顧嬋一個「是妳自己說聽話、快點來兌現」的眼神。

敢情剛才他是挖坑等著自己往下跳呢，顧嬋瞪他一眼，卻沒得發作，誰讓自己反應慢，不用人推竟然自動跳到坑裡去。

顧景吾很快來到，因為聽蓮心回稟顧嬋也在此處，寧氏便一同前來。

韓拓恭敬地向兩人見禮。「慎齋見過岳父、岳母。」慎齋是他的字。

顧景吾連忙道：「王爺快請坐。」

韓拓以晚輩之禮相見，顧景吾卻不敢以長輩自居，更不敢直呼其字。

「璨璨在外面受了驚嚇，所以我親自送她回來，還望岳父、岳母不要見怪。」韓拓不待兩人詢問，開門見山，主動將北海斜街上發生的事情描述一番。

他並沒有真告狀，描述的重點全落在江憐南失責之處。「慎齋已將此女押起，但她畢竟是岳父府上之人，所以還看岳父打算如何發落。」

顧景吾與寧氏互看一眼，這豈不是天賜良機？再好的理由，若是存心找碴，總有叫人起疑的地方，現在江憐南自己犯錯，將她們母女兩個打發去莊子便再自然不過。

顧景吾雖無攀附皇子、站隊結派之心，但如今靖王畢竟是未來女婿，也不需刻意保持距離，況且當初能請來蕭鶴年全靠韓拓，索性便將懷疑鄭氏之事一併道來，不過講完書信內容後卻停住，看向寧氏。

寧氏收到丈夫眼神示意，主動告退將女兒帶走，留他們翁婿兩個獨處深談。

兩人離開後，顧景吾才將自己的計劃詳細說與韓拓。

韓拓沈吟道：「慎齋贊同岳父的想法，岳母如今安然無事是萬幸，是蒼天庇佑，但立心害人者卻不可饒恕。只是，那江玉郎之死已有四、五年之久，要找到證據想來得頗費周折。」

顧景吾點頭道：「正是如此，物證我並不抱希望，只求人證便好，從商行、水手等人查探，還有鄭氏相識的其他出過海的人，如果她當真從誰人手中得到過修羅花，總能查出線索。」

「岳父可需要人手？」韓拓道。「慎齋願協助岳父調查此事。」

顧景吾大喜，連忙道謝。

靖王未就藩時曾在拱衛司歷練，那是專職為皇上進行秘密調查的機構，如今靖王手下自也不乏精通此道的部屬，能得他相助想來事半功倍。

寧氏帶著顧嬋一路回到梧桐院，像顧景吾方才那般將外間伺候的丫鬟都攆到屋子外頭，拉過顧嬋坐在內間榻上，仔細叮囑道：「妳爹剛才講的那番話，妳只當沒聽過，跟誰也不要提起。」

顧嬋又不是傻子，當然不會將這些事到處去講。前世江憐南入宮後，常伴她左右，兩人幾乎無話不談，江憐南偶爾也提起過生父，卻從來沒告訴過她這些……

至於鄭氏的目的，顧嬋倒不像寧氏那般摸不著頭腦，她知道之後鄭氏會嫁給顧景吾，如今想來也唯有這樣才說得通了。

顧嬋想起前世在京中，自己每次回侯府小住時，鄭氏從來溫和從容，對自己噓寒問暖，還有最近這段時日裡，鄭氏也是完全沒事人般……如果真是她，害死別人的妻子，再取而代之，顧嬋只覺其心惡毒，匪夷所思，又令人毛骨悚然，不寒而慄。

顧嬋伸臂抱住寧氏。「爹爹要怎樣處置她？」

「一會兒妳爹同王爺談完話，便要將鄭氏兩人送去莊子，監視起來，之後的事情妳也不用管，反正有妳爹呢。」

寧氏覺得問斬之類的，對顧嬋這樣的小姑娘來說太過殘忍恐怖，還是不說給她聽的好。外頭行走查探的事情自有男人去做，她們母女安心等待結果便是。

而且，寧氏認為有其他更需要顧嬋關注的事情。「別的都不用妳操心，妳只管好好想想王爺的事情吧。」

「想他做什麼？」顧嬋悶聲道。

寧氏笑道：「傻丫頭，王爺乃是與妳共度一生之人，妳從現在起在他身上多花心思，再正常不過，有什麼好害羞的。」

寧氏上次見到韓拓是在十年前，印象早已模糊。今日再見，韓拓容貌俊美，舉止談吐謙和有禮，寧氏那是怎麼看怎麼滿意，簡直沒有任何缺點。

唯有年紀大了些，比女兒年長十一歲，不過再轉念一想，年紀大些便會疼著寵著女兒，不像年紀相近的有分歧時互不相讓，易起爭執，如此真是再好不過。

剛才寧氏進退思堂時，分明見到靖王捉著女兒的手，雖很快便放開起身行禮，但她眼尖，依舊看得真切。

寧氏當然沒忘記兩人一路同行的舊事，如今再看，只怕並非如女兒告訴自己那般毫無情愫。「璨璨，娘問妳，妳和靖王之間的事情，當初是不是沒跟娘說實話？」

瞞著的事情可多了……

顧嬋想起在松鶴樓激烈又纏綿的親吻，心虛得脹紅了臉頰。「當然沒有了，娘為何這樣問？」

寧氏見她神色，便知自己問中了。

不過女兒家面皮薄，顧嬋既然否認，寧氏也不去戳穿，只道：「妳同靖王相識在先，賜婚在後，娘想著或許是他向皇上求來的。要是他自己看中妳，將來成婚自是會對妳更好些。」

顧嬋垂眸道：「他說賜婚的事情與他無關。」

賜婚後兩人不過見過一面，居然連這事都說明了，就算不是有情，也是極坦誠熟悉的。

「那也無妨，我和妳爹成親之前連面都沒見過，如今不也這般恩愛。」寧氏安慰道。

顧嬋猶豫道：「那怎麼同呢？娘也知道王爺同姨母之間……」

「我從前也擔心過，怕靖王為了妳姨母的事情為難妳。不過，若他不願意娶妳，今日自然可以不救妳。既肯出手相救，就算不表示靖王對婚事不排斥，也能知道他並非鐵石心腸之人。」寧氏分析道。「所以，娘覺得倒不必多慮。重要的還是在於成婚後如何相處。妳事事體貼，為他著想，他自也會這般待妳，夫妻麼，都是細水長流，時間越久，感情越深。」

寧氏不知後來事，自然比顧嬋樂觀得多，她見女兒仍有些悶悶不樂，似乎十分憂心，旋即囑咐道：「妳姨母沒有女兒，自幼拿妳當親女一般疼愛。不過，璨璨……姨母再親，也比不過夫君親，陪妳過一世的人是靖王，妳明白嗎？」

對寧氏自己來說，道理是一樣的。一母同胞的姊姊當然親，可怎樣也比不過女兒更親，她希望女兒能無所顧忌地對靖王敞開心扉，不要被旁人牽絆，影響夫妻間的親厚。

顧嬋將母親的話認真記在心裡，前世可沒有人這樣為她分析人與人之間的關係，這番話多少緩解了她對與韓拓婚事的抗拒之意，也令她不再感覺未來那樣艱難。

鄭氏母女兩個並非賣身為奴，只是入府幫工，不像有身契的下人任由主子隨意處置。所以顧景吾與寧氏一個唱紅臉一個唱白臉。顧景吾怒氣沖沖要將人趕走，寧氏便做出為鄭氏著想的姿態，勸她選擇去莊子，雖則月銀減少，總好過生計沒有著落。

鄭氏哪裡還會有不願意呢，甚至順著寧氏的話一直哀求顧景吾開恩。她的想法其實沒有多複雜，離開了再難有回頭路，去到莊子，還是在顧家聽差，不怕沒有緩和餘地。

五月立夏，天氣一日熱過一日。幽州氣候比南方乾燥，春夏兩季本就少雨，再加上烈日炎炎，高掛頭頂，幾乎能將人烹出油脂。

端午將近，幽州城裡節日氣氛濃厚，戶戶高掛菖蒲艾草，家家粽子飄香，孩童佩起五彩絲繡的香囊，酒鋪裡雄黃最為暢銷……

若說最引人注目的，當然是一年一度的龍舟大賽。

五月初五這日，天才矇矇亮，北海碼頭的廣場上已擠滿了準備觀賽的人群，人聲鼎沸，熱鬧非常，而且人潮仍不斷從各處湧進。

碧波蕩漾的河水裡，熱鬧分毫不輸岸上，早幾日已佈置好五色彩旗與浮標，張燈結綵的遊船、畫舫也一艘艘沿著惠河駛了過來。

顧嬋與寧氏由顧松陪著，應韓拓之邀，登上靖王府的畫舫。

韓拓邀約的是顧氏全家，不過，顧景吾身為布政使，賽前要為龍舟點睛，賽後要頒發獎品給勝出隊伍，顧楓則是寒山書院龍舟隊中一員，所以父子兩個皆需比賽結束才能前來。

靖王府的畫舫高有三層，富麗堂皇，在所有遊船裡最為搶眼，且停泊在觀賽最佳位置。

韓拓招待三人登上頂層閣樓，此處視野最佳，南側八扇紅木雕花窗大開，竹簾高捲，放眼看去，整個河道連著湖泊盡收眼底。

可惜，寧氏畏高，在窗邊稍坐一陣便覺頭暈目眩，起身告退，欲去下層觀賽。她身體不適，韓拓自不會勉強，只問是否需請大夫。

「多謝王爺關心，」寧氏道。「這是打小的毛病，只要不在高處自然無事。」

顧嬋想陪著母親，寧氏也不許。「難得出來一趟，妳只管玩得盡興，朝林也是，誰也不許陪我，都待在這兒。」

三人於是坐回原處，韓拓與顧松繼續傾談學業之事。

說話間，韓拓偶爾掃顧嬋一眼，每次與她目光相對，便微微勾起唇角。

顧嬋坐在窗邊的玫瑰椅裡看船來人往，原是十分自在，卻漸漸讓韓拓這般弄得侷促起來，揉著手中絲帕，紅著臉垂低頭。

「二少爺，」一樓梯輕響，伴著巧月的聲音。「三少爺遣人過來，說書院龍舟隊裡有個人中暑了，請二少爺過去頂上。」

顧松離去時，顧嬋也跟著起身打算下樓去，不想才邁步便被韓拓拽住手臂，聽他柔聲道：「粽子很好吃，我最喜歡香菇雲腿的。」

顧嬋支吾一聲，心虛不敢答。

寧氏昨日遣人給王府送了粽子，還挑出一串命人說是顧嬋親手裹的。顧嬋倒真是動手裹了粽子，只不過她初涉廚藝，手藝見不得人，下鍋後全煮散了架，最後通通餵給後巷的貓兒狗兒去了。

韓拓只當她害羞，彎起唇角，輕笑道：「不如把這串粽子也送我吧。」

顧嬋腰間佩戴一串五彩粽，每個粽子只有半截拇指大小，先用薛濤箋（注）疊出菱形形狀，再用五彩絲線纏繞花紋，因做得精緻，每個粽子上的花紋配色全不相同。

韓拓也不待顧嬋回答，伸手便往她腰間去摘。

顧嬋忙不迭制止他。「王爺別鬧，這是姑娘家才用的東西。」

說著，伸手入袖袋，取出一個天青色錦緞荷包，遞到韓拓面前。

韓拓唇角勾得更高，眉梢眼角盡是笑意。「送我的？」

顧嬋微微頷首，幾不可聞地「嗯」了一聲。

韓拓將荷包拿在手中把玩，形狀是最常見的橢圓，用料卻是最上乘的雨過天青色金陵雲錦，寶藍並沈綠夾銀絲繡線鎖邊，一面繡山石松崗，翻過去，另一面繡著彩雲遮月，荷包下頭墜了天青色絲線打的如意結。

顧嬋等了半盞茶工夫也不見他再說話，心中忐忑不安，小心翼翼觀察著他表情，猶豫地開口：「王爺，我針線不太好，希望王爺別嫌棄。」
韓拓輕咳一聲，道：「本王看著挺好的，針腳細密整齊，又有寓意。」
顧嬋懸起的心終於落下，剛要長長吁出一口氣，卻聽韓拓又道：「不過，本王現在已經改變主意了。」
顧嬋驚訝，紅唇微啟，澄明大眼快速眨動，長而鬈翹的睫毛像羽毛扇一般在韓拓心頭輕輕搔過，搔得他心癢難耐。
「王爺不是一直想要的嗎？」顧嬋問道。
顧嬋的針線活是真的不好，這個荷包她足足繡了十天，全程都依賴寧氏，還有碧苓、碧落兩個在旁指點。手指頻頻被針尖扎破出血這種事自然也免不了。
小小荷包，雖還說不上一針一線皆是情，卻絕對一針一線盡是血淚。
整個過程裡，顧嬋一點也沒再撒嬌叫苦過，也沒想過因此放棄或者讓別人代勞。她一心想的全是母親那日勸導，打算主動向韓拓邁進一步。
一生一世有幾十年那麼長，成親前相遇相識已比世間許多夫妻幸運，應當珍惜這難得的緣分，好好經營與韓拓的關係。
顧嬋原以為韓拓收到荷包定會十分欣喜，那時自己不肯給他繡，他還生氣呢，難道現在不一樣了嗎？
她思及此，心中難免委屈，眼睛裡漸漸泛起水霧，咬著下唇道：「王爺是不想要了嗎？

注：薛濤箋，唐代名妓薛濤所製的深紅小彩箋，今亦指紅色八行箋。

我全是按照王爺之前要求做的……」

韓拓不置可否，只道：「如今，本王同妳的關係不比從前。因此，本王想要……」

他俯下身，湊在顧嬋耳邊低語，薄唇似有若無地觸碰她耳垂。

待韓拓說完站直，便見顧嬋雙頰迅速脹紅，那紅暈一路向下蔓延，爬過她原本瑩白如玉的纖纖脖頸，直延伸到雪青縐紗圓領短襦的襟口裡去。

韓拓笑著伸出手去，輕輕磨蹭她臉頰。其實，韓拓心裡真正想做的，是雙手能像那紅暈一般，一路向下，觸一觸她圓潤玲瓏的曲線。

他並不覺得自己的念頭有任何可恥之處。他冬月生日時，實歲便滿二十四，一般男子在這年紀時別說娶親，孩子都早能上街打醬油了。他如今不過是想同心愛的姑娘親熱親熱，實在是再正常不過。

可是，看看顧嬋紅撲撲的小模樣，一句話都能把人羞成這樣，再做別的肯定會嚇到她，只好作罷。

顧嬋忸怩半晌，終於找回聲音。「王爺，你又胡亂說笑了。」

她說著跺腳扭過身去，氣得把之前打算的主動討好一事忘得一乾二淨。這人實在太壞了，而且臉皮厚過城牆，簡直得寸進尺，她再也不想理他。

韓拓笑出聲來，一手扳著顧嬋肩膀把她轉回來，一手捏住她下巴迫使她不得不抬起頭與他對視。「這怎麼算說笑呢？做妻子的給丈夫縫製中衣哪裡好笑，嗯？」

說到後面，韓拓乾脆板起臉來，大有義正詞嚴之態。

當然不好笑！

縫製衣裳需得量體裁衣，若是外衫也便罷了，中衣是內衫，貼身穿著。量度尺寸時，自然是要將中衣褪去，才量得準確，衣服做出來才合身，穿著才舒服。

顧嬋每季裁製新中衣時，都只著抹胸褻褲，由專門的繡娘來量體。韓拓是男子，當然不穿抹胸，要是給他度量中衣尺寸，豈不是要面對他光裸的胸膛……

雖然她不是沒見過，前世不提也罷，今世在龍王廟那個夜晚，她不只看了，還碰到了……雖然，他的胸膛其實和他的臉一樣好看……

但是，她真的完全不想看！

兩人平日沒少雞同鴨講，偏偏今日不知怎的，格外心有靈犀，顧嬋正想到這裡，忽聽韓拓高聲叫道：「徐高陸！」

一位三十多歲模樣的內侍應聲推門從甲板上進來。

「去給本王找一卷皮尺，還有紙筆來。」

紙筆船上本來就有，但是皮尺……

徐高陸領命下樓，臨走前不動聲色地看看自家王爺，再看看王爺身邊的未來王妃……不知道那皮尺王爺打算用來做什麼？

北海斜街上鋪子一家挨著一家，要找皮尺當然不難，不到兩刻鐘工夫，徐高陸便把東西置辦整齊送上樓來。

駝色的牛皮卷尺，嶄新的紅絲端硯，黑梓木根雕筆擱架好狼毫小楷，一溜擺放在紫檀雕卷草紋八仙桌上。

徐高陸退回甲板上時不忘體貼地將紅木門掩實。

「來，快點為本王量體。」韓拓抓起牛皮尺往顧嬋手裡塞。

顧嬋左躲右避，雙手攥成拳，說什麼也不肯接。

可她哪裡拗得過韓拓，最後叫他牢牢地攥住手腕，一根一根扳開五指把尺子放了進去。

「我不！」

顧嬋跳腳尖叫，趁韓拓鬆手時，把皮尺狠狠丟在地上，便朝樓梯跑去。

她鬧脾氣，韓拓鬧她，他追上去，一手扯住她手臂，彎腰，一手從她腿窩下橫過，一套動作施展得行雲流水，眨眼間便將人打橫抱起，放坐在八仙桌上。

「不是說好以後都聽我的話，」韓拓沈著臉嚇唬顧嬋。「這才幾天就忘光了？妳說該不該罰妳？」

顧嬋撇過頭不理他。

真當她傻嗎？話也分三六九等，他胡說八道難道她也要一一照辦？今日要脫衣服量體，她若依了，改日他一時興起要在大婚前便圓房她怎麼辦？

其實韓拓還真沒想得那麼深入長遠，這會兒他根本只是收到禮物心花怒放，故意逗著顧嬋玩。當然，如果能拐到一套中衣，他也不介意。

韓拓捏了顧嬋下巴，把她頭轉回來，繼續道：「嗯？怎麼不說話？到底量不量？」

「我不！」顧嬋重複道，那口氣簡直稱得上氣急敗壞，她甚至抬起腳來打算去踢韓拓的腿，把他踢疼了，他就會鬆手，她便能跑掉，到樓下去娘那裡，看韓拓還怎麼使壞。

可惜，這注定是顧嬋今日最大的失策。

韓拓四歲起便由羽林衛指揮使親傳武藝，又有拱衛司與多年行軍打仗的歷練，用腳趾頭想也知道顧嬋的花拳繡腿根本對付不了他。

果然，韓拓眼都不眨，一手摟住顧嬋纖腰，一手伸出去輕鬆握住顧嬋踢過來的那隻腳，猛地往斜裡一帶，強迫她的腿環在他腰側。

這還不算完，韓拓上前一步，強行擠入顧嬋雙腿之間。「看來今日不罰妳不行了。」說完，便傾身低頭，擒住她柔嫩的唇瓣。

顧嬋大約是被韓拓鬧得頭暈腦脹，神志不清，竟然覺得被他親一親總好過脫衣服量體，因而不那麼抗拒。

韓拓的吻既溫柔又耐心，顧嬋緊閉雙眼，默默承受，漸漸忘情地沈淪在與他唇舌糾纏的遊戲之中。

「咚咚咚咚隆鏘……」

鑼鼓驀地敲響，彷彿震天動地似的喚回顧嬋神思。

她嘗試扭動掙扎，韓拓停下來，略略抬頭，不悅地盯著她。

「……龍舟……潼林……」顧嬋被他吻得氣喘吁吁，一句話說下來，好些個字都被吞沒在深深的吸氣中，根本聽不懂她想表達什麼。

韓拓一點也不想看賽龍舟，他只想好好品嘗懷裡又香又軟的小姑娘。

而且，他這會兒不大高興。「才跟我親熱完，怎麼就喊旁的男人的名字？」

顧嬋還在張著嘴喘息，聞言不解地道：「他是弟弟。」

「我不管，弟弟不行，哥哥不行，就是爹爹也不行，跟我在一起的時候，除了我，誰也不許想，不許叫。」

韓拓霸道地說完，在窗外響徹雲霄的加油助威聲中，重新低下頭來親吻她的粉唇。

顧嬋被吻得頭昏腦脹，眼前發黑，什麼也看不到，什麼也聽不到，只能無助地攀附著韓拓，任他予取予求。

待到韓拓心滿意足，伴著熱烈如轟轟滾雷的歡呼聲放顧嬋落地時，她還維持著這種狀態，手腳軟得根本沒辦法自己站立。

韓拓笑著環住她，讓她靠在自己懷裡，顧嬋貼在他炙熱的胸前，靜靜聽著韓拓心跳急促有力如擂鼓，她自己也好不到哪裡去，一顆心怦怦怦地彷彿要從胸腔裡跳出來似的。

兩個人相擁著平復激情，韓拓的手掌有一搭沒一搭地撫摸顧嬋柔滑的髮絲。

顧嬋微睜雙眼，稍微側轉了一下腦袋，目光正好落在紫檀八仙桌腳後露出的半個橢圓、雨過天青色荷包上，那是她繡的荷包。

她推開韓拓，快步走過去從地上將荷包拾起，噘著嘴便要收回袖袋裡。

韓拓跟過來按住她手。「不是說送給本王的，怎麼又要收回去？」

「是王爺先不要的。」顧嬋分辯道。

「誰說我不要？」韓拓邊說邊將荷包搶過，牢牢地攥在掌心裡。

顧嬋道：「王爺都把它丟在地上了。是我自己傻，以為王爺會稀罕一個小小的荷包，還花上那麼多心思繡了好多天，十根手指頭全被針尖扎破，疼著也沒停手。」

大抵是剛親熱過，她面對他便格外大膽，抱怨的話一股腦兒倒出來，聲音軟軟糯糯的，聽在男人耳中更似嬌嗔。

「哦？手指扎破了？快讓我看看。」韓拓抓起顧嬋雙手，他的目光根本沒往手指上瞧，一邊似笑非笑地盯著顧嬋，一邊逐根將十隻手指吻過一遍。「這樣就不疼了吧？」

顧嬋才恢復正常的面孔瞬間又堆滿紅暈。「既然王爺一點也不珍惜我的心意，那我以後再也不會給王爺做東西了。」

所以中衣什麼的想都不要想！

這真是冤枉了韓拓，那荷包可不是他故意丟掉，應是兩人拉扯時不小心掉落的。

韓拓倒也不著惱，笑嘻嘻地把荷包塞回顧嬋手裡。「璨璨幫我戴起來吧，以後我連睡覺都不摘下來。」

顧嬋根本不信韓拓的甜言蜜語。睡覺的時候連腰帶都解下，他要把荷包繫在哪裡？不過，她還是依言低頭彎腰，細心地將荷包在他玉帶上繫好。

雨過天青色的錦緞荷包與韓拓身穿的湖水藍織錦蟒袍十分合襯。

顧嬋看了十分滿意，或許是想要更完美些，又或許根本是鬼使神差，竟然伸出手去替韓拓撣平衣袍下襬皺褶。

撣著撣著便碰到了不該碰到的地方，顧嬋驚叫著跳起後退，迅速別開眼也來不及錯過那處衣衫突兀地撐起。

韓拓將顧嬋抓回來揉進懷裡，他何其無辜，自然分毫不覺羞，親著她頭頂道：「別怕，它是喜歡妳才這樣。」

顧嬋羞惱不已，哪裡還敢回話，只管支著手去推他，兩人正糾纏著，忽聽樓梯咚咚作響。

顧楓性情上還是個半大孩子，一心惦念要與韓拓傾談，賽完龍舟衣服也沒顧得上換，頂著一身汗便跑上來。

誰生的孩子隨誰，他眼尖不輸寧氏，分明見到兩個原本纏在一處的身影迅速彈開。

「我什麼也沒看到！」顧楓在樓梯口止住步子，擰轉身，用衣衫汗濕的脊梁對著人。

「姊夫，我就是上來跟你打聲招呼……」

顧嬋羞得直捂住臉，若真是什麼都沒看見，還用得著特意說出來嗎？

韓拓倒是沒事人一般，笑著招呼顧楓過來坐。

顧楓額上帶著汗，臉頰被夏日驕陽曬得通紅，興沖沖說道：「叫二哥去真是叫對了，就差一臂的位置，好險，差點就贏不了。」說著還順手捏了下顧嬋的臉頰。

他今日初見韓拓，滿腔衷情待訴，還有投考幽州衛一事可以向韓拓討教，興奮地上來，話說個不停。

顧嬋見他二人聊得投契，便悄悄下樓去，偎在母親身旁。

傍晚的時候，韓拓在松鶴樓設宴款待顧氏一家。用畢飯後，各自打道回府。

半路上，顧松突然提起想去逛端午夜市。「聽書友說比白日裡的盛會更熱鬧有趣，值得見識一番。」

他沒完沒了地對著顧嬋描述夜市各色攤子，勾得她好奇心亦起，搖著寧氏手臂撒嬌要求同去。

寧氏便著顧松陪弟妹同往，但到底不大放心，親手給顧嬋戴好帷帽，殷殷叮囑半晌，讓她一定好好跟隨兄長。

夜市設在東華門前的長街上，華燈初上，人潮洶湧，顧嬋被顧松、顧楓兄弟兩個不離左右地護在中間。

才行不過幾步，便聽顧松熱絡地同人打招呼道：「姊夫！這麼巧，你也來逛夜市。」

原來是韓拓。

顧嬋看他大步擠過人群，向他們靠攏過來，因隔著一層白紗，添出朦朧詩意，家家戶戶門前的紅燈籠連成一片火紅的海，韓拓就成了破海而出的神祇。

三人行變成四人幫，逛著逛著，就變成顧嬋與韓拓在前，顧松和顧楓在後，而且距離不斷拉遠。

好幾次顧松打算加快步子緊跟上去，都被顧楓扯住。

直到顧楓同他商量往相反方向，留顧嬋與韓拓獨行，顧松終於忍不住道：「這樣不妥當。」

「怕什麼，他們是未婚夫妻。」顧楓滿不在乎地道。

「你也知道是未婚。」顧松反駁他。

「大哥，你怎麼這麼古板，連娘都會幫你安排偶爾見鸞姊姊一面呢。」顧楓有一肚子兄長的秘密可以用來勸服他。「還是你覺得以後璨璨不應該幫你把書信送給鸞姊姊？」

顧松無話可說，他不像顧楓對韓拓因崇拜而盲目信任，卻也知道韓拓幫助顧嬋尋找神醫之事。他不擔心韓拓保護不了妹妹，只是怕有悖禮教，對妹妹不利。但推己及人，哪一對訂親的有情人不會渴望與對方片刻相處？

顧嬋回頭才發現哥哥與弟弟全都不見了，她著急地要去找人，韓拓將手伸至袖中握住她的手。「別怕，應當是被人潮擠散了，沒事的，有我陪著妳。」

他牽著她的手一個個攤子逛過去，凡是顧嬋拿起來看過的東西，首飾也好，小玩意兒也好，吃的、用的等等，不管是什麼，韓拓全都毫不猶豫地掏錢買下來。

不一會兒，未與顧嬋相牽的那隻手裡便拎滿了大包小包，芝蘭玉樹的靖王殿下瞬間變作負重累累的雜貨郎。

夜市盡頭是一片樺樹林，韓拓拉著顧嬋躲進樹後的陰影裡，他把一包包貨品丟在地上，探手去摘顧嬋帷帽。顧嬋扯住不肯讓他摘，韓拓索性改變策略，彎下身子，掀起白紗一角，將頭探了進去……

在他們身後，絢爛銀蛇遊走流竄劃破蒼穹，升至最高處時接二連三爆裂開來，化作七彩流星，當空璀璨。

第八章

五月裡的另一樁大事，便是安國公的五十大壽。

幽州城的各家勛貴、大小官員盡數收到請帖，顧家自然也不會例外。

到了二十三日，既是壽辰正日，一大早顧嬋便打扮妥當，隨母親前去赴宴。

馬車一路駛到安國公府偏門，有管家嬤嬤和丫鬟們來接，顧嬋和寧氏一人一乘軟轎抬到國公夫人堂屋門外。

安國公府仿照江南宅院而建，不似北方大宅四四方方、規規矩矩的數進院落模式，後院以水為中心，各個院落錯落有致，由抄手遊廊與青石板橋交互相連。

顧嬋坐著軟轎一路行來，滿眼盡是山水縈繞，亭榭精美，花木繁盛，真應了一句詩：一山一石皆是景，一草一木亦文章。

進了堂屋，只見室內全套的楠木家具，抬頭是烏木鎏金匾額，上書「蘭韻堂」三個大字，匾下掛著牡丹爭春圖，地下兩溜十八張交椅，當中鋪陳猩紅洋毯，安國公夫人坐在堂上正中雕蝙蝠紋的矮榻上，身旁榻几上擺的汝窯美人觚插著三枝盛開的牡丹名品「魏紫」。

「見過國公夫人。」寧氏帶著顧嬋上前行禮。

她與安國公夫人自百花宴後已建立起交情，素日也偶有往來。如今顧嬋成為未來靖王妃，以安國公與靖王之間的關係，國公夫人自是待她們更加親厚，沒有分毫架子。

「瞧瞧咱們嬋姊兒，這才三月沒見，出落得愈加標致了。」安國公夫人親熱地拉著顧嬋的手，上下打量，越看越喜歡，眉開眼笑，轉向寧氏道：「顧夫人養閨女有什麼秘訣？快說出來分享分享，妳看，明明是同樣年紀的小姑娘，妳家這個嬌滴滴、水嫩嫩，鮮花骨朵兒似的含苞欲放，我家那個就像個假小子，整天舞刀弄槍。」

寧氏沒見過安國公家的姑娘，自是不知國公夫人這話幾分真幾分假。何況自家的女兒再不好，也只能自家說，寧氏只道：「喲，那可真是虎父無犬女。」

安國公夫人又問顧嬋平日都讀些什麼書，喜歡什麼樣式的衣服首飾，愛吃哪些菜品點心，足足聊了三刻鐘之久，又吩咐人拿來一對冰種翡翠鐲子送她。

「陪著我說話沒意思吧？」安國公夫人笑言。「我給小姑娘們在後園裡專門安排了地方，就在荷塘邊上，這會兒荷花初開，既能賞花，又能觀景，嬋姊兒過去跟她們一道玩去吧。我家那個假小子之前冬日陪她祖母去了京師，數日前才回來，一會兒我叫香秀把她也領過去，妳們兩個也能作個伴。」

顧嬋謝過禮，出了蘭韻堂，由安國公夫人的大丫鬟香秀領路往後園去。

那處荷塘極大，池水正當中建一座八角涼亭，嵌石板小橋直通亭內，八角亭周邊約莫兩丈遠的地方，又建七座圓亭，一圈排開，八角亭正是圓心，同樣質地造型的嵌石板橋再從八角亭裡放射般延展出去，通達各個園亭。

來作客的小姑娘們一叢叢地紮著堆，有的在亭子裡乘涼，有的在廊簷下頭賞花，也有怕熱躲進水閣裡卻從窗戶探頭出來張望。

顧嬋在人堆裡找到馮鸞與章靜琴，三個小姊妹多日未見，自然有大把悄悄話待說，於是在一處沒人的圓亭裡臨水而坐，邊打葉子牌，邊互道近況。

顧嬋今日初次造訪安國公府，自免不了向兩人將此處景致誇獎一番。

馮鸞笑道：「據說幽州城裡，安國公府的景致只能算第二。」

「那第一是誰家？」顧嬋好奇追問。

馮鸞笑而不語，章靜琴搶先答道：「當然是靖王府，皇上賜給靖王爺的府邸是前朝巨賈侯通天的私宅。侯通天在亂世之中斂財，家中金銀珠寶堆成山，建那宅邸耗費數十萬銀錢，請盡全國各地能工巧匠，自盡精巧之能事，可惜咱們這些女眷至今都沒福氣看上一眼。」

因為靖王至今不曾大婚，沒有王妃招待女眷，所以王府裡平日只有各級官員出入，逢年過節，靖王也去別人家裡赴宴，自己家中卻不辦宴席。

「顧瓔瓔，等妳嫁過去，第一個就得請我們兩個去遊玩一番，知道嗎？」章靜琴玩笑著捏一把顧嬋臉頰，又嘆一口氣，幽幽道：「現在只剩我沒有著落。」

馮鸞年底及笄，顧松來年八月要參加鄉試，馮家一早打算好，要在那之前將女兒嫁過去，以示誠意，不論顧松中舉與否，絕不會對婚事有半點影響，因此兩家人商議後，將婚期定在開春。

至於顧嬋的婚事，整個幽州甚至京師裡，有哪家姑娘沒聽說過呢？

章靜琴打趣道：「等妳做了王妃，幫我相看一個俊逸瀟灑的玄甲衛吧。聽說靖王的三萬近衛，個個都是難得一見的美男子。」

顧嬋伸手去搔她面頰。「害不害臊啊？居然自己想著相看夫婿。」

若真有適合的，顧嬋當然願意幫她牽線。

姑娘家主動說這些當然害羞，也不大妥當，不過這是自己閨中密友手帕交，笑鬧一番又何妨，章靜琴半開玩笑半認真。「我爹現在哪有工夫理我的事情，他才納了個新姨娘，天天都去她那兒，我都半個月沒見過他人了。」

她打出手中一張牌，繼續抱怨道：「我娘可生氣了，我爹又護得不行，兩人為這事還拌嘴過。」

顧景吾沒納妾，馮青山只有從馮夫人陪嫁丫鬟裡開臉的一個姨娘，所以對於妻妾之間的話題，顧嬋和馮鸞都很陌生，頗有些插不上嘴。

兩人互相看了看，還是馮鸞先開口道：「做什麼為姨娘吵架呢？若她不本分，伯母可以將她發賣的。」

姨娘和通房的身契都應握在主母手裡，這是姑娘們都知道的常識。

「賣不了的，她沒身契。」章靜琴擺擺手，壓低聲音道：「妳們猜她是誰？」

顧嬋和馮鸞齊齊搖頭，她們哪裡猜得出。

章靜琴本也沒真打算要她們猜。「花朝節那天早上，不是有個女人在靖王府外面撞上我爹的馬車嗎？」

顧嬋記得。「妳當時不是說她是來鳴冤的嗎？」

「是鳴冤沒錯。」章靜琴撇嘴。「誰能想得到，好好的大姑娘，鳴冤鳴到按察使大人家的後院裡。哼，原本還以為是個烈女，沒想到城府那般深，根本從一開始就是故意攀高枝。」

她突然話鋒一轉，對著顧嬋道：「妳將來可得小心點。」

「關我什麼事？」顧嬋下意識反問道，好好的怎麼就把話題扯到自己身上來了。

章靜琴倒是理所當然。「妳忘啦，那女人是等在靖王府外面的，說不定她原本的目標是靖王爺呢，只不過消息不夠靈通，搞錯了，才會撞到我爹車上。」

這等臆斷之事，哪作得準？

顧嬋覺得章靜琴真是受新姨娘的事情影響太大，她想轉變話題，難得出門，別再讓章靜琴困在不愉快的事情裡才是。「聽說琅嬛閣裡新到一批首飾，改明兒咱們三個約著一起去挑選，好不好？」

「妳別故意顧左右而言他。」章靜琴顯然不想放過顧嬋。「從前我也不覺得這事有多麼嚴重，可如今我才知道，男人被迷了心竅那是六親不認。他從前和我娘多恩愛，重話都不捨得說一句，那天吵得把整個屋子裡能砸的東西都砸了。」

章靜琴說到傷心處，索性把手中葉子牌往石桌上一攤。「我一點都不擔心鸞姊姊，顧大哥文質彬彬，將來一定會疼惜鸞姊姊。倒是妳，」她推一把顧嬋。「靖王是皇子，又生得那般神仙一樣的人物，不定得有多少女人像這個一樣前仆後繼，主動獻身。」

「快別胡說八道了。」馮鸞使眼色喝止她。「靖王爺若是來者不拒之人，就不會到現在都沒娶親。」

章靜琴不服道：「鸞姊姊也是在幽州長大的，又怎麼會不知道靖王爺不是自己不肯娶，而是一直娶不上。」

馮鸞擔心未來小姑子，她認為婚事已定，那些流言說出來只不過叫顧嬋添堵而已，因此恨不得撲上去堵住章靜琴的嘴。

顧嬋卻來了興致。什麼叫不是不肯娶，而是一直娶不上？以韓拓的年紀來說，婚事實在拖得太遲了，而且聽章靜琴的意思，明顯是有隱情。

馮鸞已經將想法付諸行動，章靜琴一邊掙扎一邊叫嚷。「為什麼瞞著璨璨呢？讓她多知道點有什麼不好……」

「我想聽，」顧嬋開口道，同時幫著章靜琴掙開馮鸞手掌。「鸞姊姊，讓她說吧。」

馮鸞蹙著眉跺了跺腳，無奈地回自己座位上，靜默不語。

章靜琴學著說書先生那般，呷了一口茶，才慢悠悠道：「靖王十七歲那年，皇上曾為他賜婚，女方是安國公的嫡長女傅瑞蘭。這門婚事，據說是安國公去跟皇上求來的，安國公獨子早喪，靖王少時隨他出戰，他便把靖王當親兒一般，將一身本事盡數傳授，又憐他孤身一人，主動將女兒許嫁。本來這也算一樁佳話，誰知傅大姑娘是個福薄的，賜婚不過一年便染病去世。消息傳回京師去，皇上聽聞，惋惜之餘，又為靖王安排了一門新的婚事，對方是鎮守寧遠的大將軍衛國公董時照之女，可賜婚後不過幾個月，便傳出衛國公通敵叛國，罪成後滿門抄斬。從那之後，靖王剋妻的流言就不脛而走，再也沒有勛貴人家願意將女兒嫁給他，而他堂堂皇子又不可能娶個平民百姓，所以，婚事一直拖到現在，直到璨璨妳出現。」

顧嬋先頭聽得十分認真仔細，待到剋妻之說出現，她不由好笑，按此說法，自己前世算不算被韓拓剋死的第三個？

她才扯起唇角，欲笑還未笑出，忽聽身後有人嬌聲喝斥。「按察使大人家的姑娘真是好規矩，坐在別人家的院子裡，飲著別人家的茶水，竟然還不忘講別人家的閒話！」

顧嬋訝然回頭，見到一個與自己年紀相仿的少女站在園亭入口處，她穿著海棠紅妝花對襟通袖襖，嬌綠亮緞馬面裙，鵝蛋臉龐，瓊鼻小口，蛾眉斜飛入鬢，眼神犀利，眉宇間自有一股英氣逼人而來。

她身側一臉尷尬又焦急的丫鬟，正是適才為顧嬋引路的香秀。

在她身後還有一人，身材高大，面如謫仙，頭戴墨玉冠，腳蹬皂靴，一身大紅緙絲衮龍袍，腰間玉帶垂著一只雨過天青色的荷包，除了韓拓還能是誰。

章靜琴卻不認識韓拓，只向著那個小姑娘道：「什麼時候靖王府與國公府變作一家？」她也知道自己有錯，不免心虛，仗著顧嬋在旁硬撐道：「未來的靖王妃都沒發話，妳著急什麼？」

韓拓聞言，向顧嬋眨了眨眼睛，一臉戲謔。

顧嬋與他目光相對的一刻，簡直恨不得找個地縫鑽下去，再不跟他照面。

誰知道剛才她們講的閒話韓拓聽去多少，看他這般模樣倒是一點都不生氣，可是顧嬋覺得丟臉至極。賢淑的好姑娘是不會跟旁人談起自己未婚夫婿的，她可好，談起不算，內容還是上不得檯面的流言蜚語，偏偏運氣差到極點，被未婚夫親自撞個正著。

等等，顧嬋回想起章靜琴說的話，她知道這位紅衣姑娘是誰了。

她是安國公的小女兒傅依蘭，確實像安國公夫人說的那樣喜歡舞刀弄槍，是個女中豪傑。

前世裡，傅依蘭真的上了戰場，不過，不是隨她父親。韓拓起兵後，傅依蘭隨軍一路南下，直到京師城破，韓拓登基，還封她做了女侯爺。

安國公夫人說傅依蘭與顧嬋同歲，那麼彼時她也已滿十八歲，卻一直未嫁。

顧嬋前世沒機會一睹大殷唯一一位女侯爺的風采，今日得見，只覺和想像中大不相同。她以為可以率軍打仗的女人，定是如男人一般威猛健碩，雙拳能站人，雙臂能跑馬的女漢子。可傅依蘭除了個子高䠷些、身姿健美些，怎麼看都是位嬌俏美少女，和同齡的其他姑娘並沒有太大區別。

傅依蘭本就在氣頭上，又遭章靜琴一番搶白，猶如火上澆油，怒意更盛。「妳行止不端，背後嚼人舌根，看不過眼跟身分有什麼關係，就算是不相識的路人也可出面阻攔。」

章靜琴在家中憋了多日悶氣，因故一直不得紓解，此時與傅依蘭一言不合，完全發作起來，也不顧及對方身分，欲待還嘴。

馮鸞拽了她一把，搶在前面向傅依蘭道歉。「是我們不對，我們不應妄議人非，還請傅二姑娘見諒。」

畢竟不是什麼大事，一方讓步息事寧人便好。不過，馮鸞低估了傅依蘭對靖王的維護之心。

「還算妳知道規矩，比她們兩個都強些，」傅依蘭卻不饒人，轉向顧嬋道。「尤其是妳，旁人拿妳未來夫婿說嘴消遣，妳不但不加阻止，竟然還同流合污。虧得母親將妳誇得那般美好，還特命我前來結識，原來不過如此，真是讓人大失所望。」

章靜琴是個護短的，她的朋友不管究竟如何，反正不許別人說，聽了這話當然想同傅依蘭理論。馮鸞和她從小一起長大，對她脾性再熟知不過，在她開口那刻一把捂住她嘴。

靖王與安國公過從甚密，顧嬋和傅依蘭就算做不成朋友，也斷不該初見便結仇，今日她們理虧，索性一讓到底才是正途。

顧嬋也懂這道理，而且傅依蘭把戰火燒到她頭上，她想不出聲也不行。她上前一步，柔聲道：「傅二姑娘說得是，今日是我思慮不周。」說到此處，顧嬋頓了頓，掃一眼站在傅依蘭身後的韓拓，繼續道：「我只是想知道多些關於王爺的事情，並無惡意。」

韓拓突然輕咳一聲，開口道：「好了，依蘭，不過是件小事。顧二姑娘對本王心存好奇，實在情有可原，便不同她計較了。」

他話一出口，馮鸞驚得手從章靜琴嘴上滑下，章靜琴則如遭雷擊，目瞪口呆。

幾個小姑娘吵一架，不管起因是什麼，根本算不上事。但講別人閒話被本尊聽去，性質便完全不同，更何況對方還是靖王殿下。

傅依蘭並不服氣，道：「可是……」

韓拓沈聲打斷她。「妳說介紹一個人給我認識，指的可是顧二姑娘？未婚夫妻婚前見面，於禮不合，下次不要再這樣。」

他說完便轉身而去。傅依蘭瞪了顧嬋一眼，急急追上前去。

韓拓身高腿長，健步如飛。傅依蘭小跑在後，距離卻越拉越遠。

行過月洞門入竹林，她終於耐不住叫道：「姊夫，你等等！」

韓拓止住腳步，站在原地。

傅依蘭快步走到他面前，喘著氣道：「姊夫，你真的要娶她嗎？」

韓拓平靜道：「父皇賜婚，自然是真。」

「可是，顧三夫人是皇后娘娘之妹，這是眾所周知的事情，姊夫就不怕顧家一心向著皇后娘娘，不怕她是皇后娘娘的眼線嗎？」

四下無人，傅依蘭講話絲毫未有避忌。

韓拓嚴肅道：「依蘭，皇后豈是妳能非議的？尤其是捕風捉影之事，勿聽人傳，勿傳此言。妳既然懂得教訓別人，我想這道理妳應該明白。」

「我是擔心你，怕你中了別人的圈套。」傅依蘭分辯道。

韓拓笑道：「顧二姑娘比妳還小上幾個月，不過是個天真無邪的小姑娘，妳不必多慮。至於皇后……這婚事是我自己同父皇求來的，與皇后無關，自然不會存在什麼陰謀圈套。」

傅依蘭聽後，卻生出疑惑。「你們以前認識？」

韓拓並不答此問，只道：「你我兩家交誼素來匪淺，以後她勢必也同國公府常有來往，我不會強求妳與她成為好友，但也希望妳看在我的面子上，不要猜忌也不要為難她，好嗎？」

傅依蘭向來對韓拓言聽計從，見他維護顧嬋之意堅決，又明確提出要求，雖一時並不心甘情願，還是應承下來。

交談至此結束，韓拓前往安國公書房，傅依蘭則站在鵝卵石鋪成的小路上，看著他背影越去越遠。

是否今後自己與他也如此刻這般，終不免漸行漸遠？

傅依蘭不記得自己是何時與靖王相識，因從有記憶起，他已是家中常客。她對早年在戰場上犧牲的大哥毫無印象，在她心中，靖王便是自己最尊敬、最崇拜的大哥哥。

傅瑞蘭得皇帝賜婚為未來靖王妃時，傅依蘭只有六歲，年紀雖小，卻已解事。她明白，名正言順的姊夫遠比心中秘密的、根本不能叫出口的大哥哥親近得多。

從那時起，傅依蘭便只肯稱呼靖王為姊夫。即使姊姊早逝，婚事未成，即使被父母多次勸誡制止，她依舊不願改口。

傅依蘭曾經聽到父親與母親談起，靖王的第二樁婚事是被人故意破壞的。父親認為衛國公忠肝義膽，不可能叛國通敵，懷疑是皇后不容與太子年紀相近又更為出色的靖王有顯赫得勢的岳家，暗中動了手腳。同時也要給朝中人一個警示，誰敢同靖王攀關係，誰家便要遭殃。

他們說這些時沒有避開她，以為她小聽不懂，可她不光聽得懂，還牢牢記在心中。

後來，靖王的婚事果然一直擱置。

傅依蘭漸漸長大，懂的事情越來越多，那些關於靖王剋妻的流言，也曾傳入她耳中，因此越來越替他感到委屈。

父親那時還說，若不是靖王來到幽州就藩後，自己已將兵權交回，當年自家只怕也要遭不測。也就是說，安國公府在皇后眼中不成威脅，與靖王再結姻親也不會有事。

傅依蘭偷偷生出大膽的念頭來，別的姑娘不敢嫁，她敢，她要照顧他、陪伴他一輩子。再勇敢，她依然還是一個小姑娘，會害羞，會矜持。這念頭只在心中千迴百轉，從未宣之於口，更不曾讓人察知。

傅依蘭總認為自己還得再優秀一些，劍法再精巧些，騎術再精湛些，兵書再讀得通透些，等成為自己心中真正能夠與靖王匹配的女子，她便會告訴他自己的心意。

不承想，原來兩人無緣，那些話她再也不可能開口告訴他。

傅依蘭沒有哭，她沿原路返回荷塘邊，看著滿園子三五成群的小姑娘，心中更添迷茫。

為了早日成為自己心目中最能與靖王匹配的女子，她放棄了很多姑娘家應該做的事情。別的姑娘學穿衣打扮、與人交誼的時光，她全用來練武、學兵法。她不懂打扮，也沒有至交好友。

誠然，傅依蘭享受每練熟一個新招式的成就感，喜歡策馬奔馳多過躲在閨房裡繡花，兵書中種種策略博大精深也遠比單純的詩詞歌賦有趣，但當支持她不顧一切的目標失去意義，再也不可能達成時，她應該怎麼辦？

傅依蘭的目光落在其中一座圓亭裡——

「靖王殿下他怎麼可以長得那麼好看，」章靜琴捧著自己的臉頰。「而且他又那麼溫和寬厚，還那麼守禮……」

章靜琴被韓拓風度所惑，早把靖王剋妻之事忘到腦後。她推了推顧嬋。「顧璨璨妳可有大福氣了！」然後，半開玩笑、半是感嘆。「如果未來的靖王妃不是妳的話，我也好想去撞撞他的馬車。」

「傅二姑娘。」馮鸞側對嵌石板橋而坐，最先看到去而復返的傅依蘭。

章靜琴嚇得被口水嗆住，今日是見了什麼鬼，一說到靖王，傅二姑娘便到。

傅依蘭扯起嘴角對她們微微一笑，徑直走到顧嬋面前。「顧二姑娘，我們初次見面，剛才我不應該那樣說妳。不過，妳做得確實不對。」

章靜琴沒忍住翻了個白眼，這人到底想幹麼，聽前半句像求和，結果後面又來翻舊事。

顧嬋卻不介意，有道是得饒人處且饒人，她笑道：「是啊，我確實不對，不過妳也說了，妳自己也有不對，我們算是打個平手。」

傅依蘭明顯有些驚訝，微張著嘴，半晌才道：「那妳會願意試著跟我做朋友嗎？」

「為什麼不願意？」顧嬋主動拉她坐在自己身邊。「過來一起坐，我們正在玩葉子牌，正好多一個人更多變化，更有趣。」

「我不會。」傅依蘭搖頭道。

「沒關係，我可以教妳。」顧嬋已開始動手把散在桌面上的牌全收在一起，準備洗牌。

「我以前也不會，一邊玩一邊學，很快便上手。」

傅依蘭在顧嬋的指導下果然很快掌握玩葉子牌的規則，不過，她最主要的心思始終不在牌面上。她不時打量顧嬋，偶爾會因此跟不上出牌。好在，另外三個人都很和善耐心，並沒有因此嫌棄或指責她。

傅依蘭沒有惡意，她只是想知道能令靖王主動求娶、又堅決維護的姑娘是個什麼樣的人，現在看來，似乎真的並不像自己之前以為的那般糟糕。

六月的第一場雨來得十分突然。

鄭氏小跑著衝進廊簷，手裡抱著剛從晾衣繩上收下的一疊衣服。自從到莊子上之後，她便被管理庶務的嬤嬤分派去雜洗房。這是個十分辛苦的活計，不過她倒是無所謂，反正月銀還是那麼多，她沒有太大損失。

廊簷盡頭，一個小丫鬟蹦蹦跳跳地過來。「鄭姊姊，妳家兄長在後門找。」

鄭氏嘴上應過，也不忘道謝，心裡卻是無驚也無喜。

她這輩子遇到的男人沒一個像樣的。

父親是個落拓秀才，為了給長子娶媳婦，貪圖江家出的聘禮夠多，連對方人品都不曾打探便糊裡糊塗把女兒嫁過去。丈夫呢，空有一副好皮囊，內裡根本是個廢物，一身惡習不算，還恬不知恥，永不悔改，真像足了書上講的那句「繡花枕頭大草包」。

哥哥在父親「萬般皆下品，唯有讀書高」的理論影響下，至今也不過才是個芝麻綠豆官，養家餬口不過勉強，結果被妻子瞧不起，事事任憑拿捏，哪有半點男子尊嚴。

鄭氏把衣服放回雜洗房，才往後門去。

在她以為天底下所有的男人都不靠譜時，卻見到了顧景吾。身居高位卻不驕不躁，待人溫和有禮，疼惜妻子兒女，不好女色沒有納妾……

呵，若不是親眼見到的，怕是旁人講起她都不會相信世上真有這麼一個人。

雨大如瓢潑，鄭氏透過水簾模模糊糊見到個男人撐著傘站在後門外。

她打起紙傘迎過去，待到近前才發覺不妥。

那人身穿青水緯羅直身，腳踩粉頭皂靴，腰間還掛著羊脂白玉珮，鄭懷恩從來不會穿得這般講究。

鄭氏猶疑地止步。

那人卻已迎上前，一步一步靠近，油紙傘下露出尚算俊俏的臉孔來，只是肌肉鬆弛，眼下泛青黑，一見便知是縱慾過度。鄭氏彷彿見鬼一般向後退。

那人緊跟上來。「數年不見，岳母竟認不出小婿？」

「李寶同，你不要胡說八道！」鄭氏喝道。

李寶同道：「岳母，當年我們不是說好的，如果我從海外帶修羅花給妳，妳就將青青妹妹嫁給我做小，我們還簽了字據。岳母怎麼能出爾反爾，趁我出海未歸便將青青妹妹帶走。不過岳母放心，我對青青妹妹一片癡心，自然也會保護岳母，即便家鄉人人傳說岳母毒殺表叔，我亦不曾將我們之間的交易告訴別人。」

鄭氏反駁：「什麼字據，我何時同你立過字據？」

李寶同伸手入懷，似在掏取東西。

鄭氏失色道：「你……你不要捏造字據，我只不過同你有過口頭約定……」

她話音才落，便有數名青衣衙役從門外衝進來，兩人將她雙臂向後押住，其餘人等快速跑向她居住的房間。

江憐南正在屋內繡著荷包上的花樣，數株青松，蒼翠挺拔，寄予著她無處宣洩的情感。突然闖入的衙役驚得她扎了手。「你們做什麼？」

他們動手翻箱倒櫃，沒有人理她。

江憐南上去阻攔，被一人擒住押在一旁，只能眼睜睜看他們從角落的樟木箱裡拿出一個破舊的剔紅木匣。

那些人得了木匣，連打開看一眼也不曾，便有人高喊：「找到了！」

接著，江憐南被人推跌在地上，額頭撞到石磚，眼前發黑，耳中卻清楚聽到有人道：「犯婦鄭氏，涉嫌五年前謀殺親夫，如今人證、物證俱在，捉拿歸案。」

雨接連下了幾日，從最初驅散暑熱的清爽漸漸轉變成陰濕的黏膩。

顧松撐著傘從寒山書院山門旁的筆墨鋪子裡走出來，才要轉彎踏上上山的石階，突然有個穿竹青色衫子的姑娘撲過來，跌在他腳前。

「二少爺，求求你，救救我娘吧。」

那姑娘抬起頭來，容顏姣好，臉上濕漉漉一片，分不清是雨還是淚。

顧松記得她，曾經是妹妹的伴讀，在他家中只待了極短的時間，短到他連她的名字都沒記住，但這並不妨礙他知道她的母親是給自己母親下毒之人。他冷冰冰問道：「我為什麼要救她？」

江憐南不假思索道：「我娘……我娘她是被冤枉的，她沒有殺人。」

顧松冷哼道：「聽說是人贓俱獲，怎會有冤？」

「不是的！」江憐南喃喃道：「他們……他們栽贓嫁禍，那個盒子不是我們的……他們搜到後甚至沒打開看就說是罪證……」

顧松擰眉，側偏過頭。這不出奇，父親既然打算懲治下毒之人，自然會有施展手段的地方。

江憐南見他不說話，又連聲哀求道：「大牢的人要十兩銀才肯讓我去探望我娘。二少爺，求求你，借我一些銀兩，有了銀兩我還可以給我娘請訟師……」

叫他拿錢幫她請訟師，救想害自己娘親的人？這姑娘好眉好貌，腦子卻不知道是怎麼長的，這樣可笑的事情也做得出來。

顧松不耐煩起來，抬腳便走。

江憐南撲上來，抱住他左腿。「二少爺，我真的是走投無路了……我舅母說我娘會連累舅舅的前程，要跟我們斷絕關係，連家門都不准我進……我去府上，夫人和二姑娘都不肯見我……」

顧松道：「連妳親舅舅都不管妳，妳又憑什麼覺得我會幫妳？」

「因為……二少爺，你是最好心的……」江憐南仰著頭，既可憐又虔誠。「你還送我傷藥……」

顧松冷笑。「那瓶藥不過是潼林用剩的，跟吃剩的飯送到後巷餵小貓小狗沒有區別。我不會幫妳，妳也不要再來找我。」

他將衣襬從她手中抽出，不留情面地甩開她，大步踏上石階。

江憐南跪在地上，遙遙地看著顧松上山的背影，少年頎長俊逸的身影一如往昔，她無法將那冷漠而去的人與心中的少年重合在一起……

二少爺不是最斯文俊逸、心地良善嗎？怎麼會任憑自己苦苦哀求，依然見死不救？

江憐南想起顧松說的最後那句話，原來自己和娘在他們這些人眼中不過是小貓小狗……

她突然失控地笑了起來，笑自己的自作多情，笑自己的癡心妄想，還笑自己竟然傻到把那些高高在上的少爺小姐們當作朋友。原來那麼多年過去，一切都還和當初一樣。到最困難的時候，除了娘，沒有其他任何人會幫助她……

江憐南最終還是籌措到銀兩。

不論世道如何，一個有些姿色的女子但凡立心要弄到一筆錢，從來都不愁門路。

江憐南用二十兩銀將自己賣進了幽州最大的青樓，拿一半賣身錢打點給獄卒，終於見到身在獄中的母親。

幾日不見，鄭氏已憔悴得不成人形，白色的囚衣上還沾著血跡，看得人怵目驚心。

獄卒走遠了，江憐南依舊十分小心，輕聲問道：「娘，他們對妳用刑了？」

「我沒事。」鄭氏道。「妳來這裡幹什麼？」

「娘，訟師建議這種情況下，可說當年是我誤將毒藥放入爹的飲食中，反正那時我才九歲，根據大殷律例是不能入罪的。」江憐南把詢問得來的結論轉告鄭氏。

官府中人最是相護，以衙役那日行為來為母親開脫沒有贏面，倒不如鑽律例的空子。

鄭氏搖頭，她嘶啞著聲音道：「別傻了，妳以為他們真的是為妳爹翻案嗎？那是顧大人為自己妻子出氣呢。」

她看著江憐南目瞪口呆的樣子，心中仍是不甘，自己的女兒，論樣貌、論性情，哪一點輸給那些含著金湯匙出生的千金貴女，偏偏生來命苦似黃連。

她其實早已想得明白，當年之事早已結案，無端端怎會有人重查，怪只怪自己一時鬼迷心竅，生出貪念。如今罪有應得，死不足惜，只可憐女兒從此孤身一人，再無人照應。

鄭氏被判了斬立決，行刑那日，寧氏帶了顧嬋登西山，到碧雲寺燒香還願，祈求佛祖繼續庇佑一家人闔家安康。

待到中旬，顧楓如願考入幽州衛，自此離開書院，投身軍營。

六月的第二場大雨在月底，暴雨傾盆的夜裡，按察使章和浦全家遇害，唯有女兒章靜琴倖免於難。

顧嬋與寧氏一同前往幽州知府柳雲升家中探望章靜琴，得救後她便暫居於此。

知府夫人劉氏親自陪著她們到西廂，章靜琴靜靜地躺在床上，雙頰深陷，目光呆滯。

顧嬋見到，險些沒落下淚來。「阿琴，我來看妳了。」她握住章靜琴的手，搖晃著。「妳說句話呀。」

章靜琴躺在那裡一動不動，絲毫沒有反應。

「據說仵作收屍時發現她還有氣，當時搖醒了，發瘋一樣喊著狐妖殺人，暈過去再醒來便成了眼下這般，有人服侍著吃喝倒是能夠照常，就是不說話也不應人，晚上整夜整夜瞪大著眼睛不肯睡。」劉氏嘆氣道。「大夫說是失魂症，驚嚇過度所至。」

「真是苦命的孩子。」寧氏道，全家只剩她一個，真不知是幸還是不幸。

章和浦是獨子，族中無親，章靜琴的舅父趕來幽州出面辦理喪葬之事。

日子流水一般地過去，轉眼半月，凶手一直未曾落網，章靜琴亦絲毫不見起色。

顧嬋每每見到她皆要落淚，好好的一個人，平日是最活潑、最愛說笑、最愛玩鬧，沒一刻肯靜下來，捂著她嘴仍要說個不停，怎麼就變成如今這樣……

中元節那晚，顧嬋和馮鸞得到章家舅父許可，帶章靜琴到北海放河燈，追祭枉死的親人。

北海岸邊圍滿了人，盞盞河燈，小船一樣飄搖著順流而下，整條惠河裡流光溢彩，恍若綴滿星子的銀河。

小孩子們最不知憂愁，盂蘭鬼門大開的日子，仍然興高采烈舉著風車跑來跑去，口中唸唸有詞——

「放河燈，放河燈，燈在水中行，水中放光明，亡魂隨光到蓬瀛，過去早超升。放河燈，放河燈，燈裡常添油，心中無憂愁，心願隨光上天庭，福壽永延留。放河燈，放河燈，一年一盞燈，一燈一祈求，年年河燈水中流，家家保康寧。」

不知怎的，人群忽然騷動起來，遙遙聽見有人聲嘶力竭地喊：「……狐仙降世……」聲音中全是驚懼。

顧嬋和馮鸞一左一右護著章靜琴，身後跟著兩家的護院和丫鬟，隨著人潮跑動避禍。但情況太混亂，漸漸還是被人流沖散，到顧嬋再也跑不動，氣喘吁吁地停下腳步，身旁除了一直與她握著手的章靜琴，再見不到其他認識的人。

人潮中有的人氣力大，腳程快，從後面趕超過來，還不忘大喊著提醒旁人：「狐仙追過來了！」

顧嬋從來養尊處優，別說跑，就是走也沒試過一次這麼多路程，這時她雙腳全都痠軟了，抬起來時好像灌了鉛的棉花，舉步維艱。

這等情況，就算她自己一個人，也跑不贏什麼狐仙，何況還拖著一個需要人照料的章靜琴。

顧嬋猶豫不過數秒，靈機一動，拉著章靜琴躲進小巷。

巷子裡堆滿雜物，她把章靜琴哄進水缸大的籮筐裡蹲下，上面拿簸箕蓋得嚴嚴實實，根本看不出裡面藏著個人。

安置好章靜琴，顧嬋四下尋找自己可以藏身的地方。

巷子外的大街上突然安靜下來，靜得彷彿剛剛還在狂奔流竄的人潮瞬間全部消失一般。

顧嬋吃驚地朝大街那邊看去，只見一道人影映在小巷的牆壁上，那影子被燈光拉得老長，卻還能分辨出是女人的身形。

那影子漸漸移動，從僅有上半身，到加入腿腳，明顯是人越來越接近巷口。

顧嬋看得分明，那渾圓高聳應當是臀部的部位，竟然生著一條粗大、高高翹起的尾巴。

她駭住了，雙腳如同被釘在地上，一動也不能動。然而，那影子卻未曾停過，顧嬋耳中已聽到腳步聲，甚至能清楚看到巷口露出一隻紅色的繡鞋來……

千鈞一髮之際，顧嬋被不知從哪裡伸來的手臂裹進堅實的胸膛，熟悉的氣息撲面而來，她心中一鬆，身體癱軟下來，接著便被打橫抱著躍起，騰雲駕霧似的，躍在半空，躍上屋頂。

第九章

皓月高懸，恍若如玉銀盤。

顧嬋從未離月亮如此近過，似乎伸出手便能觸碰到那皎潔的圓弧邊緣。

然而此刻不是浪漫的時候，她的目光從月亮上游移至韓拓臉上，他神情嚴肅，垂眸向下，目光追隨著大街上的「狐妖」。

那「狐妖」已走過巷口，從他們藏身的位置，只能遙遙望見她的背影。

黑髮如瀑，披散至腰臀，穿一襲蜜桔色的襖裙，身形窈窕，行走間隨纖腰豐臀搖曳著的，是一條毛茸茸、白慘慘的尾巴。

顧嬋冷不防打了個激靈，攥著韓拓的前襟瑟瑟發抖。

韓拓知道顧嬋害怕，體貼地把她腦袋按在自己懷裡，讓她再看不到那匪夷所思的情景。

「狐妖」的身影消失在長街拐角處後，韓拓抱著顧嬋躍下屋頂。

「放我下去。」

顧嬋見韓拓徑直往巷尾走去，掙扎道：「章靜琴還在那兒，不能把她一個人丟下。」

韓拓面如寒霜，充耳不聞，一路不停步，走到巷尾的馬車前，抱她上了車。

顧嬋被韓拓丟在馬車坐榻上，耳中聽他沈聲道：「自然有人去料理她，不需要妳管。」

堂堂靖王出門，身邊自是少不得近衛隨從。

「可是……」顧嬋還是不放心，手腳並用地從榻上爬起來。「我想去陪她……」

韓拓看也不看顧嬋，只吩咐車夫起行。

馬車轆轆前行。車廂裡明明坐著兩個人，卻不曾交談，安靜得只能聽聞對方的呼吸聲。

韓拓一直沈著面孔，閉目養神，一言不發。

顧嬋知道他在生氣，可不知道是為什麼。她乖乖地坐在榻上，雙手交疊放在膝頭，心中糾結著到底要不要先開口打破這尷尬的沈默。

小心翼翼地覷過幾次韓拓臉色後，顧嬋難得機靈地決定保持現狀，以免被他的怒火莫名波及。反正，他們已經在回她家的路上了，很快就可以分開。

顧嬋的如意算盤完全打錯，馬車並沒有駛去顧家，而是一路進入靖王府，停在三恪堂院內。

道路兩旁每隔十數尺便站著一名侍衛，顧嬋被韓拓抱下馬車，她一點也不敢掙扎，只把臉埋在韓拓胸前，默默祈禱等她真正嫁入王府時，他們早已忘記今日情景，完全認不出自己。

「叫他們都退下。」韓拓吩咐迎出來的徐高陸。

他自己則提腳踹開寢間大門，走進去，使足力氣把顧嬋丟到床上。

去勢太猛，顧嬋在柔滑的織錦床褥上骨碌碌滾了一圈，直到撞上床內側堆疊的夏被才止住。

她頭暈目眩，手臂撐著身體想坐起，後背剛抬離床褥，便有一具火熱又結實的軀體撲上來，重重地把她壓回床褥間。

這樣粗暴的動作，即便知道是韓拓，顧嬋也不禁害怕，驚叫著伸手推他。

她白嫩的手背上有一道長長的血痕劃過，適才在外面天色暗不曾發現，此時被房內煌煌燈火一映，顯得分外觸目驚心。

韓拓捉住那手打量，復又放開，皺著眉坐起身，走去外間喚徐高陸拿來巾帕、紗布和傷藥，親自動手為顧嬋上藥裹傷。

其實不過是一道淺淺的皮肉傷而已，韓拓卻用紗布裹了一圈又一圈，直到把紗布用盡，把那手裹得十足十像個蒸得熱呼呼的饅頭才罷手。

徐高陸拿著剩餘的傷藥退出後，韓拓冷冷開口道：「我之前說過什麼？如果妳再胡鬧我會怎麼做？我要怎麼懲罰妳？」

那話是在松鶴樓的雅間裡說的，那次他們有了兩輩子裡的第一次親吻……

顧嬋伸手捂住嘴……

韓拓見狀，唇角微彎，勾住顧嬋手臂將人往前一帶，她便撲倒，被韓拓按住趴在他大腿上。在顧嬋能夠反應過來之前，韓拓的手掌已「啪」一聲落在她屁股上。

顧嬋瞬間懵了，驚駭得連反抗掙扎都忘記，兩輩子加起來，從來沒人動過她一根手指，韓拓是第一個打她的人。

他足足打了五下才放開她。

顧嬋雙手捂住屁股，眼淚汪汪地跪坐起來。

其實，韓拓只有第一下真的用上些力氣，其餘四下下手都極輕，最後甚至還順勢給她揉了揉。可對顧嬋來說，這根本不是力氣大小的問題，她內裡是個十八歲的大姑娘，卻這樣被人打屁股！

這要是傳出去，她還有什麼面目再見人？不，就算沒人知道，她也覺得太丟臉。

顧嬋又羞又惱，惡狠狠瞪著韓拓，恨不得用目光把他千刀萬剮。

韓拓根本不以為意，他彎起唇角，挑眉道：「下次還敢不敢了？」

「我今日做錯什麼了？」顧嬋不滿地嘟囔。

他這是存心找碴好不好？只要想罰她，想欺負她，就可以說她犯錯，完全不講道理。

「遇到危險時，為什麼不想著先保護自己？」韓拓問道。

顧嬋眨著眼睛回想今晚的情形。「章靜琴她生病了，她不懂得照顧自己，而且，她是我的朋友，她家人都不在了，她不能再有事。」

她分析得頭頭是道，越說越理直氣壯。

韓拓盯著她坦然又清澈的雙眸，冷哼道：「因為她病著，是妳的朋友，家人都死了，所以她的命就比妳的重要嗎？」

「當然不是這個意思。」顧嬋無奈道。「難道王爺的意思是讓我把她丟在一旁，不管她生死，只管自己逃命嗎？」

韓拓沈默不語，他當然也不是那個意思，他瞭解顧嬋的脾氣，為了自己在乎的人，可以不顧一切，他看中的正是她這一點。可是，顧嬋擔心自己的朋友，韓拓同樣會擔心她。他不想她有損傷，不想她遇到險境，在他心裡，誰也沒有她重要。

「……如果真那樣做，我跟江憐南又有什麼區別呢，王爺也不欣賞她不是嗎？己所不欲勿施於人，不就是這個道……唔……」

顧嬋仍在辯解，韓拓卻毫無預兆地堵住了那張喋喋不休的小嘴。

顧嬋瞪大了眼睛，不能理解這樣突兀的轉變，前一刻明明還在爭執，為什麼突然又來親她？

然而她的理智很快便被韓拓洶湧的熱情吞噬，腦中如滾水沸騰，最後的疑問盡數化作大江東流，一去不回頭。

韓拓不想失去顧嬋，可她有些傻氣，總是把自己置身在危險裡。

他得隨時隨地護在她身邊，他想把她裝進荷包裡，揉進身體裡……只有把她變成自己的才能安心。

男人表達感情的方式與女人不一樣，他們不大善於使用語言，更擅長身體力行，越是在意越是緊張，越缺乏甜言蜜語哄勸的能力，反而自然而然生出無窮盡的親近慾望。

單純的親吻已不能滿足韓拓此時的感情需求。他把顧嬋推躺在床上，自己欺身而上，在她唇齒間攻城掠地的同時，手掌亦沿著她玲瓏有致的曲線遊走，一分一毫也不想放過。

夏衫雖單薄，卻也構成阻礙，韓拓幾乎是撕扯著，將它們剝離顧嬋的身體。

少女嬌軟妍嫩的胴體毫無遮擋地展現在他面前……

忽然而至的涼意令顧嬋清醒，她試圖掙扎，又用手去遮那雪堆成山、紅梅輕顫……

韓拓血脈賁張，呼吸急促，三兩下便制住她，一手攥住她雙腕，將她兩臂推過頭頂，一手從床上抓起她的小衣，在她手腕上纏繞打結，再綁在床頭欄柱之上。

顧嬋已經泣不成聲。前世同他行房，再不情願，起碼還有夫妻的名頭。現在算什麼，即便是未婚夫妻也不該這樣……

是她自己不自重嗎？她私下同他見面，讓他親吻，所以他才愈加得寸進尺？

顧嬋越哭越傷心，眼淚流了滿臉，偏偏手還被綁著，連抹淚都不能。

韓拓回復理智，訕訕地揉了揉額角，伸手解開縛住顧嬋雙手的小衣，抱著她坐起來。

顧嬋低聲抽泣，一動也不敢動，她與韓拓面對面跨坐在他腿上，這般姿勢最危險，她生怕一個不小心刺激到他，令他克制不住強要了自己。

韓拓此時卻沒那樣的心思，一邊輕拍她後背，安撫她情緒，一邊柔聲道：「妳有在乎的人，同樣也有人在乎妳，如果妳不好好保護自己，出了任何事，在乎妳的人便會傷心難過……」

這道理淺顯易懂，顧嬋沒有疑義，也虛心接受他的說教。

只是，為何要同她講這番話呢？

顧嬋腦中靈光一現，小聲試探道：「如果我出了事，王爺會傷心難過嗎？」

那還用得著問嗎？

韓拓有些惱火，為她竟然完全不懂得自己的心意，看來剛才親熱得還不夠。

他再次把顧嬋推躺到床上，重重地壓上去……

床褥很軟，但是突然跌上去還是會痛，顧嬋「啊」一聲痛呼。卻不想，窗外猶如回音一般也傳來「啊」一聲輕呼，伴隨著的還有「砰」一聲，不知是何物撞在窗櫺上的聲音。

顧嬋驚得小臉慘白。韓拓放開她，披衣下床，走出門去。

垂花門外，兩個侍衛正一左一右抓著個小丫鬟。

「就是她？」韓拓冷著臉道。「人不大膽子倒挺大。」

話說，被元和帝展現父愛送來，又被韓拓避之唯恐不及地放進偏遠院落裡的兩個秀女，皆是二八年華，當然不可能甘心如此一世。

其中一名喚作林氏的，仗著家中經商，銀兩豐足，沒少施展手段籠絡王府中下人，想方設法打聽靖王的行蹤，只為尋找機會製造偶遇，好討得靖王歡心，從此才算真正飛上枝頭。

她房中的丫鬟也不是第一次偷溜至三恪堂，從前自然都叫侍衛擋了去。但韓拓得知後，另有想法。他早就不耐煩在自家院子裡擺著這麼兩個人，可是長者賜，不能辭，何況他的長者是皇帝，那情況便更不同。

唯有尋出對方錯處，尤其是大錯，才好將人打發了去。

於是，韓拓便命徐高陸等人，下次那丫鬟再來，只需假作不知，放她進來，之後再將之擒住。一切都在計劃之中，只是沒想到她早不來、晚不來，偏偏選了今日此時，當真撞見不該見的。

韓拓輕聲吩咐徐高陸幾句，便回到室內。

是夜，那名丫鬟連同兩名秀女以偷聽靖王商談軍事機密的罪名被發落，從此再無人見過她們蹤影。

顧嬋不知院外發生何事，她用夏被把自己從頭到腳裹得嚴嚴實實。不光被韓拓……還叫人偷看了去，她簡直連想死的心都有。

韓拓回來時，就見到床上一個大大的被團，輕輕顫動著，裡面傳出悶悶的嚶嚶哭聲。

他打量一番，好笑地伸出手去戳了戳最圓鼓鼓的那處。被團裡哭聲一窒，發出短促輕微的一聲「嗯」，接著扭了扭，又往床內拱了拱。

「別捂著了，天氣熱，當心悶壞了。」

韓拓動手去掀那被子，顧嬋卻死死拽住不肯放手。

韓拓以為她害羞，安撫道：「不用怕，偷看的人已經讓徐高陸處置了。」

顧嬋手顫了顫，把被子再往高處提了提。

韓拓嘆氣，又道：「妳不是問我問題嗎？把手鬆開我便告訴妳答案。」

顧嬋心裡有些鬆動，略微猶豫，手上卻仍不肯放鬆。

韓拓俯身抱住那被團，道：「是我請父皇賜婚的，妳說如果妳出事了我會不會難過？」

被子終於掀開了一角，露出顧嬋水汪汪的大眼睛。「王爺為什麼要這樣做？」

韓拓親了親她額角，柔聲道：「我只是想讓妳知道，只要有心，母后根本不會成為我們之間的障礙。」

見顧嬋眨巴著眼睛看他，韓拓又道：「現在妳知道了吧。所以，妳以後只要安心做我的妻子，有任何事都告訴我，任何難題、任何麻煩都有我去解決。」

若說絲毫不動容，那絕對是假的。

顧嬋雖然重活了一次，但歸根究柢兩輩子加起來活過的日子也沒有超過十九年，她擁有的還是少女多情的靈魂，心中對未來、對婚姻、對夫婿充滿憧憬。

真的可以嗎？可以全心信任韓拓、依靠韓拓？如果真的可以，不正是完全應了母親說過的那番話。

只不過，順序倒了過來，母親教她盡心對待韓拓，對方自然也會如此回報。如今，韓拓已主動示好，誠心求娶，還要做她的靠山，自然也是希望她可以真心回報。

顧嬋輕輕地點了點頭，沒有分毫不情願。不過，該拒絕的事情還是得拒絕。「王爺以後不可以再像今日這樣了。」

她想了想又補充道：「反正大婚前都不可以。」

韓拓皺眉問道：「不可以哪樣？」

顧嬋道：「就是剛才那樣。」

「剛才哪樣？」韓拓按捺不住笑意。「妳不說清楚，我怎麼知道？」

太討厭了！才覺得他好一點，竟然立刻又來欺負她！

這種話難道不是大家意會便罷，他又不是不知道自己剛剛做過些什麼，還非得要她說個清楚明白，她可沒有他那麼厚的臉皮。

顧嬋氣壞了，霍地躺回去，重新拿被子把自己蒙住。

韓拓哈哈大笑。笑夠了，又伸出手來戳她。「起來吧，清理一下，我送妳回家。」

顧嬋在被子裡糾結，她還沒穿衣服呢，怎麼起？

當著韓拓的面，掀開被子肯定不好意思，不掀倒好像她不想回家似的。

她小心翼翼地只露出頭來。「王爺……王爺迴避一下吧。」

「為什麼？」韓拓一本正經地問道。「本王陪著妳不好嗎？」

顧嬋真想去擰他的臉皮，看看到底是不是砌城牆的磚頭做成的，怎麼可以厚成這樣？為什麼，難道他不懂嗎？剛才是誰老房子著火似的，把她剝個精光，現在倒來問她為什麼不好意思當著他揭開被子。

顧嬋紅著臉，避開他的問話，只道：「那……王爺可以把地上的衣服遞給我嗎？」

韓拓再次大笑，答應得倒十分痛快，也不再為難她，自去外間等著。

顧嬋收拾妥當，才走出去。

韓拓拉她坐下，倒了一杯茶給她。「妳將白樺帶回去吧，往後出門都叫她隨同，有她保護妳，我才能安心。」

有過適才那番話後，顧嬋不再抗拒韓拓安排人給她，可白樺的情況有點尷尬。「那我要怎麼跟爹娘解釋呢？」

如果是旁人也就罷了，偏偏白樺是爹爹找回去的，而白樺是韓拓這邊的人除了顧嬋沒人知道，她今日將人帶回去，又說是韓拓給的，那叫爹娘怎麼想……

韓拓顯然並不想為此事太費神，指著身旁一人簡單道：「她是紅樺，也在我府中，不然妳帶紅樺回去，岳父岳母那邊也不必隱瞞，只說是我送的便罷。」

他派人保護未婚妻，可不是什麼見不得光的事情。

顧嬋見韓拓架勢，就知她終歸得從兩人中選一個帶走，所以便聽他安排，帶了紅樺回家。

寧氏見了紅樺，得知是靖王送給女兒的侍衛，歡喜他對女兒的用心還來不及，哪裡會反對？至於顧景吾，後院之事向來少過問，只由妻子安排，自然也沒有異議。

第二天一早，章家狐妖一案便有了結果。

此事要從舊年年底說起。

臘月時，通州縣一家姓田的佃農走失了兩隻雞，幾日後在田間尋回。這原是根本不值一提的小事。偏偏當地的大地主李員外硬說那雞是他家的，認為田老爹偷盜。

誰家養雞也不會故意在身上做記號，雞不會說話，於人就變成有嘴說不清的事情，誰的聲音大，誰的後臺硬，那便是誰的。

李員外早年給大兒子捐了個官，正巧是通州知縣，自家人當然向著自家人。過堂一審，便判定田老爹偷雞，杖責二十大板，不但要還雞，還要賠償十兩銀給李員外彌補損失。

前文有述，元和年間，大殷的田地不過二兩銀子便可購置一畝，若田家能拿出十兩銀，早就買田購地，何須做個任人欺凌的佃戶？有道是，富在深山有遠親，窮在鬧事無人問。田家這樣的家底，還肯來往的無非都是和他們同樣的佃戶貧農，借也借不到這許多銀錢。

田家大姊年方十八，是遠近鄉里聞名的一朵花兒。李員外心思十分活絡，便提出父母債、子女償的辦法，強拉了田大姊回家做姨娘。

至此，還有什麼不明白呢，人家早就惦記上了自家姑娘……

田老爹年五十有餘，之前生受二十大板已是內傷外患，如今又氣又恨，怒氣攻心，一口血噴出，就此人事不知，米水不進，拖延不過三日，便一命嗚呼。

田大姊得到消息，當晚就在李家宅子裡自縊了。

田大嬸連續喪夫喪女，一病不起。田家二姊才十六歲，小時候在縣城的武館裡頭打過雜，是個性子烈又有主意的姑娘，烤了乾糧揹上包袱便進了幽州城，到知府衙門前擊鼓鳴冤。

誰知知府大人在李知縣捐官的事情上得過好處，此時自是不肯受理，判田二姊造謠生事，誣告縣官，打了十個板子將人扔出府衙外面。

田二姊不屈不撓，養好傷，再次進城，直奔著藩王府第而去。她存著一股魚死網破的打算，便是告不倒知縣知府，也要讓朝廷知道他們的昏庸，誰知王爺沒碰到，撞上的還是官官相護的其中一個官——幽州提刑按察使章和浦。

章和浦一心盼著早日調任京官，當然不肯揭露自己治下有貪官。

田二姊因在武館裡學過三招兩式，比之其姊更有一番康健生動之美，章和浦素日裡見多了弱柳扶風的美人兒，如今乍見個不一樣的，動了心思，嘴上說著會為她伸冤，連哄帶騙霸占了姑娘當姨娘。

田二姊初時不察，信以為真，對章和浦萬分感激。可眼見數月過去，翻案之事卻久久不見動靜，她心中自也起疑。

到六月田大嬸去世，她辦好喪事，便與章和浦攤牌。章和浦露出真面目，田二姊悲憤交加，父親與姊姊有冤難申，有仇難報，自己被騙，失去清白，母親也死，從此再無牽掛，當初搏命一般魚死網破的念頭便又萌生。於是，夥同武館裡相識的武師，在雨夜裡裝神弄鬼，將章家滅門。

田二姊不信，按察使大人家出了命案，還能有人裝作無事發生？

然而章和浦當初並未在官府登記納妾書，除了章家眾人，無人知道田二姊其人的存在。顧嬋等兩女雖聽章靜琴念叨過，但到底不會參與仵作驗屍收屍，是以沒人知道死人裡頭少了個姨娘，自也不會有人懷疑到她頭上，只當無頭案那般處理。

田二姊這才在中元節那日又鬧事一場。

韓拓那日並非有意涉入案中，他去幽州大營巡視歸途中正巧撞見，便派近衛跟蹤查探。田二姊從頭到尾沒打算過逃離，被捉住後連審問都不必，自己主動將所有事情一一道來，詳盡得不能再詳盡。自此按察使章和浦家滅門一案水落石出，而牽涉其中的幽州知府與通州知縣，或降職或革除，三個官位也各有新人到任，不再細說。

章靜琴的失魂症在中元節那夜不藥而癒，家人七七之後，便動身隨舅父前往山西大同府。

啟程那日是八月初十，顧嬋和馮鸞前去送行。

官道兩旁種著參天銀杏，此時葉子黃透，撒滿一地金黃。

章靜琴將一個嵌螺鈿紫檀八寶匣交給顧嬋。「這裡是大哥的一些遺物，有一套劍譜一套拳譜，還有一柄龍泉匕首，有機會的話幫我交給靖王爺身邊的林修大哥吧，謝謝他中元節那晚對我的照顧。」

她雖然痊癒，卻全然不見從前那種無憂無慮、活潑跳脫的模樣，人沈靜下來，也瘦了許多，衣裙鬆鬆地掛在身上，隨著瑟瑟秋風輕擺。

三人揮淚告別，裹碧綢帷的馬車一路向西，直到最終消失不見，顧馮二女才上車回城。

說來也奇怪，元和二十一年的上半年，種種事情像撒豆兒似的密集不斷，到了下半年，卻平靜下來，現世安穩，無風亦無浪。

顧家一切如常，只有顧楓身上發生些許變化。

幽州衛大營同寒山書院一樣，每旬得一日休沐，顧楓並非每次都返回家中，更多時候會與軍中同袍共聚出遊。偶然回家時，顧嬋次次都能看出他的不同，先是曬黑，後來長高壯碩起來，微微毛躁的性子也日漸沈穩。

顧景吾最初不願幼子太早入軍營，擔心軍中三教九流，日子久了，影響品性。寧氏也是一般，怕投軍太苦，顧楓年幼承受不來。

只是，兩人皆拗不過兒子主意早定，不得不同意放行。如今見他一日比一日成熟，夫妻二人自是安慰歡喜。

顧嬋只在受章靜琴之託轉交禮物給林修時見過韓拓一次，之後就再不肯赴他邀約。她並非拿喬矯情，而是認為自己還是應當做個循規蹈矩的姑娘，婚前不應再與韓拓私下見面。

韓拓呢，該邀約還是邀約，顧嬋不肯去，他也不勉強。不見面，他便幾日一封書信，由紅樺轉交。

元和二十二年開春後，顧家上下忙碌起來，一心籌備二月二十六日顧松與馮鸞的婚禮。

二十那日，顧松休沐，在家中試穿錦繡坊送來的新郎禮服。

「明明年前才度的尺寸，怎麼兩個月就瘦了呢。」寧氏搖頭道。「雖則要參加秋闈，也得顧惜身體不是？」

顧松淡淡一笑，只道娘親說得是。

寧氏看他模樣便知根本沒往心裡去，戳著他額頭道：「兒大不由娘，回頭叫你媳婦整治你。」

「娘，鸞姊姊那麼溫柔體貼，我看到時候一定是大哥欺負她。」顧嬋從窗外探出身，笑咪咪地打量身穿大紅新郎袍的兄長。

前世因為寧氏過世，顧松為母守孝三年，直到元和二十四年夏天才與馮鸞成婚。婚禮在京師舉辦，因前一年顧松已在殿試上拔得頭籌，由韓啟欽點為狀元，進翰林院為編修，身為新皇未來大舅，又有真才實學，前途無量，道賀之人自是流水一般多得數不盡，婚禮盛大空前，賀儀豐厚，被京城中人傳頌為佳話。

不過才半年後，就因顧景吾反對韓啟在戰時苛減軍需，父子兩人一同被貶去福建。

如今寧氏安康，婚事提前，不知其餘各事是否會隨之變化。

重生至今一年多，顧嬋已不像初時那般易為後來的事情焦慮，慢慢學會安心享受當下。大哥科考之時她幫不上忙，但顧松才學不變，就算與前世有所不同也不會相差太多，她本就毫不擔心。

至於父親的事情，到時想辦法勸他莫要在朝堂上與韓啟爭論便是。

「是啊，鸞兒溫柔體貼，我婚後自然有嬌妻照料，生活美滿。」顧松笑嘆道。「所以我向來惋惜靖王殿下，明明神仙一般的人物，偏攤上我家嬌生慣養、刁蠻任性的璨璨，以後可有得受苦……」

「娘！」顧嬋跳著腳進屋，偎在寧氏身邊。「妳看二哥呀，他還沒娶媳婦，就開始欺負妹妹了。」

寧氏卻道：「我看朝林說得不錯，去年冬月靖王壽辰，我教妳繡個斗篷做賀禮，如今冬去春來，那蒼鷹的一隻翅膀也不見妳繡完。照這樣下去，我看到妳出嫁時也完成不了，也許等你們第三個孩兒周歲後王爺才能收到那份禮物。」

顧松聽得哈哈大笑。

母親與兄長聯合取笑，顧嬋自然不依，佯裝惱怒，做個鬼臉，轉身便跑，在門口處與匆匆進來的巧月撞個滿懷。

「二姑娘小心啊。」巧月扶住顧嬋，向寧氏回稟道：「夫人，大少爺從京師趕來了，這會兒人已經在退思堂等著了。」

寧氏母子三個皆喜上眉梢，連忙出了顧松的小跨院，去前頭迎接。

永昭侯有三子一女，長子顧景盛、三子顧景吾與獨女顧景惠皆是原配夫人蔣氏所出，二子顧景言則由丁姨娘所生。

眾人口中的大少爺名顧榕，是侯府世子顧景盛的獨子，今年二十歲整。十八歲那年殿試被欽點為探花，賜進士及第，如今在都察院任右僉都御使，官至正四品。他此番是代表永昭侯府前來參加婚禮，同來的還有整整兩車侯府的賀禮。

顧榕在官場歷練兩年，完全脫去少年人的青澀，自有一番沈穩氣度，見到寧氏三人來到，先行向寧氏見禮。「見過三嬸母，祖父命我代他與父親來喝喜酒，更特命我早到數日，為三叔與嬸母幫手。」

又笑著招呼顧松與顧嬋。

四人落坐，閒話家常，寧氏自是少不得仔細詢問侯府眾人近況，顧榕一一作答，最後說到自己妻子。「湘兒原本打算與我同來，不過啟程前一天診出喜脈，便留在家中安胎。」

寧氏連忙道喜。

顧嬋拍手笑道：「那等我們回到京城，就可以見到小寶寶啦。」

她記得盧湘前世生的是個冰雪可愛的小女娃。

顧嬋喜歡小孩子，可惜那時一直住在宮中，同小姪女難得見面，更不可能有多少時間相處。

若按照前世，顧景吾秋天即可回京，正好趕上盧湘生產，而顧嬋要到明年二月才出嫁，可以和小姪女朝夕相處小半年，想到便開心不已。

這邊相談正歡，巧月又來回稟。「夫人，舅爺與舅少爺到門前了。」

寧氏淡淡答應一聲，卻無適才那般歡喜，不是她與娘家人不親，實在是她的兄長與外甥皆是令人頭痛的人物，與永昭侯府以戰功封爵不同，寧國公府完全是因為大女兒做了皇后才得到晉封。

這國公府的爵位自然也不世襲罔替，而是只襲三代，逐代降級，也就是說到世子襲爵時，只能封侯，而到了寧氏的外甥那一代，寧國侯又要變作寧國伯，再下一代便無爵位。

然而寧家的男兒分毫沒有自覺，不但不懂奮發圖強，反而坐吃山空。

寧國公自此連官都不做了，養花遛鳥好不悠閒。

世子寧禮，也就是寧氏的兄長，靠皇后姊姊在行太僕寺謀了個閒差，十幾年沒做成過一件事。公事上混吃等死，私事卻積極進取，年年納新妾，夜夜做新郎，不過大抵注定是個一事無成的人，十幾個姨娘通房擱在家裡，到如今也只生出寧浩一個兒子。

至於寧浩，更是個連表面文章都不作的渾人。文不成武不就，仗著寧皇后嫡親外甥的名頭在京師裡橫行霸道，鎮日鬥雞走狗、吃喝嫖賭。人以類聚，物以群分，他身邊自然少不了一班紈袴子弟在後頭溜鬚拍馬、教唆胡鬧，甚至還幹出過強搶民女的勾當。

不管兄長與外甥如何不成體統，該接待還是得接待。

寧氏起身相迎，還不忘叮囑顧嬋。「璨璨，回房去，這幾日無事不要到處走動。」

顧嬋依言離去。

顧家的三個小輩皆聽聞過寧浩所作所為，自是明白寧氏所為何事。

偏有人沒眼力，寧禮一見妹妹便擺出兄長架子。「怎麼不見璨璨和潼林來給舅父問安呢？妹妹啊，慈母多敗兒，妳可不能把孩子們縱得無法無天，該有的禮數還是得有。」

寧氏暗地裡咬牙，到底是誰把孩子縱得無法無天，惹是生非？但面上還得表示對兄長的尊敬。「哥哥說得是。潼林去年投考了幽州衛，如今在大營裡訓練，不在家中。璨璨昨日受了涼，早起有些發熱，我沒叫她過來，免得過了病氣給哥哥，待她好些，定是會補上大禮。」

一番話半真半假，寧禮聽得滿意，但依舊不忘訓人。「妹妹啊，不是我說妳，好男不當兵，妳和妹夫怎麼絲毫不為潼林前程考量。」跟著又熱心起來。「浩兒見多識廣，還結交過太醫院裡頭的醫正，不如叫他上璨璨房裡，給表妹把把脈，診治診治。」

這純屬哪壺不開提哪壺，寧氏怕的便是讓寧浩見到顧嬋，連忙推拒道：「今早已看過大夫了，剛吃過藥睡下，還是別去吵她，免得起床氣發作鬧小孩子脾氣，還是叫朝林帶著萬林和浩哥兒一起去城裡轉轉，他們兄弟幾個也多時未曾相聚，怕有的是話說，不耐煩陪我們這些長輩呢。」

其實寧浩與顧榕、顧松完全不是一路人，話自然說不到一起，便是進城也轉不到一起，他愛的是花街柳巷溫柔鄉，顧家家風嚴謹，子弟們素來不好這一套。寧氏不過是打算叫兒子與姪子把寧浩架走，免得兄長老莫名其妙地把他往顧嬋跟前送。

寧浩對於給表妹看病一事並不熱中，在他印象裡，顧嬋還是離開京師前的樣子，身材沒抽條，更沒有前凸後翹的曲線，漂亮倒是長得漂亮，但還是個乾巴巴的小丫頭片子，叫人提不起興趣。

他理著袖口，順著寧氏的提議道：「既是如此，便不去打擾表妹養病，我跟爹爹安置好後，還得煩勞兩位表弟帶我同遊幽州府。」

寧氏安排顧榕住在顧楓的跨院廂房裡，至於寧家父子兩個，一來顧家實在沒有適合他們住的地方，二來畢竟女兒大了，留寧浩這麼個人物在家中她實在不能放心，索性囑人去客棧裡定下兩間上房，又派了丫鬟小廝跟去服侍。

該防的防過了，該見到的卻怎樣都攔不住。

婚禮前三日，顧嬋收到韓拓的字條，約她去陶然亭遊船。這次顧嬋沒拒絕，因為本也打算出門去。

顧榕在都察院的差事不能請假太久，婚禮當晚便要趕回京師去，顧嬋打算買件小禮物請他帶回去送給盧氏，需在婚禮前辦妥。

這日晌午後，顧嬋帶著紅樺出門，先去琅嬛閣，給盧氏選了一支南珠孔雀開屏釵，又給自己買了對紅寶石耳環。正等掌櫃結帳，忽聽有人在身後輕咳，轉身一看，寧浩站在那裡，盯著她兩眼直放光。

顧嬋正月時過了十四歲生辰，如今出落得越發動人，個子比去年高出小半個頭，胸前的兩顆小包子長成了圓鼓鼓的饅頭，還是發麵的，纖腰不盈一握，即便仍穿著冬裝，也能看出曲線玲瓏窈窕，正是寧浩喜愛的那一款。

既是見到了，顧嬋便不能裝作沒看到，只好福一福，道：「見過表哥，璨璨前幾日生病未癒，不曾向舅父與表哥問安，還望見諒。」

「想不到兩年沒見，璨璨妹妹都長成大姑娘了，真是叫我一見傾心。」寧浩嘴裡說著不著調的話，還不忘伸手過來拉顧嬋的小手。「璨璨妹妹身子如今大好了嗎？我幫妹妹把把脈……」

結果顧嬋的手沒摸到，卻被紅樺擒住手臂扭在身後。

「對不起了，浩表哥，紅樺是爹爹安排給我的護衛，她不聽我指揮，只管盯住一件事，凡是男人靠近我，不論是何人，都必定遭她毒手。」

顧嬋一推，將責任全往顧景吾身上招呼。

正好掌櫃那邊算好帳，顧嬋付了銀子，接過剔紅首飾匣子，帶著紅樺一溜小跑地轉過街角，上了馬車離開。

她不知自己身後的凸翹也日漸渾圓討喜，更不自覺跑動起來那處搖曳生姿。

寧浩目不轉睛地盯著那左搖右晃的翹臀，更是心癢，舔著嘴唇，暗地裡跟了上去。

顧嬋到陶然亭時比約定的時間早，此時仍春寒料峭，她在亭子裡坐一陣，漸覺寒冷，便起身沿著河邊閒逛，邊走邊把雙手伸進帷帽裡，捂在嘴邊哈氣。

「璨璨妹妹可是冷了，放進表哥懷裡捂捂可好？」

寧浩不知從何處鑽出來，擋住顧嬋去路。

他話說得這般無賴，便是傻子也知道心存不軌，紅樺當即出手，誰知天上一前一後砸下來兩個繩套，她躲了第一個，卻沒躲過第二個，那繩套套中後，倏地抽緊，將她拖倒。

事出突然，顧嬋只看到碗口大的繩索滑過河邊樹杈，將紅樺倒吊起來。

她知道不妙，轉身便跑。

寧浩動作更快，餓狼似的撲過來將她摟在懷裡。「璨璨妹妹跑什麼，咱們兄妹兩個多年未見，正該好好親熱一番，礙事的人我已經處理好了，好妹妹，就依了我吧。」

說著掀開顧嬋帷帽，低頭去香她臉頰。

顧嬋手肘在他胸口一頂，跟著小腳一踹。

寧浩可不是韓拓，他就是個酒囊飯袋，沒有精湛身手。顧嬋這一招也不是亂來，她閒來無事，跟著紅樺學了一招防身。當然也就這一招，練武太苦，她吃不消。雖練得尚未純熟，但用來對付寧浩這等登徒子卻也綽綽有餘，一腳便把他踹進河裡。

可是，她還沒來得及幸災樂禍，便叫在岸邊掙扎的寧浩抓住小腿，一把帶進河裡。

顧嬋不識水，寧浩又存了歹意，故意將她頭往河水裡按，顧嬋嗆了水，不過幾個來回，便眼前發黑，手腳發軟，漸漸失去知覺……

第十章

顧嬋醒來時置身在一片黑暗之中。

她雖然看不見，卻能清楚地感覺到自己倚靠在一個炙熱堅實的懷抱之中，箍在她腰間的手臂強壯有力，明顯屬於男人。

她甚至發現自己是赤裸的。

憶起昏迷之前發生的事情，顧嬋又驚又懼，不顧一切地尖叫著踢打掙扎起來。

「別怕，是我。」極為熟悉的聲音在她頭頂響起。

是韓拓。

意識到這點之後，顧嬋瞬間放鬆下來。她不再掙扎，反手抱住韓拓，頭埋在他懷裡哭起來。

顧嬋哭得十分壓抑，咬著唇克制自己發出聲音，可輕輕顫抖的身體與漸漸沾濕的衣襟出賣了她。

韓拓手掌輕撫她背脊，安慰道：「別哭，沒事的。」

顧嬋想知道寧浩到底把自己怎麼了？

當時離她與韓拓約定的時間還有足足一刻鐘，無論寧浩想做什麼時間都十分寬裕。

顧嬋不覺得寧浩有什麼不敢做。

寧浩在京師裡是天不怕地不怕的小霸王，只要他興起，下自平民百姓，上至高門勛貴，誰家的姑娘都別想逃出他的魔掌。

顧嬋在顫慄中又想起一件事來。

那應是在兩年後，賢太妃賓天，寧浩竟然覷了空子，在停靈的宮殿梢間裡將晉王韓哲的王妃迷暈姦淫。待到事發後，寧太后護短不肯讓寧浩擔責，顛倒是非，誣陷晉王妃不守婦道、穢亂宮廷，一杯鴆酒將人賜死，而寧浩不過被禁足。

晉王自是不服，提了劍衝進寧國公府將寧浩斬殺。此事後來成為韓啟削藩的序幕。

思及此，顧嬋分毫不覺得寧浩會顧忌她未來靖王妃的身分。

有些事情沒比較不知道，有寧浩之事對比，顧嬋才明白，她並不像自己以為的那麼不喜歡韓拓的觸碰，就算是前世頂多也就是不情不願，卻並不會因為被他碰了便如何。

可是，只要想像那一刻鐘裡寧浩有可能做過的事情，顧嬋便覺得噁心，甚至還不如直接淹死在河裡算了。

「王爺，」顧嬋抽泣道。「我是不是已經……不潔了？」

韓拓輕斥道：「別胡說，什麼事都沒有。」

幸虧他到得比約定的時辰早些，遠遠瞧見紅樺被倒吊在樹上，心急如焚催馬上前，正見到寧浩那個混世魔王拖著全身濕透的顧嬋往大樹後邊走，那還有什麼不明白呢？當即便叫林修把人打暈帶走懲治。

顧嬋聞言並未寬懷，對於女子來說，衣裳濕透叫人看了去，已是失貞，除了讓看過那窘態的男子抬走做妾，再難有其他姻緣，最後往往只能青燈古佛長伴餘生。

賜婚聖旨剛頒布時，顧嬋心不甘情不願，不想嫁給韓拓，現在若叫她因寧浩此人不能嫁給韓拓，她同樣心不甘情不願。

人心便是這點奇怪，趕著送到你手裡的，往往不稀罕，可若突然被人從手上搶回去，卻沒有人不會出手維護。

「王爺可是嫌棄我了？」顧嬋委屈道。

韓拓淡淡道：「別胡思亂想，妳嗆了水，眼下可有哪裡不舒服？如果沒事我送妳回家。」

「一定是的。」顧嬋哭道。「王爺從前不是這樣的，不是這樣冷淡。」

「冷淡？」韓拓摸不著頭腦，不明白自己冷淡在哪裡，跟著重複了一遍。

顧嬋忙不迭地點頭，也不管黑暗中韓拓根本看不到她動作。「王爺從前見了我，總是動手動腳，擋都擋不住。」

不管是前世還是今世，韓拓抱著她的時候就沒有像今日這麼規矩過。

這回韓拓聽明白了，可他也冤枉，上次他熱情過頭，顧嬋哭得什麼似的，在回家的馬車裡還不停要求他答應以後再也不那般行事，他還不是順著她的意思。

若兩人身分調轉，顧嬋肯定免不了因而委屈糾結。

但韓拓是男人，見機行事的道理他早熟稔貫通，反正懷裡的姑娘現在抱怨他不夠熱情，那他便熱情給她看，他正求之不得呢，哪裡會不願意？

韓拓猛地翻身將顧嬋壓住，即便置身黑暗裡，也同樣能乾淨俐落地啣住她抱怨的小嘴，手也順勢揉在她長勢良好的渾圓之處。

「不是這樣的。」顧嬋還是不滿意，扭頭躲避道。

韓拓輕輕嘆氣，他並非完全不懂顧嬋心思，只是他並不覺得那般嚴重，本想混鬧一陣便揭過，可眼前的姑娘一貫頑固，看來尚需耐心安撫。

一個吻輕輕落在顧嬋額頭，然後是眉頭、眼睛、鼻尖、嘴唇、下巴、鎖骨、心口……像蝴蝶搧著翅膀，一路向下，既輕且柔，又痲又癢。

顧嬋緊張得全身都緊繃起來，當那吻最後落在腳趾尖時，她以為終於結束了。

誰知韓拓將她身體翻過，讓她背朝上趴在床褥上，手掌分開她頸間秀髮，從她髮根處吻起，到白嫩的後頸，突起的蝴蝶骨……

顧嬋背後也有優美的弧度，他沿著脊骨一截截向下，攀上高峰又落下，最終停駐在嬰兒般粉嫩的腳心處。

「癢。」顧嬋躲著，不可自抑地輕笑出聲。

韓拓換過姿勢，將顧嬋抱在自己身上。「全身都蓋過印章，妳以後就是我專屬的，到老到死都不嫌棄，滿意了嗎？」

顧嬋羞澀地點頭，她喜歡剛才那樣溫柔地親吻，讓她感覺到自己被百般珍愛疼惜。

「那就起來了，妳的衣服也應該乾了。」

韓拓掀起床帳，陽光照進來，原來還未到日落時分。

顧嬋裹著被子滾到床邊，四處打量，認出這是三恪堂的寢間。

韓拓取了她的衣服擱在床頭，還不忘撐著頭打趣。「我不嫌棄妳，我幫妳穿？」

顧嬋的俏臉瞬間脹得如顧松的新郎袍般火紅。

春光正媚，為運河水鍍上一層金。寶船起錨，帆吃滿風，全速航行。

船尾長長拖一條纜繩，繩尾處白浪翻滾明顯比其他地方洶湧。若凝神細看，便能在浪花中發現一個錦衣玉面的公子哥兒。

只是此刻錦衣已濕透，玉面也頹喪焦躁，失去應有的風華。

「哪個鬼鬼祟祟暗算爺？有種出來當面單挑，藏頭露尾算什麼好漢？」寧浩氣急敗壞地吆喝。

纜繩牢牢捆住他雙腕，結的是行軍扣，幾經掙扎無法脫開，他試圖借力攀著繩索靠近船舷，可那船像長了眼睛似的，每次他才動作起來便咻地加快速度，害他撲跌在水裡，還得吃上幾口臭烘烘的運河水。

「就憑你這個骯髒貨也配講好漢？」林修站在甲板上，一襲青衣隨風款擺，寧浩惡名遠播，但凡有點血性的男兒都看不慣，如今奉命耍人，正中下懷，不亦樂乎，更是肆意張揚。「爺前些日子得了把匕首，聽說是削鐵如泥的寶物，卻一直沒機會嘗試，今日你走運，正好當爺的第一個祭品。」

一邊說，一邊握著柄黑沈沈的匕首作勢去砍那纜繩。

「大爺！好漢！英雄！大王饒命！」寧浩驚慌失措地求饒。

這可不是硬頂的時候，雙手被縛，若纜繩一斷，他水性再佳也沒法發揮，只能乾瞪著眼被湍急冰冷的河水吞噬。

林修就勢收手，嗤笑道：「大王我今日心情好，暫且饒你小命。」

本來就沒打算在這裡把寧浩弄死，運河上船來船往的，戲弄人、作踐人根本不會有人理，可回頭要是浮了屍，扯上命案那又不同。

何況這人還是寧皇后的嫡親外甥。王爺交代過，今兒只管可著勁耍弄，其他的等人離了幽州府再下手。

寶船一路開到天津郊外，這會兒天色已暗，林修吩咐水手把船靠近河岸，再將寧浩拖回船，扒個精光，扔去岸上。

入夜後西北風起，寧浩身上掛著水，見風即抖。他顫巍巍地一手捂上一手捂下，四處尋覓可以蔽體之物。

荒郊野地，百八十里也不見得有一戶人家，路旁花草樹木還在冬歇，未被春光喚醒。

寧浩光著腳走出一里遠的路，才勉強折了些蘆葦稈子編成個兜兜裹在要害。

官道上偶爾有車馬經過，寧浩每每聞聲便往路中間一堵，張大手臂攔車。

馬車裡多有女眷，以寧浩此時「尊容」，人家避之唯恐不及，誰人也不會停車，只著車夫繞開躲過。

至於騎馬的男兒本就不如女子善良心軟，從他身旁經過時不但不停下施以援手，還不忘奉送奚落嘲笑。

直到天將明未明之際，遇見一個年逾古稀的賣炭翁，老眼昏花看不出寧浩有傷風化的姿容，這才許他爬上牛車，與烏木沈炭比鄰而坐。

寧浩何曾受過此等奇恥大辱，氣恨交加，又受了寒，回到客棧裡便大病一場，高燒數日不退，自然不能在幽州城裡胡鬧作亂，甚至連婚禮也未能參加。

顧松婚禮那日，韓拓坐在喜堂，被賓朋滿座、喜氣洋洋的氣氛勾得惦念起明年此時自己的婚禮。

即便是就藩的皇子，成婚也得回到京師行禮。看來，京師裡空置多時的靖王府也是時候重新修葺了。尤其是王府正房，那是要與顧嬋共度洞房花燭的地方，半點也不能馬虎。

洞房裡，紅燭高照，顧松手持喜秤挑開蓋頭，露出馮鸞含羞帶怯的面孔。

大概做新娘子時總是特別美麗動人，屋子裡雖說都是兩家女眷，不是看著馮鸞出生長大，便是同她自幼相交，此刻也不免驚豔。

顧松更是看得呆住，直到全福人拿過杯盞教兩人飲合巹酒才回過神來。

一屋子大姑娘小媳婦都笑出聲來，就連幾位中年婦人也忍俊不禁。

觸景生情，顧嬋難免憶起自己前世的洞房花燭。

新皇登基，新后冊立，皆是普天同慶的大喜事。顧嬋卻絲毫感覺不到喜意，父兄不在身邊，弟弟生死未明，嫁的還是新鮮出爐的大仇人，心中除了悲涼憤慨再無其他，甚至立心以死明志。

也許顧嬋尋死的舉動提醒了韓拓，後來，他不時邀請大伯母齊氏與堂嫂盧湘進宮陪伴她。

她二人無非是勸她心寬些，不要糾結前事，齊氏曾道：「他既許妳后位，有鳳印在手，妳便安心做妳的皇后，最忌念念不忘前事，與他生出嫌隙。」

各人有各人的立場，顧嬋也知道，若按照大伯母的說話行事，大概是對自己來說最舒適容易的一條路。

可是，哪有那麼容易忘？姨母一直被囚禁在宮院裡，顧嬋每夜發夢都見到韓啟那滾落且鮮血淋漓的頭顱……

她搖了搖頭，把不合時宜的思緒拋出腦外，只盼自己今生能有一個溫馨喜樂的新婚夜，既是重活一次，當然事事都要比從前好。

顧松去前面敬酒，女眷們也自去飲宴，顧嬋身為小姑子，少不得需陪伴馮鸞說話解悶。約莫兩刻鐘後，顧松便被顧榕和顧楓一左一右地攙了回來，看模樣似是有些醉，不過身後還是跟著幾名書院裡頭親近的書友，當然，也少不了韓拓，他們是鬧洞房來了。

這時顧嬋不方便留下，她起身出門，經過韓拓時想起自己適才心願，微微紅了面頰。

鬧洞房不過是個幌子，韓拓想的是試試能不能見上顧嬋一面，可是這會兒人多，什麼也不能說，什麼也不能做，只在顧嬋經過身邊時攏下廣袖，暗地裡捏了捏她的小手。

顧嬋的臉更紅了，羞得垂低頭小跑出去。

顧榕當晚啟程返京。

寧禮與寧浩父子兩個，又拖延數日，直到寧浩病癒才起行。

男人不似女人家嬌貴，坐馬車一日也能前行二百多里。

這日入夜，宿在江蘇地界的一間驛館中。

寧浩病中睡得太足，雖然奔波整日身體疲憊，卻精神十足，難以入眠。正在床上翻來覆去攤著烙餅，忽聽窗外絲竹清音，嫋嫋傳入。

他推窗看去，院子裡石桌前，坐著個月白衫裙的小娘子，杏眼桃腮，身姿嬌嬈，撫琴的雙手白嫩纖長。

寧浩色迷心竅，外袍都顧不上披便衝出房門。

小娘子忽見有男子出現，吃驚之下手中一頓，琴弦斷開，割傷了水蔥似的玉指。再細看，那男人還衣衫不整，小娘子也顧不上察看傷口，當即抱了琴打算離去。

寧浩當然不肯放人，攔住了三言兩語便摸手摸臉，口中混話接連不斷。那小娘子也不是個貞靜的人，很快被挑逗得軟倒在寧浩懷裡，由得他抱進房去。

翌日清晨，寧禮在飯堂等不到兒子出來用膳，遣長隨過去催促。

不多時，就見長隨手忙腳亂地跑回來，額上冒著豆大的汗珠，雙腿打顫道：「世子爺，少爺他受傷了。」

寧禮只寧浩獨苗，一聽兒子受傷便著急，也等不及細問，立即起身去探視。

房間裡，衣裳散了一地，寧禮目不斜視直奔床前，才舉手掀起低垂的床幔，雙眼便驚駭地瞪大，跟著一口氣提不上來，白眼一翻，昏厥過去。

長隨跟在後面，忙上前攙扶，手腳仍打著抖。

寧浩光溜溜躺在床上，嘴裡塞著褻褲，雙眼緊閉似乎昏迷不醒，四肢攤開分別綁在床柱，下身一片血肉模糊。

大夫到時寧禮已悠悠轉醒，耳中聽得一句：「……子孫根沒了，可沒處續……」當即心中大慟，再次昏了過去。

父子兩個都不是好相與的，派出家丁在驛站裡搜查，卻不見有那月白衣衫的小娘子，挨個兒問詢，也不曾有人見過，更無人聽過所謂絲竹之音。

即使是昨夜被主人丟棄在院中的瑤琴，石桌上滴落的血跡，此時也不見蹤影。

此事報了當地府衙，師爺依照寧浩敘述畫出小娘子肖像，貼在城門告示板前，用作通緝。

寧家父子兩個在驛站逗留月餘，待寧浩傷口結痂盡褪，也不曾緝拿到凶嫌。

再嚥不下這口氣又如何？只能灰頭土臉地上路回京。

這番事情他們當然不會到處宣揚，顧家眾人自是無從得知。

幽州城裡最新的一件大事，是韃靼犯境，靖王即將領兵出征。

戰事總是來得突然，傍晚接到情報，翌日大軍便要出城。靖王旗下盡是精兵，平日訓練有素，戰場上驍勇異常，如今欲待拔營，個個如魚得水，就連城中平頭百姓都跟著群情激昂。

幽州衛亦是靖王部屬，顧楓自是難免隨軍出征。

早在顧楓初次向韓拓表達投軍之意時，韓拓便言明，若顧楓有能力，他自是會竭力提拔小舅子，但該有的歷練一樣不能少，甚至得比旁人更多磨練。因對他未來有所期許，若當真有朝一日成為軍中主帥，一句話、一個主意便影響著成千上萬兵士生死，半點不能含糊。

顧楓是個頭腦清醒的少年，這道理本不言也明，而由崇敬的姊夫提出後，他更是奉為真理，十個月來未曾有過分毫敷衍懈怠。

為人父母者，沒有不望子成龍的，顧景吾夫婦見幼子刻苦上進，當然欣慰。但骨肉至親，血脈相連，顧楓初上戰場，顧家人怎可能毫不擔心。

韓拓是個周到的女婿，作出迎戰決定後，便派人去顧家報信。

寧氏聞訊，卻跌碎了茶盞，跟著坐臥難安。一時親去廚房念叨廚子準備顧楓喜歡的糕點湯水送去軍營，一時奔往顧楓跨院替他打點衣物。

拾掇一半，突然想起不知戰事會延續多久，此時四月天候漸暖，但若到入秋後還不能回來怎麼辦，當即又著下人翻箱倒櫃將舊年的冬衣翻出打包……

直到顧景吾從衙門歸來，寧氏見到丈夫，終於有了主心骨，這才勉強壓住心頭煩躁，坐下來就著小菜用了半碗白米飯。

待到二更時分，寧氏正監督著小廝把給顧楓準備的行裝裝上馬車，忽聽長街馬蹄聲響，天黑看不清來人，直至快馬奔到近前，高喊一聲。「娘！」

寧氏才認出是顧楓。

靖王巡查點兵之後，原是不許人員再出大營。但韓拓只有顧楓這麼一個小舅子，這點關照總不是難事，遂吩咐副將尋個理由帶顧楓離開營地，快馬回城，與家人當面作別。

寧氏見到顧楓幾乎落淚，拉著他左叮嚀右囑咐；顧楓口中一一應下，實則大半左耳入右耳出。

男孩子情感粗疏，本也沒那麼多離情別緒。何況他盼著上戰場已久，壓根兒等不及明早，恨不得立刻拔營啟程。若不是韓拓命人把他帶出來，他根本想不起是不是要走走姊夫的門路，特例一番，回家一敘。

時間不多，說不過一刻鐘顧楓便要返回。

直到幼子騎著馬的英挺身影拐過街口，消失在視線之外，寧氏才肯由女兒扶著回到家裡。

眼看折騰了小半宿，大家都見乏，便各自回房安寢。

顧嬋在淨室裡洗過澡，習慣性地喚碧落進來收拾，喚了幾聲，卻靜悄悄地無人應，再喚碧苓，同樣沒有聲息。

澡桶裡的水漸漸涼了，她只好自己爬出來，拽過梨木架上掛的棉巾子擦乾身體，穿起湖色緞繡折枝海棠花的小衣與同套撒腳褲走出去。

內室裡燈影搖曳，映照著繡架前穿絳紫錦袍的頎長身影。

顧嬋嚇了一跳，尖叫著躲進屏風後面。

「是我。」韓拓笑著轉過身來，將食指擱在嘴邊比著手勢，示意她噤聲。

顧嬋扒著屏風側邊，露出小半個腦袋來。「王爺怎麼在這裡，我的丫鬟去哪兒了？」

「明天要走了，我來看看妳。」韓拓只回答了前一個問題，看著顧嬋慌張的模樣，禁不住笑問：「妳要一直站在那後面同我說話嗎？」

顧嬋當然不想，她忸怩半晌，才伸臂指著床側紅木衣架，囁嚅道：「勞駕王爺幫我把衣裳取過來好嗎？」

韓拓依言照做。

顧嬋接了他遞來的外衫衣裙，匆匆忙忙套在身上，便走了出來。

韓拓還是低頭站在繡架前面，聽到她腳步近前，低聲問道：「這鷹是繡給我的？」

其實，顧嬋只繡完一隻翅膀，但黑絲絨上有白色炭粉描的花樣子，輕易便能認出未來成品會是何物。

顧嬋也不否認。「原想給王爺繡個斗篷，可惜來不及這次帶走了。」

「哦？」韓拓聞言，彎起唇角，竟動手去拆繡架。

「王爺，不行的，還沒繡完呢。」顧嬋連忙阻止。

韓拓不肯停手，只道：「沒關係，先讓本王帶走，想妳的時候好看上一看，等回來妳再繼續繡也無妨。」

他身手俐落，說話間已將斗篷取下，拿在手裡。

顧嬋還是不願。「王爺已經有個荷包了。」

韓拓皺眉道：「荷包都是一年前送的了，現在本王想要新的禮物。」見顧嬋嘟著嘴不應，又道：「若不讓本王將自己的斗篷帶走，便讓本王帶走妳的衣物。」

說著，伸手入懷，掏出揉成一團的石榴紅錦緞。

顧嬋眼尖，一眼認出那是自己適才替換下來的兜衣，面紅耳赤道：「王爺怎麼做起小賊來了。」

韓拓一手攥著兜衣，一手舉著斗篷，笑道：「妳來選吧，我聽妳的。」

這還用選嗎？

顧嬋的衣物都是有定數的，碧落和碧苓兩個清清楚楚，平白無故不見了一件兜衣，她要怎麼解釋。

顧嬋撲過去扳著韓拓手指把兜衣搶回來，紅著臉跑回淨室裡，掛在衣架上。又等候一陣，摸摸自己的臉頰，好像不那麼熱了，這才走出來。

韓拓已經坐在床沿，招著手要她過去。

「今晚我想在這兒睡。」他氣定神閒道。

「不行不行。」顧嬋想也不想便拒絕。

韓拓伸手一撈，把她抱坐在腿上，一邊撥弄她鬢角的碎髮，一邊輕聲道：「我這一去，少則數月，多則一年，若戰事久拖無果，甚至連婚期都得押後，妳就不想念我，不擔心我？」

還沒分別呢，顧嬋當然不知道自己會不會想他，可她是真的一點都不擔心。

前世裡也有這場戰事，她記得韓拓是在正月裡班師回朝，不光大獲全勝，還得到一支人數兩萬的蒙古部族騎兵投誠，歸於帳下，如虎添翼。

顧嬋反而擔心顧楓比較多，畢竟他現在品階低，保不定是要正面迎敵的，刀劍無眼，前世的顧楓又沒走過這一遭，她心裡沒譜，雖不似寧氏那般慌亂，心中難免打鼓。不過，嘴上當然不能這般說。

「王爺萬事小心，我等著你回來。」

韓拓滿意地嗯了一聲，仍舊堅持道：「我要睡在這裡。」

顧嬋原本無事，此時被韓拓一鬧，想起他一去便是九個月之久，多少有些心軟，小聲道：「那、那王爺只是睡覺，不可以做旁的。」

韓拓在顧嬋唇上輕啄一下，道：「好，我答應妳。」

說罷，把她抱起放在架子床內側，自己老實不客氣地解了外袍，只著中衣爬上香噴噴的床鋪，長臂一伸，便將顧嬋攬在懷裡。

「王爺剛才答應的，只睡覺，旁的什麼都不做。」顧嬋伸手推拒，心裡突然生出與虎謀皮之感。

韓拓面不改色。「嗯，就抱著睡覺，旁的什麼也不做。」

顧嬋掙不開他鐵鉗似的手臂，最後只能由著他抱住自己躺下。

韓拓的氣息是顧嬋最熟悉不過的，自然不會對入睡造成困擾，久違的懷抱令她心安，再伴著他沈穩有力的心跳聲，反而睡得比平日香甜。

醒來時天色大亮，明媚的陽光透過細密的窗格照進室內，韓拓並不在身旁，顧嬋張望了一眼角落裡的西洋座鐘，巳時已過，想來大軍早已開拔。

顧嬋忽然有些低落。

腳步輕響，碧落打著哈欠繞過屏風。「姑娘醒啦，昨晚在次間等著姑娘喚人，不知怎的就睡著了，睡得死豬一樣。碧苓也是，這會兒還沒醒呢，叫也叫不起來。」

顧嬋支吾一聲，並未責怪，多半是韓拓做了手腳，不然兩個人何至於如此貪睡。

碧落手腳勤快地從箱籠裡取來衣服讓顧嬋挑選，途經繡架時疑惑道：「咦，姑娘給王爺繡的斗篷怎麼不見了？」

顧嬋紅著臉低著頭，隨便一指，岔開話題道：「今日就穿紫色的那套吧。」但是到底心虛，末了還是解釋道：「我看他出征，一年半載也未必回得來，繡完了也送不出，擱在那兒又落灰，索性收起來，壓在箱子底下，等他回來再說吧。」

碧落將顧嬋選中的衣裳放在床頭，餘下的兩套收回衣箱，忽而又道：「姑娘早前不是還嫌繡架太緊自己打不開，喊著要換一個嗎？昨晚竟然自己打開了，看來跟著紅樺學兩手功夫確實有用，趕明兒我也想學學。」

顧嬋也不答話，只作沒聽見，目不斜視，一心一意地脫掉昨晚那套衣裙，換上新裝。

韓拓走後每日皆有一封信送到顧嬋手上，信中記述十分詳盡，包括他途中見聞、日常起居、軍中瑣事，甚至偶爾報喜……軍隊取得了某場戰事的勝利之類。

總之，令顧嬋讀起來如同一路跟隨他出征，兩人從來未曾分開一般。

顧嬋從不回信，卻將每封信仔細收在金漆木雕花鳥紋的八寶匣裡。

如此攢了六十餘封時，顧景吾收到了調職令。

那日顧景吾回到家中，也不說話，只從懷裡摸出個牛皮紙信封往寧氏手中一塞。

寧氏不知丈夫何意，但見火漆已開，想來丈夫看過內容，並不忌諱自己閱讀，便將信紙抽出，約略一看，面露喜色道：「這就回去了，這麼突然？還沒到官員考核之時呢。」

她有些不可置信，外放的官員雖說終會回京，但時間不定，兩、三年者有之，五年七年者亦有之。顧景吾到幽州還不足兩年，從時間上來說相當短，也足見元和帝對他的器重。

顧景吾道：「聽聞是戶部尚書提出告老還鄉，才臨時出現空缺，七月中旬便要到任。」戶部尚書品階為正二品，顧景吾官升一級。

寧氏心中亦喜亦憂。喜的是眼前，顧松八月將參加北直隸鄉試，原定提前一月回京，這會子全家一起動身，寧氏便不必擔心兒子備考期間無人照料。憂的則是將來，原以為明年顧嬋出嫁後，自己還能在幽州陪伴一段時日，如今卻是不能了，不禁擔心起女兒剛剛出嫁後身分轉換未全適應時的種種問題。

好消息總是傳得最快，未開晚飯，闔府上下便都得知此事。

顧嬋毫不意外，因這與前世的情況完全相同。

馮鸞則有意外之喜，因為不必與丈夫分離。但她娘家人都在幽州，勢必會有離愁。

姑嫂兩個一同給章靜琴去了一封信，最主要的目的是告訴她將來送信需得送去京師永昭侯府。小姊妹三個雖身處異地，但感情不變，鴻雁傳書未曾間斷。

顧嬋動念寫信給韓拓，已提了筆，一瞥眼見到窗外院中正在練拳的紅樺，又覺所有事情自然有人向他報備，何須她再多說一遍，於是便將筆擱下，指揮起碧落、碧苓兩個打點行裝。

七日後，顧家五口啟程上路，浩浩蕩蕩的馬車隊伍頂著盛夏豔陽，一日不過走上百里路，行程十分緩慢，直到七月初二才抵達京師。

永昭侯得了信，帶同全家老小一起在大門前迎接。

各人互相見過禮，男人們自去書房敘話，女眷們則簇擁著侯夫人、蔣老太太一同回到後院永和堂裡。

堂屋當中鋪著白虎皮，兩旁分列共十六把紫檀雕花燈掛椅，三房人依序落坐，顧嬋則陪蔣氏坐在正中矮榻上。

「……瞧瞧我們璨璨越大越好看……」蔣老太太有三個親孫子，卻只有顧嬋一個親孫女，又快兩年沒見，當然稀罕不過來，摟在身前上下打量。「好像瘦了一些。」

其實根本沒瘦，顧嬋抽條長個兒，比離京時高了快一個頭，看起來苗條而已。

「我是想祖母，」顧嬋只管往蔣氏懷裡鑽著撒嬌。「想得吃不下飯、睡不著覺。」

蔣老太太笑道：「那今日好好吃一頓，我叫廚房做了妳最喜歡的汽鍋雞、蜜汁火方，今晚妳得吃三碗飯。」

又轉頭向坐在左首次位的寧氏道：「這些年辛苦妳了，我看妳把老三照顧得很好，孩子們也教得好，侯爺前些天正念叨楓哥兒在軍中立了功呢。」

只有女人把家裡打點妥當了，男人在外面才能安心掙功名，所以蔣老太太認為顧景吾升遷、顧楓立功都與寧氏有密不可分的關係。

蔣老太太是個明事理、賞罰分明的婆母，兒媳做得不好，她直言教誨指點；兒媳做得好，她從來不吝獎賞鼓勵。

寧氏自謙道：「母親謬讚了，相夫教子是媳婦的本分。」

左首首座坐的是顧景盛的妻子，永昭侯的長媳齊氏，她聞言道：「三弟妹快別謙虛了。我也聽世子爺提了，說是楓哥兒小小年紀智勇雙全，這次立的是大功，班師時定要封賞升品階的。」

禮尚往來，齊氏稱讚顧楓，寧氏自然也要誇獎顧榕。「他這算什麼呀，哪裡比得上榕哥兒？打小就是兄弟幾個裡面最有出息的，如今才二十就官至四品，而且馬上要當爹了，真真是福祿雙全呢。」

左首正一團和氣，右首卻發出一聲嗤笑。「我看楓哥兒也是個打小就有出息的。可別說你們沒人記得，那年父親書房走水是誰的傑作？回頭上了金鑾殿，聖上問起：怎麼就你能突襲成功燒了敵軍大營的糧草呢？咱們楓哥兒就這麼答：皇上，都說三歲定八十，微臣五歲時就拿祖父的百歲福壽龜與名家字畫練過手了。呵呵呵……」

這枚不和諧因素是永昭侯的二兒媳——庶出子顧景言的妻子薛氏。

蔣老太太氣定神閒，面不改色，直接將她忽略，招招手叫馮鸞上前，又叫服侍自己的徐嬤嬤取來一早準備好的見面禮，那是一套鑲金祖母綠頭面，其貴重自不必說。

待馮鸞乖乖巧巧地謝過禮，蔣老太太拉她也坐在自己身側。「我年紀越大越中意斯文溫柔的小姑娘，老三媳婦，妳選的這個孩子合我眼緣。」

顧嬋扭著蔣老太太手臂道：「祖母是有了孫媳婦就忘了乖孫女嗎？今日都沒有我的禮物……」

蔣老太太伸指在她額頭上一點。「瞧瞧這小沒良心的，從小到大妳從我這兒得的好東西還少嗎？送個見面禮給妳嫂子也要吃味？想要什麼就自己到我房裡揀去，不過妳可悠著點，要是全揀光了，來年我可沒得給妳添嫁妝了。」

在座幾人聞言都笑了起來。

顧嬋不過是哄著祖母開心逗趣而已，這會兒效果達到了，便笑著嗔道：「那可不行，我的頭抬嫁妝肯定是祖母的，您可不能不給。」

薛氏看看一左一右偎在婆母身旁的兩位姑娘，再看看坐在自己下首木頭人一樣的顧姍，撇嘴道：「大嫂馬上要抱孫子，三弟妹今年娶媳婦明年嫁女兒，你們都是福氣人，可憐我命苦福薄，姍姊兒都及笄了還沒說上親事。」

除了新進門的馮鸞，其他人全聽得明白，薛氏話裡有話，在埋怨蔣老太太呢。

這其中緣由說來話長，蔣老太太的祖父與父親都曾任內閣首輔，兄長如今官至太子太保，正經書香門第出身，最是講求賢德。

她身為嫡母，面子上一碗水端平，從來未曾虧待過顧景言這個庶子，從小便是自己的兩個兒子有什麼，顧景言就一定會有同樣的。可是，人生裡有許多事情並非父母能夠一手安排的。

顧家三兄弟的差別便是在成年後漸漸突顯出來。顧景盛與顧景吾也許是遺傳了外祖家的讀書天分，前後腳金榜題名，又承襲侯府一脈的圓融與手腕，總之官運一路亨通，婚姻也都如意。

至於顧景言，差了就不是那麼一星半點。他讀書不成，便跟著父親在軍中歷練。本來也算得一條康莊大道，但時運不濟，第一次也是唯一一次上戰場便中了流矢，跛了腳。腿腳有殘疾，當然不能留在軍中。永昭侯給他謀了個文職差使，可事情又回到最初的因由上——顧景言實在不是讀書的料，這其中一個外在表現是他靜不下心來，坐不住，哪怕腿瘸了站不久，心性卻分毫不會改變。

日子久了，當差便成了苦差事，打從心裡不願去，顧景言藉著腿疾三天兩頭告假，不告假的時候又錯漏百出，終於把差事給丟了，從此賦閒在家。

顧景言舒服了，卻為難壞了蔣老太太，因為這時候顧景言到了該說親的年紀。本來庶子就難說上好人家，何況還是個吃閒飯、擺明沒前途的庶子。

蔣老太太最初還本著不虧待庶子的心，要給他在有限的範圍裡選個最好的姑娘，到最後才發現根本沒什麼所謂的範圍，因為門戶相當或者稍微差一些的人家裡，根本沒有人願意把姑娘嫁給他。

於是，她的目標就此變成不管是什麼人家、什麼姑娘，總之要找到一個肯嫁給顧景言的，這才有了薛氏的出現。

薛氏的父親是工部員外郎，五品官，官職不大不小，但年紀大了點，五十歲，沒什麼再繼續升遷的可能。當然，這本來也不大妨礙薛氏嫁個更好的郎君，可惜她有個不大厚道的嫡母，更可惜她自己眼皮子淺，看中了侯府的家世。

薛氏家中姊妹多，從小與人比較慣了，出嫁前她得意不已，因為姊妹裡沒有誰的婆家能比得上永昭侯府門第高。可嫁過來之後便不一樣，因為薛氏比較的對象從姊妹變成了妯娌。

比出身，齊氏是平陽侯府的嫡長女，寧氏是寧國公府的嫡次女，嫡姊還是當朝皇后，薛氏立刻比兩人矮了一大截。

比丈夫，顧景盛是世子，將來要承爵位，而且那年他剛從文職轉武職，調任京衛指揮使司的指揮同知，不到三十歲已經是從三品大員了，顧景吾呢，在翰林院做學士，正五品，跟薛氏她爹一個品階，可是人家顧景吾當時還不到二十歲……薛氏梗著一口氣看看自己丈夫，顧景言正在廊簷下頭鬥蛐蛐兒呢……這落差就不是一般大了。

薛氏倒也會變通，拚爹拚丈夫拚不過，還有孩子不是？她抱著滿滿的希望過了十多年，也只生出來顧姍一個女兒。

今日永和堂裡的對話句句踩到薛氏痛腳，她沒兒子，奔前程、掙功名、兒媳婦、抱孫子這輩子她通通絕緣，她有女兒，可比顧姍小八個月的顧嬋明年都要嫁人了，嫁的還是皇子，她的女兒卻連個靠譜的夫婿人選都沒有。

這樣一來，薛氏當然急得跳腳，說怪話掃興算什麼，她恨不得等將來顧嬋三朝回門時叫顧姍直接往靖王懷裡跳，到時候混上個側妃，品階雖然沒有顧嬋高，起碼姑爺是同一個，多少還能拚一拚，不至於像她那個丈夫——至死無望。

薛氏可不認為自己覬覦三房的女婿有什麼不對，如果到時候她必須得走這一步，那一定是蔣老太太還沒給顧姍相上好親事，那便是婆母厚此薄彼，壓制庶出孫女，婆母不仁她才不義。

況且，男人都不會滿足只有一個妻子的。她爹眼下都快七十了，還新納了個十七的姨娘呢。公爹也是，若沒有姨娘哪裡有顧景言呢？至於顧景言，死沒出息的也有兩個通房。只有顧景盛與顧景吾兄弟兩個比較奇葩。

所以，薛氏認為，反正總有人會跟顧嬋分享靖王，那與其分給外人，還不如便宜了堂姊顧姍，總歸是自家人，肥水不落外人田。

薛氏也考慮不到旁的勛貴之家對姊妹二人共事一夫甚為鄙夷，因為她本來就是個沒有廉恥的女人，或者應該說她並不在乎旁的人是否認為她擁有廉恥。

早在三歲那年，與兩個庶姊爭搶風車時因為一時手軟被推進池塘後，薛氏便明白了，如果想擁有自己喜歡的東西，那就得不顧廉恥，得爭得搶。

她正是因為拋棄了廉恥，才在童年與少女時代吃上心愛的食物，穿戴起漂亮的衣服首飾，最後嫁的門第最高。為了在妯娌中爭出個高低，不事事矮人一頭，薛氏理所當然要把這個真理貫徹到女兒的婚事上去。

顧嬋並不知道薛氏此刻打算，但是前世時薛氏做過什麼她可不會忘。那時她初患怪病，與韓啟的婚期不得不一延再延，薛氏竟然跳出來說要顧姍進宮，幫助顧嬋固寵，並且頭頭是道地分析與其將韓啟的恩寵分給他人，不如分給顧姍，反正姊妹總是同心，連成一線才好對付其他妃嬪。

顧嬋被她氣得病情都加重了幾分。她並不是因為韓啟終究會有其他妃嬪而生氣，皇帝怎麼會沒有後宮呢，為這種事生氣豈不是自討苦吃，一輩子沒完沒了。

她氣的是薛氏那種明明伸手搶你的東西，還能歪說成施恩給你的無恥。而且薛氏無恥得那樣理直氣壯，義無反顧，甚至明示暗示著若你不讓她搶，那便是不知好歹，給臉不要。

顧嬋病得在床上躺了好幾天不能下地，姨母寧太后自然得知來龍去脈，與顧嬋商量後，她便召見了顧家與另外幾個適齡的官家女兒。最後選出江憐南與兵部尚書的孫女分列貴妃與賢妃。顧姍當然是怎麼來的就怎麼回去。

因為有這件事，顧嬋這輩子實在沒辦法用尊重長輩的心情去對待薛氏，但到底是在眾人面前，她只能選擇不出聲，轉而觀察祖母的面色。

蔣老太太果然露出幾分不悅之意。

眾人各有心思，冷場幾息，還是齊氏率先打起圓場。「要我說這是姍姊兒福氣好，到底是母親親手帶大的，感情深厚，這才捨不得早嫁，要在家裡多留兩年呢。當初我想讓萬林早些成親，他岳丈家裡就是不鬆口，說是就一個女兒捨不得，非得等到姑娘十八了才給過門。」

「可不是，原本我和三爺也打算留璨璨到十八……」寧氏附和著，說到一半突然住口。

她雖然不像顧嬋那般接觸過薛氏的下作，但多年妯娌，對方的心病還是能揣摩一二的。

她的話實心實意，聽在薛氏耳中恐怕會變味。

果然聽薛氏哼道：「哦，三弟妹的意思是不想嬋姊兒嫁是吧，沒關係，我們姍姊兒想嫁，就讓嬋姊兒裝個病什麼的，姊代妹嫁，妹代姊嫁，又不是沒有先例。」

這會兒就是傻子也能看出不對勁。

馮鸞並不傻，她向顧嬋拋去探詢的眼神。顧嬋眼風往薛氏那邊掃過，嘴角再向下一垮。

這是小姊妹兩個在幽州與眾家女眷交際時的慣用動作，看不慣哪個或者有舊怨又不方便當場開口時，便互相用這般神情示意。

蔣老太太當然將兩個姑娘的舉動看在眼中，就算她不知道她們的約定，也能猜出大概意思。孫女便罷了，孫媳婦是頭一次見面，薛氏竟然不顧臉面至此，蔣老太太更加惱火，出聲喝斥道：「我看妳戲本看多了，以為都像唱戲那麼容易呢？璨璨嫁的是皇子，是王爺，把新娘子李代桃僵，便是欺君之罪，全家都得掉腦袋，搞不好還株連九族，連妳娘家一塊兒滿門抄斬……」

薛氏翻個白眼，撇嘴道：「我跟三弟妹說笑而已。」心裡愈加暗恨婆母偏心。

這真是冤枉了蔣老太太。

薛氏在她那不厚道的嫡母手下養出來的性子確實不入蔣老太太的眼。首先，蔣老太太從小受到的教育裡非常重要的便是：一家人要抱團對外，切忌互扯後腿、窩裡鬥，更忌為私利有損家族利益，所謂家和才能萬事興。

其次，蔣老太太講究規矩，做主母的事事按例，嫡出庶出、叔伯兄弟物質上一碗水端平，家下各人自當安守本分。

偏偏，薛氏兩條都犯規。從前還只是第一條，處處爭，事事搶，從來不知安分守己為何物。今日更出息，連三房的女婿都惦記上了，而且一看就知道惦記多時，不然話怎地說得那麼順溜呢！這就是典型的窩裡鬥，而且絲毫不顧後果。

蔣老太太心道：顧姍到如今還說不上婚事，能怨她嗎？

庶子庶女生的嫡女，雖說跟嫡字沾了邊，可也就是嘴上好聽而已。如果，她的庶子爹能有些出息，庶女娘能有些品格，或許還會有人因此不計較出身。

問題是，京師勛貴圈子也就那麼大，誰家跟誰家都能扯出幾道親，誰家不知道誰家事？顧景言毫無前途可言，薛氏那脾性但凡有點眼力的沒人瞧得上，當然帶累自家姑娘親事。

憑良心說，蔣老太太對顧姍真是不錯了，當初孩子剛生下來，她想著雖然跟自己沒有血緣關係，但畢竟是侯府的姑娘，將來嫁出去代表的是永昭侯的臉面，當然得好好調教，不能讓薛氏帶壞了。於是，蔣老太太便將顧姍留在身邊教養。

可是，薛氏不領情，認為這是蔣老太太欺負她，拆散她們母女兩個。而且，蔣老太太教顧姍的那套，薛氏看不上，那與她的生存之道完全大相徑庭，她認為婆母這是要把她閨女養廢。

蔣老太太又不是聖人，既然好心被人當作驢肝肺，她何必還勞心勞力，索性把顧姍還給薛氏。

那會兒顧姍已經八、九歲大了，祖母教的都已深入腦海，結果遇上親娘完全相反的道理，小孩子哪裡處理得來如此高深的衝突，兩下一拉扯，簡直不知道該怎麼辦好，說一句話走一步路都得左右衡量半天，原本就不活潑伶俐的性子，因而更加沈默木愣。

薛氏這麼一鬧騰，蔣老太太也有些意興闌珊，遂向寧氏道：「一路上也累了，時候尚早，妳們且歇息一陣子，到晚膳時候再過來。妳們的院子開春剛修葺過，妳看看還需要什麼，都跟妳大嫂說。」

府裡中饋早交在齊氏手上，蔣老太太雖然還是主心骨，卻不管大多事務了。

當下眾人告退。

第十一章

永昭侯府百年基業，當然比顧家在幽州臨時購置的宅子氣派得多，而且江南園林，講求風韻，也不同北地規規整整的院落排列。

顧家三個兒子，婚後各分一處院落，顧景盛住松風院，顧景言住竹音院，顧景吾則住梅影院，院名取自歲寒三友。

顧嬋與馮鸞隨著寧氏回到梅影院。顧景吾夫婦住在正房，顧松、顧楓兄弟兩個分住東西兩廂，顧嬋住在西側的小跨院，比晴嵐小築自是小了許多，但勉強算個小院落，比兩個男孩子強些。

院落一直有人灑掃，又重新修葺過，完全看不出多時未曾住人的痕跡。

顧嬋由碧落服侍著洗了熱水澡，換過寢衣，爬上紅木雕花的拔步床。

拔步床是在架子床外增加一間小木屋，木屋有窗與圍欄，形成迴廊，廊上槅門一關，自成一片天地。

顧嬋敞著那槅門，趴在床上支著腦袋打量四周，對父母兄弟來說是離家未足兩年，於她，卻有七年未曾踏足這自小長大的房間了。

前世被姨母接入宮中後，雖偶爾也會回侯府，但都是陪祖父母敘話，不曾過夜。那時並不覺得，此刻放鬆下來，才發現其實甚是想念。

顧嬋把臉埋在嶄新的被鋪中，鼻間滿是清新的陽光味道，漸漸昏沈發睏。入睡前，她腦中閃過的最後一個念頭是：已有三日未曾收到韓拓書信，難道他終於厭倦了沒有回應的自說自話，不打算再寫信給自己？

書信又斷了一日，到初四掌燈時分才再次送至顧嬋手中。

寧皇后這日午後派內侍來請寧氏母女初五入宮，翌日要趕早，顧嬋匆匆掃過幾眼信，見講的無非還是那些事情，便擱放一旁，急慌地洗漱睡覺去了。

天方露出魚肚白，寧氏與顧嬋便啟程前往皇宮，永昭侯府的馬車只能行到神武門，步行穿過城門，自有宮中的輦輿來接。

輦輿走得四平八穩，顧嬋透過菱花窗格看出去，永巷狹長深幽，一眼望不到盡頭，朱紅宮牆遍布水痕，金色琉璃瓦在朝陽下熠熠生輝，不時有宮女內侍匆匆迎面走來，見到輦輿皆停住腳步，低頭垂手，跪拜行禮。

一切都是顧嬋再熟悉不過的景致，不由令她生出恍惚之感，一時似乎置身夢中，一時又好像回到前世。

輦輿在鳳儀宮前停下，顧嬋站在巍峨的宮殿前，那不真實的感覺更加強烈。

鳳儀宮是歷代皇后的居所，顧嬋前世被寧皇后接入宮中後，便住在鳳儀宮內的月華閣，說是在此處長大也不為過。

被韓拓冊立為后之後，鳳儀宮的主人變成顧嬋自己，她居住於此直至往生。

寧皇后早已等在正殿裡，她細細打量寧氏臉色，不無憂心道：「去年那事真是叫人心驚，還好妳福氣大恢復無恙，以後可得小心防範。」

「可不是，」寧氏應道。「我也是這事之後才知道什麼叫人心難測，哎，不提也罷。還要多謝姊姊後來送過來的那個御廚，這一年我們真是大飽口福，一家大小全都胖了。」

「不過舉手之勞，妳跟我客氣什麼。況且我看妳很好，女人麼，有了點年紀，總是豐潤些更好。」寧皇后笑著招呼顧嬋。「璨璨過來，坐到姨母身邊來。」

顧嬋連忙應聲上前。

「璨璨真是出落成大姑娘了，可惜老七沒有福氣嘍。」寧皇后嘆道。

這話寧氏不能接，順著說是不願嫁韓拓要抗旨，逆著說又怕姊姊多心疏遠，索性一笑置之。

「對了，我給妳準備了樣東西。」寧皇后說著示意身旁侍立的郝嬤嬤去取。

不一會兒工夫，郝嬤嬤從內殿裡捧出個長匣。那匣子乃紫檀木造，形狀古樸，無雕無飾，匣蓋抽開，露出深紫氈布上整齊排列的五朵奇花。

顧嬋側頭細看，花朵狀似夏荷，卻又不完全相同，花瓣瑩白近乎透明，花心裡明顯是花籽，排列似向陽花，籽呈棕黑，其色如墨。

寧皇后淡淡道：「這是西域進貢的天山雪蓮，說是百草之王，藥中極品，可解百毒。我一共得了十朵，這五朵給妳帶回去，有事時可解急需，無事時可強身健體。」

寧氏連忙起身欲施禮道謝。

寧皇后阻止道：「咱們姊妹不講那些虛禮。這雪蓮妳也不必囿著，據說以花瓣入藥膳，對女子最是滋補。妳和璨璨都試試，要是真像傳說的那樣奇妙，便再叫他們進貢好了。」

說罷，遣郝嬤嬤將長匣合攏交至顧嬋手中。

寧皇后飲了一口茶，又問道：「楓哥兒可有信來？他在軍中還習慣嗎？」

寧氏搖頭道：「一個月兩封信，次次都說開心得不得了。姊姊妳說說看，這打仗有什麼可開心的？還有那去燒糧草的事情，多驚險啊，我聽得心提了半天高，結果他信裡頭寫的那得意勁，就跟小時候胡鬧闖禍又不被大人逮到似的。」

寧皇后聞言微笑道：「他打小就淘氣，人都說男孩子越淘氣越有出息，我叫妳別拘著他，可是沒說錯吧。」

「那當然，姊姊從來都是料事如神的，我能有這樣好的孩子都靠姊姊當年為我選的好親事呢。」寧氏贊同道。

「嗯，那就把妳的好孩子借我幾天，」寧皇后順勢道。「讓璨璨留在宮裡陪我幾日。」

寧氏當然不會拒絕，這事對她們來說稀鬆平常，寧皇后沒有女兒，不時接顧嬋進宮小住，鳳儀宮裡的月華閣從來都是專為她準備的。

在鳳儀宮用過午膳，寧氏與寧皇后姊妹兩個一同歇晌，睡前遣了碧落出宮回侯府去給顧嬋收拾衣物，月華閣雖然有她的舊衣服，但她如今的身量是穿不下了。

顧嬋不睏，便由鳳儀宮裡的兩個宮女陪著，去御花園散步消食。

七月正值暑熱，饒是御花園裡綠樹成蔭，走不多時也香汗淋漓。

顧嬋把團扇遮在額前，透過鬱鬱蔥蔥的樹葉枝椏看了看如火的驕陽，本打算就此回去，卻不經意間發現空中飄著一只沙燕風箏。
她追著那風箏走出花園，穿過永巷，最後停在一座宮院之前。
當意識到這是何處時，顧嬋猛地轉身欲走。
可是來不及了，已有人從院中疾步而出，抓住她手臂道：「璨璨，我就知道看到風箏妳一定會過來。」
顧嬋回頭，少年猶帶稚氣的臉龐與寧皇后有幾分相似，一身雪青常服襯得他膚色白皙，面如冠玉。
「啟表哥，好久不見了。」顧嬋向他打招呼，同時試著將手臂抽回。
然而，韓啟不肯放手，他緊緊地拽著她。「我很想妳，妳想我嗎？」
顧嬋道：「想你的，也想姨母和姨丈，還有太子哥哥。」
「我不是問妳這個，」韓啟有些煩躁。「我總是要與他們不同的，不是嗎？」
顧嬋一時不能會意，遂誠實地搖了搖頭。「大家都一樣想。」
韓啟抓著她的手又緊了緊。「我不服氣，」他皺著眉頭，顯是悶悶不樂。「從小母后就說妳會是我的妻子，他憑什麼和我搶。」
這次顧嬋聽懂了，那個「他」當然指的是韓拓。
只聽韓啟又道：「璨璨，只要妳答應，我便去求父皇，叫他收回聖旨，我要把妳搶回來。」
顧嬋聞言驚訝不已，連聲勸阻道：「啟表哥，你不能這樣，聖旨既出，成命難收……」

「我不管，」韓啟打斷她。「我們現在一起去見父皇。」

他拖著她便向前走，顧嬋不肯，又羞又急，這唱的是哪一齣，前世裡可沒有這種事，韓啟對自己很好，可從來也沒到沒她不行的地步。

顧嬋一直認為，不管是自己對韓啟，還是韓啟對自己，都沒有話本裡講的那種男女之情。表兄妹結親，在勛貴家族裡太常見，即便只是兄妹情，也不妨礙成婚後相敬如賓。

難道是她想錯了？

其實不單是顧嬋不明白韓啟的感情，韓啟自己也未必完全明白。他是元和帝登基後出生的皇子，生母又是皇后，自幼要風得風，要雨得雨，完全未曾吃過半點苦，也未曾受過分毫挫折。

從前，他知道母親有意將顧嬋與他婚配，但也就限於知道而已，不反感，也說不上多期待。直到元和帝頒下賜婚聖旨，他才感覺到失去顧嬋的憤怒，少年人以為這是深情眷戀，其實不過是不能忍受一丁點的意外，承受不起挫折。

韓啟要面聖，而顧嬋不肯，兩個人扯著顧嬋那隻手臂拉鋸。

「唉唷……」他們身後忽然傳來一聲嬌呼。

跟著是眾人紛亂的呼聲。

「王妃當心！」

「王妃您怎麼了！」

兩人齊齊回頭，韓啟宮門前，幾個素衣宮女蹲在地上團團圍住個紫衣女子，仔細看去，竟然是晉王妃。

韓啟只得放開顧嬋，走上前去。「六嫂，妳還好嗎？」

晉王妃被宮女們攙扶起來，有些虛弱地笑道：「我是進宮來探望母妃，大概天氣太熱，中暑了，頭暈站不穩。」

晉王韓哲，是貴妃生的六皇子，今年十六歲，晉王妃是貴妃娘家姪女，與晉王同歲，兩人於兩年前成婚，婚後一年六皇子封王開府，只是還未曾就藩。

韓啟掃了一眼她身後不遠處停放的肩輦，那意思再明顯不過，中暑頭暈為何不坐在肩輦裡，偏要下來，豈不是自討跤摔？

晉王妃不以為意，只笑道：「七皇弟、嬋妹妹，剛才半路看到有風箏飄過此處，模樣甚是得意，你們見到了嗎？」

兩人當然否認。

晉王妃顯然甚為失望。「哎，算了，我還是趕緊去見母妃吧。」又不經意般問顧嬋。「嬋妹妹，妳是來探望皇后娘娘的？要不要一同坐肩輦過去，這裡又熱又曬，妳可別也中暑了。」

顧嬋慨然應允，輕聲與韓啟道別，便隨晉王妃一同登上肩輦離開。

因有韓啟這樁事，顧嬋也不敢再留在宮中居住，便尋了身體不適的藉口，傍晚時辭別寧皇后，隨寧氏一同出宮。

母女兩人回到家中，顧景吾也從戶部衙門歸來，正巧門房遣人將顧楓的信送來。

三房五口人便圍坐在梅影院堂屋裡，照例由顧嬋朗聲讀信。

「……昨日戰事異常凶險，實乃此次出征後所遇最為險惡的一次，許多同袍為國捐軀，再不能回歸故土，孩兒萬幸，毫髮無傷。只是……」

顧嬋忽然頓住，驚駭地張大了紅菱小嘴，一雙眼睛在信紙上掃過來又掃過去，規整的字體甚好辨認，她偏覺得自己一定是看錯了，惶急失措間，只覺雙眼酸澀，漸漸有水霧上湧，終至不能視物，信紙也隨之跌落膝頭。

顧松見狀上前將信拾起，跳過顧嬋讀過的部分，準備接下去，但也猶疑了幾息時間，雖終於還是唸出，聲音卻是少有的沈重。

「……只是姊夫重傷，生死未卜。」

顧嬋不知道自己是怎麼回到房裡去的。

她跌跌撞撞、失魂落魄地尋了繡墩坐下。

怎麼會這樣？前世裡明明沒有這一遭，韓拓明明是打了勝仗的。難道是潼林胡鬧？對，一定是的！韓拓還給自己寫信了呢。他根本沒事！

彷彿為了證明自己想的沒錯，顧嬋摸到梳妝檯前，翻出昨晚匆匆撂在一旁的那封信。信一拿上手，心中立刻踏實許多。

顧楓每逢初一、十五給家中寫信，他送信用的是軍中普通信差，原本在幽州是兩日將信送到，回了京師後便是五日。

韓拓卻徇私了一把，用傳遞緊急軍情的人員給顧嬋送信，八百里加急，日夜不停，因此次日便可收到。

也就是說，昨日初四收到的信，是韓拓初三寫的。

看，潼林初一寫的信上說韓拓受了重傷，所以才會沒收到他的信，因為確實像潼林講的那般，傷勢太重，以致連信都寫不成。到了初三，他便重新開始寫信，那就說明在初三的時候他已經沒事了。

想明此節，顧嬋開心地展開書信，細看之下卻發現昨日未曾看出的不妥之處。

韓拓的字遒勁有力，如同鐵畫銀鈎，別有氣勢。這封信上的字跡卻有些凌亂且潦草……

顧嬋從八寶匣裡翻出從前的信來，兩相對比，更是明顯。

如果只是韓拓傷後氣力不足才造成字跡分別便罷。但，也有可能不是他親筆書寫，是由旁人代筆，那說明了什麼？是傷得不能動，又怕她總是收不到信會擔心，還是根本傷重未醒？

顧嬋又讀一遍最新的那封信，信上如是說——

很想妳，想抱一抱妳，親親那張甜甜的小嘴。

雖是盛夏時節，草原上卻甚為涼爽，天高雲淡，風景獨特，將來有機會定要帶妳同遊。

再往下，又有——

回到京師不必多慮，寧浩已叫人懲治過，再不能傷妳分毫，儘管放心出門遊玩，若妳願意留在家中思念為夫，當然更好。

一句句讀下去，根本沒有提到過受傷之事，雲淡風輕得彷彿什麼都沒發生過一樣。是覺得小事一樁根本不值一提？都傷重昏迷了，怎麼會是小事？那便是刻意隱瞞，怕她知道擔心？若傷勢已開始好轉恢復，又有什麼好擔心呢？

顧嬋越想越是著急，她從來不知道，韓拓在自己心中的分量竟是那般重，重到完全不能忍受他有分毫損傷。

百爪撓心間，顧楓信中所書與寧皇后日間所說的話同時浮現在她腦中——

「……箭尖淬毒，隨血液流入臟腑，十分凶險……」

「……百草之王，藥中極品，可解百毒……」

顧嬋倏地起身，拋開書信，三步併作兩步地衝出跨院，來到正房，也不待巧月通報，逕自推門而入。

寧氏正服侍顧景吾換衣袍，忽聞女兒聲音，跟著便是小小身軀撞進懷中。

「娘，」顧嬋話音裡帶著哭腔。「我想把姨母贈的天山雪蓮贈予王爺。」

寧氏沒有不允的，她也擔心未來女婿傷勢，見到女兒失魂落魄的樣子，甚至有點生氣兒子在信中那樣一筆，真是不知那樣一句會嚇死人不成。

顧嬋得了天山雪蓮，找來紅樺交到她手中。「我知道妳有辦法，用最快的方式送去給王爺。」

當韓拓收到五朵雪蓮時，是翌日傍晚。

他傷在右胸，初時未留意箭上淬毒，仍領兵作戰，直到發覺之時，毒已隨血液流入五臟，確如顧楓所言那般凶險，直昏迷了兩日兩夜。

幸而帶了氣死閻王蕭鶴年隨軍，如今箭毒已解，傷勢雖重，只需好生休養便是。只是失血過多，臉色蒼白，精神也有些不濟。

「王爺，顧三姑娘聽聞王爺受傷，專程派人送來的，說是藥中聖品，專解百毒。」林修拿了紫檀木匣進帳篷，放在韓拓榻上。

韓拓出征近三月，這還是首次收到顧嬋送來的東西。

他半坐起身，打開匣子，那雪蓮花雖是聖品，他倒也並非未曾見過，無甚稀奇，反而被匣內一方淺藍角花箋吸引了視線。

拿起一看，箋上用簪花小楷寫著一行字——

王爺若是死了，我立刻嫁給別人。不是說笑的，今日已有人開口求娶。

韓拓笑出聲來，搖著頭，輕撫那娟秀的字跡，萬分珍視地將信箋收藏於枕下。

又翌日，顧嬋收到韓拓回信，這次來信非常簡短，只有龍飛鳳舞的兩個大字——

休想！

那日起，顧嬋便開始與韓拓通信。

一來一往的雙人互動當然比自說自話的獨角戲有趣得多，不管是悠然居住在京師侯府的顧嬋，還是身在隨時有變故突發的擒孤山大營中的韓拓，都一日比一日更期盼每晚收到信的那一刻。

有人甜蜜，有人愁苦，被韓拓徇私挪用的軍情信使們往返不斷，百思不能理解，為何此次戰役，緊急軍情如此之多？

八月初三是寧國公七十大壽。

寧國公府給姻親永昭侯府遞的請柬是闔府通請。於是，除了八月九日要入貢院參加秋闈的顧松，侯府其餘人等皆浩浩蕩蕩前去赴宴。

寧國公早已不再做官，兒子又不爭氣，孫子更不著調，但好歹他還是皇后娘娘的親生父親，平日裡攀附結交的人從來不曾少過，壽宴之熱鬧更是非同尋常。

顧嬋並未將寧浩在幽州時的惡行告訴任何人，如今雖有韓拓讓她不必再擔心的話語，卻不可能完全沒有防備。

她命碧苓、碧落與紅樺三個人絕對不許離身，更跟在寧氏與馮鸞身邊寸步不離，能做的防範她都做了，那日也確實事事順利，無風無浪。

可是對寧氏來說，卻並非如此。

宴席上，布菜的丫鬟失手碰翻酒盞，沾濕了寧氏的衣裙。

這裡是寧氏的娘家，她也無須旁人引路，自行前往未出閣前居住的院落收拾妥當。此處雖然久未住人，但仍舊乾淨整潔，可見並未疏於灑掃。

她脫下外衫，交予巧月拿去淨房洗淨烘乾，箱籠裡有早兩年留存在此的衣衫，此時拿出穿上，但到底不十分合身，不適宜回到酒席，只留在房內等待。

室內一應家具擺設都與寧氏出閣前分毫不差，她拉開幾格抽屜，果見其中有兩本書冊，正隨手翻閱打發時間。

忽聽「砰」一聲巨響，似有重物撞上院門。

跟著有人扯著嗓子道：「哎，你小心點啊。」

「怕什麼，這院子裡又沒人。」

伴著對話還有窸窸窣窣的腳步聲。

寧氏坐的矮榻憑窗而設。

那窗非普通的合扇窗，而是上沿固定，打開時從下沿由內向外支起，素日裡僕婦們清早做完打掃，便將部分窗子支起一道縫通風，到傍晚時分再來關起。

寧氏從窗縫側面望出去，只見三個小廝模樣的少年摸進院內，其中兩個一前一後抬著個裹了白布的長形物體，另外一人扛著三只鐵鍬。

他們在一棵梧桐樹前停步，將那物體往地上一抛。那物體似乎很重，落地時又是「砰」一聲響。樹下沙土被震得揚起，塵煙落下後，見到白色布簾掀起一角，露出一隻纖細的戴著紅玉鐲的手來。

寧氏心裡咯噔一下，立刻明白撞到的可不是什麼好事。

那三個小廝動作十分麻利，一眨眼已拿起鐵鍬在樹下挖起土坑來。

挖不到兩下，其中一人忽然抬頭往寧氏這邊看來，寧氏連忙側轉身隱在合攏的窗扇之後。

「我總覺得那邊有人盯著看。」

他一發話，另兩人皆停下動作。

「這院子十幾二十年沒人住了，鬼才看著你。」其中一人嗤笑道。

第三人聞言也笑道：「鬼在你們下面。」邊說邊用鐵鍬指了指白布下的屍首。

「我可不怕她看著我，冤有頭債有主，她要是死不瞑目就找少爺去，橫豎跟咱們沒關係。」

「哎，你說少爺這是怎麼了，從前不過霸占姑娘，壞人清白，現在怎麼上過他床的都活不成？」

「嘿嘿，採陰補陽你聽過嗎？沒看少爺一日細嫩過一日，都是叫女人元陰給滋補的。」

三人在你一言我一語中已將屍首埋好，揚長離去。

寧氏只覺一個頭能有五個大。

寧浩從前那些行徑已夠令人唾棄，如今再加上草菅人命，簡直無可救藥。但對方到底是她親外甥，寧氏最先想到的還是規勸教誨，而不是去告發他。

可是，由誰來管教寧浩也是個問題。

她第一個就想到了寧皇后，寧國公夫人死得早，寧皇后自幼便是弟妹的主心骨，當年寧氏與顧景吾的親事便是寧皇后作主的。

第二天一早寧氏便遞牌子進宮，將事情盡數告訴寧皇后。

「死的是何人？」寧皇后聽後問道。

寧氏不知，自然答不上。

「好吧，我會管束他的，妳別太憂心。」

如果死的只是家中婢子，寧皇后並不覺得有那麼嚴重，不過她也懂得在看到災禍苗頭時將其掐死在萌芽狀態的道理。

寧浩奉召進宮，可他被縱容慣了，對大姑母的訓話完全不當一回事，矢口抵賴道：「我又不是故意的，我哪裡知道她們嬌弱成那般，磕一下碰一下便沒了。」

「心甘情願的女子難道你還找不到嗎？何必非得用強？」寧皇后又勸，饒是她已生過三子，同姪子討論這種話題也不是一點都不難堪。

但問題的癥結根本不在於此，寧浩如今身殘，卻又滿心憤懣不甘，逮到入眼的女子便可勁地蹂躪禍害，事後又怕對方將自己秘密洩漏，這才痛下殺手。

「事情並不像二姑母說得那般嚴重，」寧浩雖然行事不靠譜，卻還有些急智，甚至因為壞事做得多，還掌握了一套自辯栽贓的本事。「她是報復我呢。」

寧皇后皺眉道：「她報復你什麼，你是她親姪子，她都是為你好。」

「她女兒跟她親還是我跟她親？」寧浩問道。

寧皇后不解。「又關璨璨什麼事？」

「在幽州的時候，我看到璨璨落水便將她救起，誰知她誤以為我欲對她不軌……」

寧皇后當然不信他，只道：「那是你的表妹，你也不肯放過？何況她都訂了親……」

「那又怎樣，我對璨璨是真心的，我想娶她，二姑母卻一心想讓她嫁給靖王。大姑母，那靖王同您可不是一條心，咱們才是一家人。」

除了栽贓嫁禍，寧浩還懂得挑撥人心。

寧皇后當然不願顧嬋嫁給韓拓，可寧浩這個人……

一邊是親姪子，一邊是親外甥女，手心手背都是肉，她願意滿足寧浩的願望，卻也不想糟蹋了顧嬋。何況，若真能取消靖王與顧嬋的婚約，寧皇后還是更希望把顧嬋嫁給韓啟，就如寧浩說的那般，姪子再親也沒有兒子親。

若因長輩教訓幾句便會收斂行為，那便不是寧浩了。何況，無端被叫進宮中訓示，他心中不爽快，又不能像從前那樣走正常途徑發洩，最終在數日後闖出彌天大禍來。

八月十五中秋節晚宴，皇親國戚齊聚宮中，本是其樂融融團圓夜，晉王妃卻在御花園裡一頭撞在假山石上自盡了。

屍身衣衫不整，皮膚滿是青紫，下身更是血肉模糊，一見便知是被男子欺侮過的。

元和帝大怒，下令徹查，揪出來寧浩曾在御花園遊蕩。

還不等將人帶進宮審問，晉王已得了消息，激憤之下提劍闖入寧國公府，斬殺了寧浩不算，連寧禮與寧國公都被他斬傷。

寧浩若真是罪魁禍首，那便死有餘辜，可寧禮和寧國公與此事無干係，寧皇后當然不會輕饒，最終逼得元和帝將晉王貶為庶人，圈禁在行宮之中。

晉王年少氣盛，連遭打擊，轉不過彎來，在前往行宮途中一命嗚呼，有人說是自盡，也有傳言說是寧皇后派人下手。

貴妃自此一病不起，不過月餘，也跟著小兒子和兒媳去了。

元和帝頒旨召楚王韓善進宮為母奔喪，聖旨擬好送走，元和帝人也跟著病倒。半個月後，楚王到達京師城外，隨他同來的，還有旗下八萬軍隊。

楚王是元和帝第五子，今年二十一歲，封地位於山西大同，雖不似靖王那般戰功顯赫，但也與瓦剌有過數次交鋒經驗。

他帶兵將京師團團包圍，卻不攻城，開出條件，要父皇將害死他母妃、弟弟與弟婦的真凶緝拿歸案，屆時他自然領兵撤退，不然便要親自入城抓人。他言詞激烈，有心者聽來句句都直指寧皇后。

元和帝這會兒被氣得都起不來床，哪裡有精力管這些事。

自元和帝生病後，便由太子監國，太子當然不會抓自己親娘，於是調動京營迎戰。可惜楚王戰術厲害，他雖不主動出擊，被襲擊時卻毫不手軟，京營軍隊少有實戰經驗，連連戰敗，潰不成軍。

雙方僵持不下。

皇家醜聞瞞得嚴實，京師中的百姓自然無法得知。但是京師被圍困，出入不得，卻瞞不住任何人。隨著時間流逝，城內物資漸漸消耗殆盡，人心愈加浮動，秩序混亂，百姓生活苦不堪言。

太子本就文弱，重壓之下，數病齊發，頗有些心力憔悴，難以支撐監國重任。

十月末，京師下了大雪，城中已開始有家貧者饑寒交迫、凍死街頭。

為了搶奪糧食與禦寒衣物，有些百姓自發組織起來，專門攻擊富戶高門，永昭侯府也是他們的目標之一。

侯府的侍衛全是永昭侯一手挑選訓練，精良可比皇城禁軍，平頭百姓當然不是對手。但為保萬全，女眷們還是被全部集中起來，統一住進永和堂裡。

白日裡哪兒都不能去，眾人只能坐在堂屋裡邊閒聊邊做針線。

大抵是因有朝不保夕之感，那些俗物便不再重要，薛氏如今也不話裡帶刺，無事生非，反而因為她嘴皮子最俐落，俏皮話說得多，成了最有趣的人物。

「……她那麼一說吧，我的心碎得跟餃子餡似的。」

薛氏話音才落，大家已笑作一團。

齊氏嗔道：「瞧妳這比方打的，以後還讓不讓人吃餃子了，一吃就想起裡面和的全是妳的心。」

薛氏回道：「要是哪一天咱們家真的揭不開鍋了，不吃妳們也得吃，那些鄉下遭到旱災澇災的，還有易兒而食的習俗呢。」

蔣老太太蹙眉道：「快別講這些可怕的事，還有孩子們呢，多說些樂趣的。」

顧嬋和馮鸞圍在盧湘身旁逗著剛滿月的小姪女。

小丫頭躺在襁褓裡，嘰咕嘰咕地吐著泡泡，分毫感覺不到外間緊張的氣氛。

顧嬋滿心憂慮，自從楚王圍城後，她與韓拓的書信也被阻斷。既要擔心韓拓在戰場上的安危，又難免焦慮京師如今的境況，畢竟，前世的情形與今生大不相同。

寧浩的惡行是發生在韓啟登基之後，晉王斬殺寧浩時，楚王正在領軍抗擊瓦剌，分身不及，韓啟借機縮減軍需供應，害楚王大敗，戰死沙場。

那日在宮中，晉王妃幫顧嬋解圍，她感念這份情誼，一心想著日後定要交往起來，再尋個恰當的機會提醒對方，躲過未來的厄運。萬萬想不到，事發的時間竟然提前了許多時日，什麼都還來不及做。

顧嬋暗暗嘆氣，不知道這樣的改變與自己的重生有沒有關係？就像最初，她不過是想尋來蕭鶴年救母親，卻提前遇上韓拓，甚至成了他未來的王妃，連帶潼林、章靜琴、鄭氏和江憐南，大家的命運都和前世不再相同。

她本來只打算改變一件事，但其他的許多事，也隨之改變，就像水中泛起漣漪，從中心一點蕩漾開來，範圍漸廣，最後竟然完全脫出她能夠控制的範圍。

原來重活一世，她所能掌握的事情也屈指可數，更多的還是一籌莫展，苦無良策。

四更時分，轟隆一聲巨響打破深夜的靜謐。

百姓們紛紛起床查看，朵朵火雲從天邊升起，照亮了夜空。

「楚王攻城了！楚王攻城了！」傳言迅速散播開來。

永昭侯自有其消息渠道，收到傳書後回到永和堂裡，看著聚在院內的一家大小，宣佈道：「靖王得勝班師，在城外與楚王開戰。」

聲音平緩無波，聽不出是喜是憂。

顧嬋心中百味雜陳。韓拓戰勝歸來，安然無恙，她自是欣喜，但是，他與楚王這一戰，究竟勝負如何，又未可知。

顧嬋懸在嗓子眼的那顆心，瞬間又吊高些，險險沒跌出口來。

實非她小瞧韓拓，不相信他的能力。按制度，藩王進京，不論是何因由，所帶兵士不得過萬。

楚王今次別有所圖，八萬大軍乃他全軍三分之二的兵力。

韓拓卻不同。他班師進京是為戰勝後的封賞，帶同的應是軍中品階較高的將帥，以及此次戰役中軍功極大的部分兵士。若是人數懸殊太大，又如何能有勝算？

戰事持續不過兩日兩夜，到第三日後半夜，隆隆炮聲漸漸止歇，一直被火雲照亮的穹天也終於恢復了暗夜深黑。

第十二章

天亮後，緊閉月餘的城門悠悠開啟，一隊身著玄色鎧甲的騎兵進入城內，他們顯是訓練有素，個個神色凜然，精神奕奕，隊伍中無人交談喧譁，只聽到馬蹄鐵掌鏗鏘落地，步伐整齊劃一。

打頭的主帥身穿黑色織金戰袍，披黑絲絨斗篷，紅纓盔下的面孔俊美如謫仙，胯下戰馬通身烏黑，四蹄踏雪，竟是傳說中的千里神駒。

他身後，玄色的帥旗在細雪裡迎風飛揚，已有識字的百姓認出那當中燙金的「靖」字。

靖王韓拓，從前在京師百姓印象不過是個不得聖寵、早早就藩的皇子。經此一役，靖王儼然成為他們心目中解憂救困的大英雄。

一時間，靖王舉手投足、穿著打扮皆被眾人效法。

布莊裡黑色布疋與金絲繡線賣至告罄，價格一日翻了三翻。

紅纓盔常人不戴，便流行起在布巾髮冠之上簪紅色纓絡，放眼望去，街頭巷尾，但凡男子髮邊皆冠有一抹紅。

白蹄烏是罕物，千金難遇，便有人想出變通之法，用白漆粉刷馬蹄，雖不是亦不遠矣。

算命先生擺攤時必備的藍布幡旗，也一夜間盡數換成黑底金字。

大姑娘小媳婦們也不願落男子之後，她們不穿戰袍不騎快馬，卻少不得斗篷。

女兒家心細如髮，靖王進城那日她們看得真切，黑絲絨斗篷上繡的是一隻金色翅膀。尋常男子為表威武，斗篷上繡猛虎雄鷹，靖王真是與眾不同，別出心裁。

於是，婦道人家們自動自發，素手繡金翅，除自用之外，更不忘贈送兒子、父兄、情郎。

這一年冬季，京師全數人等所著的斗篷皆是靖王同款。

韓拓帶到京城的當然不止萬人。他雖遠在邊疆，消息仍極靈通，為能解決楚王圍城之事，戰勝韃靼軍後，特調幽州衛軍兩萬，玄甲軍一萬，以及才收編的蒙古蘭氏部落騎兵，共同上京。

雖只是楚王半數，卻全是最驍勇狠辣的，正所謂強中自有強中手，在京營軍前耀武揚威的楚王，遇到靖王大軍便也難逃一敗塗地。

韓拓自有分寸，雖然戰勝，也不曾將大軍全數帶入京中，只命駐紮城外，困住楚王軍隊。

而他帶同進城的，才是顧嬋所想，將上金鑾殿接受封賞的軍士。還有，便是楚王本人以及他帳下心腹將帥，盡是要接受判決懲罰之人。

三日後，元和帝聖旨頒出。

楚王雖無造反之心，卻造成京城大亂，百姓受困，褫奪封號，貶為庶人，餘生囚居京郊行宮。其帳下心腹將帥，不懂勸諫主上，反縱容挑唆，一律關入大牢，只待問斬。

楚王舊軍，暫歸靖王統帥，封賞則遠比從前來得豐厚。顧楓亦在其中，他連立數功，升為幽州衛正四品僉事，真真是大殷朝開國以來最年輕的四品官了。

該賞的賞過，該罰的罰過，自然也要各歸各位，兩個藩王的大軍長期駐紮在城外，太不是個事兒，各自退回原本屬地。

顧楓得了半月假，當日傍晚，單乘一騎回到永昭侯府。他黑了，也瘦了，個子比出發前高了足有一個頭，甚至已經超過顧松。

寧氏擁著兒子，激動落淚。

顧楓搔著頭，懊惱道：「娘，您別這樣，我不是好著呢？妳看看……」說著去拍自己胸脯肩膊。「結實得不得了，姊夫說我有他少年時的風範，妳應該高興才是。」

寧氏拭乾眼淚，道：「我當然高興，我這是喜極而泣。」

顧楓鬆開母親，一一問候久未見面的家人，最後目光落在馮鸞微凸的小腹上，訝然道：「二嫂，不是說城裡大家伙兒吃不上飯嗎，怎地妳胖成這樣？」

寧氏一掌拍在他腦後。「胡說什麼呢，你二嫂是有了身孕。」

顧楓看看馮鸞，又看看盧湘懷中吮著拇指睡得正甜的嬰孩，轉向顧嬋道：「下一個是不是該輪到妳和姊夫生娃娃了？」

顧嬋被他鬧了個大紅臉，在大家哄笑聲中跑回房去。

晚飯設在永和堂裡，男女分席，因全是家人，未放置中間屏風遮擋，顧楓講述戰時景況的聲音清晰傳到女桌。

「……韃靼人糧草不甚豐足，看守甚緊，但游牧民族，雖飲食不離牛羊，卻因太過平常不以為意，我便想了個調虎離山的計策，先放了他們的牛羊，待兵士去追時，再去燒糧草，讓他們兩頭難顧，還趁亂給我軍擄來數百隻牛羊，大快朵頤……

「……姊夫用兵如神……他昏迷那兩日，大夥兒心情黯然，待得他清醒過來，營中歡聲雷動，就像那日進城時百姓們的反應一般……

「……軍中一點都不苦，物質雖不似家中豐富，但眾將士齊心合力，不藏私，不爭鬥，團結一致……你們看，京營將士就是因為少了戰場歷練，所以猶如散沙，不堪一擊……」

寧氏現在聽兒子說什麼都開心不已。

齊氏也聽得高興，她深知顧家三兄弟得互相扶持的道理，顧松、顧楓官職越高，對她的顧榕只有好，不會有壞。

薛氏卻難免泛酸，不就是立了功，升了官嗎？京師裡什麼都不多，就是官最多，有什麼好了不起的，不過就是個小少年，用得著全家都圍著他聽他說書嗎……

她拿起筷子狠狠地戳了一下面前的松鼠魚，橘紅色的澆汁濺出，弄污了新做的衣衫。

京師安定下來，永昭侯府的女眷們也被放回各自院落居住。

顧嬋躺在床上翻來覆去睡不著，滿心想的都是韓拓，不知道他怎麼樣了？元和帝那裡，該罰的罰過，該賞的賞過，卻沒有關於韓拓的消息傳出來。

顧嬋難免擔心，雖然韓拓帶兵解了京師之困，可藩王私自帶兵進京是大罪，皇帝姨丈會不會猜忌他？又或者即便不猜忌，也會不快，畢竟楚王之事前車可鑑……

她不懂得對於自己無能為力之事越思考越煩躁的道理，一根筋地越想越頭痛，最後終於悶悶不樂地睡著了。

韓拓坐在床側，靜靜地看著顧嬋。小姑娘睡著後顯得分外乖巧，臉蛋紅撲撲的，長睫不時輕顫，只是不知夢到什麼，嘟著嘴，眉頭微蹙，顯然不大高興。

他低下頭去在那嘟起的小嘴上輕輕一啄。顧嬋咕噥了一聲，翻個身，從側對床外變成仰躺。

韓拓笑著捏了捏她紅潤的臉頰。

大概覺得疼，顧嬋伸手拍開他的手掌，不滿地哼唧兩聲，又翻了個身，這回變成面向床裡側。

看不到她的模樣，韓拓不樂意了，伸出手臂來把顧嬋轉了回來。

顧嬋迷迷瞪瞪地，身體與韓拓的手臂相觸，因為覺得十分暖和，便抱住了往懷裡帶，不偏不倚偎在自己胸口。

韓拓想將手臂抽回，才輕輕一動，顧嬋便發覺了，她蹙著眉委屈地嗯嗯叫喚，再次翻身，抱著那手臂壓在身下。

大概是太暖和太舒服了，顧嬋扭了扭身子，抱著韓拓的手臂使勁蹭兩下，眉頭也舒展開了，嘴角微微翹起，滿意地、顫巍巍地「唔」了一聲，手臂收攏抱得更緊。

這姿勢對韓拓來說，卻太不舒服，他伸出還自由的那隻手，在顧嬋臉蛋上輕輕拍了兩下。「璨璨。」

顧嬋睡得正香，對於外來的聲音特別排斥，激動地蹬了蹬小腿，癟了癟嘴，顯然非常委屈。

「醒醒，我來看妳了。」韓拓的手由拍改為捏。

顧嬋吃痛，嗚咽一聲，迷迷糊糊地睜開眼睛，見到一個黑影幾乎半趴在自己身上，張口便尖叫出聲。

這一叫可不得了，整個梅影院的人都被驚醒，顧景吾與顧松兩對夫婦，連同才回家的顧楓，都披了衣服起身，奔到顧嬋的小跨院裡。

門外腳步聲響，越來越近。門內兩人面面相覷，目瞪口呆。

顧嬋認出韓拓，可是已經晚了。

「璨璨，發生什麼事？」

「璨璨，開門！」

門被拍得啪啪作響。

「……我……我……」顧嬋驚嚇過度，語無倫次。

門外眾人聽了哪有不著急的。

顧楓在軍中養出的野性還未收斂，抬腳便踹上門扇，哐啷一聲，門閂應聲而斷。

韓拓動作更快，躍身滾至顧嬋裡側，掀起繡被由頭到腳蓋個嚴實。

「妳怎麼了？」

燈影搖曳，幾個人影繞過大理石插屏，快步走進內間。

顧楓打頭，後面是提著羊角燈籠的顧景吾，再之後是寧氏，與攙著馮鸞的顧松，還有在耳房裡值夜的碧落，個個臉上都是驚魂未定，以為有歹徒闖入顧嬋房中……

可是房內什麼也沒有，只有顧嬋抱膝團坐床頭，瑟瑟發抖。

寧氏搶上幾步，坐在床頭，問道：「可是魘著了？」

顧嬋忙不迭點頭。眾人齊齊鬆了一口氣。

「都回去睡吧，碧落留下。」寧氏吩咐道。

邊說邊伸手為顧嬋捋順散在臉頰的亂髮，又接過碧落遞來的茶水，親手端著茶盞餵顧嬋喝水。

之後，扶著顧嬋仰躺下去，扯著繡被為她蓋好，溫柔道：「娘在這裡陪妳？」

顧嬋慌亂地搖頭，她在被下與韓拓肢體相觸，也不知是緊張還是本就如此，只覺他身上炙熱非常，那熱力透過衣衫幾乎要將她燒著。

「我好睏，我想自己睡。」顧嬋側轉身，面向床外，一邊說一邊佯裝打了個哈欠。

「那讓碧落在外間守著。」寧氏笑著為她掖好被子，走出去，叮囑了碧落半晌，這才提了顧景吾留下的燈籠離去。

「姑娘，內間可要點燈？還是在外間留一盞即可？」碧落手持燈盞，走到床邊問道。

「啊——不要不要，什麼都不要。」顧嬋輕嚷道，有點似小孩子鬧脾氣，寧氏走去外間後，韓拓便在被下挪動，整個人貼在她背後……

碧落心細，看到顧嬋額頭有汗，便去淨室拿巾子浸了溫水。「姑娘，我給妳擦擦汗吧。」

說著，已邁步走進拔步床的外小間。

「妳出去！」顧嬋喝止道，聲色俱厲。

碧落愣在當場，她是從小伺候顧嬋的，姑娘一向待下人和氣，從未曾對她紅過臉，也從未大聲呵斥過她。但她還是反應很快。「知道了，奴婢這就出去。」

「碧落……」顧嬋看出碧落臉色不佳，叫住她欲寬解幾句，不料韓拓突然伸臂摟在她腰間，所有的話瞬間都被堵了回去。

碧落已走到屏風處，回身看向顧嬋。「姑娘還有什麼吩咐？」

顧嬋支吾道：「妳……妳把燈留在外間，回自己房裡去睡吧。」

「姑娘，那誰陪妳呢？」碧落不解，問道。

「我沒事，」顧嬋道。「我想自己靜一靜。」

碧落仍舊狐疑，但顧嬋一再堅持，她終於依言離去。

聽著房門吱呀一聲打開，又吱呀一聲合起，顧嬋終於鬆了一口氣，立刻轉身推搡韓拓。

「你出去，出去。」

韓拓會聽她的才怪，翻身而上壓住她，一邊摩挲著她柔嫩的臉頰，一邊笑道：「姑娘，我要是出去了，誰來陪妳呢？」

顧嬋嗔道：「才不要你陪，我都快嚇死了，現在心還怦怦跳得厲害。」

「是嗎？我摸摸。」韓拓伸手覆上她心口。

女人的心口，自然連著高聳渾圓，威武的靖王殿下順手揉捏了一把，再開口時聲音有些喑啞。「長大了。」

動手動腳不算，還說混話，顧嬋哪裡禁得起他這樣，臉紅得像熟透的石榴，舌頭也開始打結。「王爺……不能……」

「嗯？不能什麼？」韓拓打岔道。「我們多久沒見面了，妳不想我嗎？」

「想的……」顧嬋小聲囁嚅著，雖然害羞，卻還是誠實地承認自己的心情。

韓拓在她唇上輕啄。「我也想妳。」

對這樣親密的行為，顧嬋依舊有些不習慣，微微向旁偏頭欲躲。

韓拓哪裡肯放過她，追過來含住她粉嫩嬌軟的唇瓣，輕吮舔弄，溫柔得令顧嬋不自覺沈醉。

韓拓時刻關注著她的反應，見她甚是享受，便撬開她牙關，將那丁香小舌勾纏……

待唇舌分開時，兩人皆是氣喘吁吁，相擁著平復。

顧嬋忽然想起一事。「王爺的傷可全好了？可以讓我看一看嗎？」

韓拓十分爽快地解開衣襟，露出肌理分明的胸膛來。原本平滑的皮膚上，如今添了一道圓環形狀的疤痕。

顧嬋輕輕觸摸著，細聲問道：「王爺還疼嗎？」

數月過去，當然不再疼痛，可韓拓不願說實話，像個討糖吃的孩子。「妳親一親它便不疼了。」

顧嬋依言低頭，嘬著小嘴在那疤痕上輕觸一下，跟著便聽到韓拓明顯急促起來的呼吸聲。不待她抬起頭詢問，已被韓拓壓在身下……

男人粗重的呼吸聲漸漸平息，然後響起的是女人低聲啜泣。

顧嬋裹住被子扭轉身，用脊背對著韓拓，眼淚像斷了線的珠子，怎麼也止不住。

韓拓訕訕地下床，從桌上拿來巾帕，隔著被子擁住顧嬋，耐心地幫她拭淚。

可是顧嬋不領情，扭著身子往床裡挪，韓拓當然不放她走，壓住她，手探進被裡，體貼道：「手疼嗎？我幫妳揉揉。」

顧嬋本來壓低了聲音，默默垂淚，被他這樣一說，委屈突然爆發，張著小嘴嚎啕大哭起來。

韓拓連忙捂住她嘴。「姑奶奶，小聲點，當心有人來。」

顧嬋對著他虎口處狠狠咬下。

韓拓吃痛，忙挪開手。

顧嬋乘機再往床裡挪動，目標是躲開韓拓遠遠的。

韓拓低頭看自己手掌，虎口處已有血絲滲出，搖頭嘆道：「顧嬋，妳可真狠。」

他說著欺身上前，將顧嬋擠到牆邊，夾在他與牆壁之間，伸指勾住她頸間紅線，將那白玉觀音墜挑了出來，問道：「妳可知道這東西是從哪兒來的？」

韓拓這一問可真是把顧嬋給問倒了。

顧嬋從記事起便戴著那白玉觀音墜，但從來沒人告訴過她究竟是從哪裡來的，她習慣了有這麼一樣東西，也想不起去打聽它的來歷，不過想來不外乎寺廟裡求來或者長輩所贈。

聽韓拓的口氣，他好像知道似的。顧嬋有點好奇。可是，她還在生韓拓的氣，真的不想理他！索性閉起眼睛裝睡。

裝著裝著便真的睡著了。

這一睡也不知多久，半夜裡，顧嬋迷迷糊糊地感覺到一直貼在自己身後的那團火熱突然離開了，她驀地睜眼翻身，看到韓拓正坐在床邊穿靴。

韓拓知道她醒了，輕聲道：「我要回去了，妳好好睡吧。」

這會子顧嬋又不捨得他走了，小手從繡被裡伸出去抓著他衣襬，細聲細氣地叫一聲「王爺」。

韓拓俯身過來摟了摟她，顧嬋順勢偎在他胸前，小手改為緊緊攥住他衣襟。

許是察覺到顧嬋的依戀，韓拓親了親她額角，柔聲輕哄。「父皇讓我在京多留一段時日，以後我可以常來，每晚都來也可以。」

至於來了之後要做什麼，兩人自是不言也明。

在戒備森嚴的永昭侯府裡飛簷走壁，偷香竊玉，有一種別樣的刺激，男人天生就愛冒險，韓拓也不例外。這次還沒走，他已開始期盼下一回。

顧嬋卻氣結，誰要他再來了，虧得京師裡人人都把他當英雄，其實骨子裡還是上輩子那一身反骨的逆賊，嗯，還有，登徒子，採花賊！

可憐顧嬋活了兩輩子，罵人的話總共就會那麼兩、三個詞，還都是從話本裡看來的，此時也不管合不合適，一股腦兒全用到韓拓身上去了。

天邊已微微泛白，再拖延下去，走的時候被侍衛發現的機會就太高了。

韓拓因此並沒注意到顧嬋細微的情緒轉變，伸手拍了拍她腦頂，便下地去，靜悄悄開了房門離開。

翌日，元和帝又有聖旨頒出，命靖王暫居京中盡孝，侍奉父疾。

此旨一出，朝堂裡表面雖平靜如常，各人心裡卻炸開了鍋，難免紛紛揣測聖意何在。

看似簡簡單單一句話，其中可以推敲的門道實在太多。

暫居是居多久？既無言明，便全看聖意。可能是今日居，明日就捲鋪蓋走路，也可能直到聖上病癒。

那麼，如何才算病癒？需知元和帝年已五十五，這人年紀大了，總難免不時犯些小毛病，何況當今聖上身上還有早年戰場落下的舊疾不時發作。所以，就算沒有這次刺激之下的大病，當今聖上也不算是個絕對康健的人兒。

說句大逆不道的，若想今上再無病痛，那除非他駕鶴西歸。

難不成靖王要留在京中直至今上賓天？

早已成年且開府就藩多時的皇子長留京師，實在不合規矩。

元和帝此舉的意味也因而更加耐人琢磨。是見到靖王能力卓絕，青睞有加，另生打算？還是看他太過有能耐，放出去心中不安，才留在京中，變相架空？

朝臣之中，沈得住氣的人還在靜觀其變，有些急躁的人已然開始嘗試與靖王結交。

都說聖心難測，靖王這一點上倒是極有乃父之風。

他每日按時上朝，下朝後便留在元和帝的寢宮龍棲殿裡侍奉左右，傍晚宮門落鎖前便離宮，若遇元和帝身體情況較差時，也會留宿宮內，就睡在龍棲殿側殿裡。

對於有意巴結他的大臣們，他則淡然處之，既不熱絡，也不抵觸，面子上圓場一過，私下再無其他接觸。端的是安分守己，叫人尋不出半點錯處。

顧嬋自然是往樂觀的方向看。或者說，她希望這件事能有樂觀的結果。自古以來，皇帝登基不外乎兩種方式，要麼名正言順被傳位，要麼就是篡奪皇位。

婚期越來越近，顧嬋與韓拓已綁在一條船上，她自然希望他走常規路，被元和帝傳位，這樣不但好聽好看，還可以免去與寧皇后母子的衝突。

若不然，韓拓又帶兵造反，屆時靖王成為反賊首領，她這個靖王妃豈不就是反賊婆子……

顧嬋搖了搖頭，把這個丟臉的名詞拋出腦海，她兩輩子都行得正坐得直，才不要當反賊。

眼看年關將近，蔣老太太照往年慣例安排出一日前往慈恩寺探望獨女顧景惠。

慈恩寺建在京師以北十五里的青連山上，早年是一處香火鼎盛的寺廟，自從大殷開國的首位皇后出家於此後，逐漸演變成無子嗣的王室婦人寡居清修之所。

顧景惠十六歲時嫁與延郡王世子為妻，兩人青梅竹馬，感情甚篤，誰料不出三年世子因病去世。顧景惠受不住打擊，傷心過度，腹中五個月大的胎兒也沒能保住。為亡夫守喪滿一年後，她便自請到慈恩寺長居守節，至今已有六年之久。

這日與蔣老太太同行的是顧嬋與顧姍兩姊妹。

蔣老太太即便不喜薛氏，在明面上還是儘量對孫女們一視同仁，只是顧姍性格呆板，常常一日也說不出幾句話，自然不如顧嬋討喜可人疼。

三人返程時已近黃昏，恰逢城中街市一日中最熱鬧的時候，路上人來車往，馬車難免走走停停，行得不似晨間那般順暢。

到了燈市口大街，索性乾脆不動，堵在半途。

顧嬋輕輕打起車窗帷簾一角，觀察外面情況，只見許多小攤子擺在路邊，有賣年糕麥芽糖的，有賣糖畫麵人的，還有各種雜貨，一應俱全，每個攤檔前都掛起紅燈籠，原來是年前夜市。

逛夜市的人多，放眼看去密密麻麻連成片，馬車想由此通過那是絕對不可能的，車夫吃力地調轉馬頭，打算另擇去路。

不時有總角的孩子們三五成群從車旁跑過，手裡舉著風車或者紅豔豔的冰糖葫蘆，個個面帶喜色，神采飛揚，口裡還唱著歌謠。

「……六哥死，五哥亂，二哥病弱無力管，三哥歸，解憂困，真龍天子降幽城……」

顧嬋聽得分明，面上瞬間變了顏色。

這等大逆不道的歌謠卻是有人刻意為之。

鳳儀宮裡，寧皇后半臥在坐榻之上，聽心腹太監嚴得喜彙報事情進展。

「今日早朝時，周閣老以太子身體孱弱、不能擔當大任為由提出廢太子之請，並大肆稱讚靖王功績，直言他才是上佳的儲君人選。」

嚴得喜垂首侍立榻前，說到此處微微一頓，抬眼觀察寧皇后反應，見她微微點頭，才繼續說下去。

「姚閣老當即站出表示反對，認為不論是立長立嫡，太子都是名正言順，且一國之君重以賢能仁慧，是否能征善戰並不重要，畢竟少有皇帝親征之事，反而靖王殺戮過重，並非明君之道。

「兩位閣老各持己見，且各有支持者，兩方爭執不下，難解難分之際，右都御史上奏民間流傳靖王乃真龍天子的歌謠，認為一切並非巧合，而是有人在為自己造勢，請聖上明察。」

寧皇后嘴角噙著一絲不易被人察覺的微笑，追問道：「皇上反應如何？」

「皇上勃然大怒，拂袖而去。」

寧皇后十分滿意，命郝嬤嬤賜賞嚴得喜。「下去吧，再有什麼風吹草動，切記第一時間過來回稟。」

嚴得喜領命去了。

郝嬤嬤打發走殿內站崗的八名小宮女，近至寧皇后身側問道：「娘娘，您不擔心聖上聽了周閣老的話心有所動嗎？」

寧皇后「哼」一聲道：「正是猜到他心有所動，而行未動，我才故意先他一步將事情提出。」

「既是正中聖上下懷，萬一他順水推舟答應下來，那可如何是好？」郝嬤嬤又問道。

「他不會的。」寧皇后口氣十分篤定。「他如今心意尚未堅定，否則早就頒下聖旨，而不是曖昧不明地將那孽種留在京中。他用行動告訴我，他還在考量之中，那我便幫他轉一轉風向。」

郝嬤嬤搖頭道：「老奴愚鈍，還望娘娘明示。」

寧皇后呷一口茶，才繼續道：「如果等皇上考量好作出決定，屆時越是有人反對只怕他越是堅持。在他還未下定決心時，有人先一步提出廢太子立靖王之意，那就全然不同。帝王最忌諱的便是有人惦記他座下龍椅，便是親生兒子也不行，今日之事一出，他難免疑心那孽種懷有野心，私下與大臣結交，拉幫立派。懷疑的種子種下了，只會日益生根發芽，逐漸壯大，再難根除，到時候可有那孽種喝一壺的。」

寧皇后也是被逼急了，才想出這等置之死地而後生的辦法。

寧浩雖然死了，造成的影響卻太惡劣。

元和帝死了一個兒子，廢了一個兒子，寵愛多年的貴妃也沒了，心裡怎麼可能不氣。偏偏那事尋不到別人分毫錯處，沒得給他發洩，可怨氣鬱積，遲早會發作出來，只看誰運氣不好成為靶子。

寧皇后也明白，太子此次的表現是絕對不可能令元和帝滿意的，帝王究竟是仁德還是殘暴且不論，最首要的還是他先能擔起帝王之責，太子監國不過短短數月便大病，至今未癒，誰看在眼裡，心裡不會打個鼓，想一想他究竟能不能成為一名合格的儲君。

與其等別人提出質疑，殺自己一個措手不及，寧皇后寧可自己先一步準備好後招，由自己安排的人點破眾人心思，再同時將之堵死。

周閣老與太子妃娘家是姻親，誰也不會懷疑他給太子扯後腿是別有動機；姚閣老，根本是一早站在太子隊伍之中，無須安排也會為太子爭辯。

至於那歌謠，卻是寧皇后命人在皇宮之外傳播開來。

寧皇后或許十分懂得揣度人心，可惜她與元和帝疏遠久了，猜測其心意時難免有所偏差。

元和帝確實生氣，但並未懷疑韓拓對皇位生出野心。

他雖然病著，腦子卻沒糊塗。如果韓拓對那位置有心，攻下楚王之後大可直取皇宮奪位，反正京中也無人能制得住他。從韓拓收到消息後當機立斷，敢於做出自帶大軍上京解困之事，元和帝便知這個兒子頭腦靈活，處事不拘泥常規、亦不迂腐，所以若他想要皇位，根本不會如此迂迴暗示。

關於儲君人選，元和帝確實生出與往日不同的想法。

當初登基時立太子，一方面是給皇后體面，另一方面也是因為太子本人聰慧優秀。但此次元和帝卻看出來，光是頭腦聰明並不足夠，太子的身體不過監國一段時間，便能有這般大的問題出現。他這父皇如今尚在人世且如此，將來若自己往生，太子登基獨立處理事務，還不知會是何光景。

內侍將熬好的湯藥送至龍棲殿，韓拓接過，親手服侍父皇喝藥。

喝過藥，元和帝吩咐道：「去拿今日的摺子唸與我聽。」

他留韓拓在京中，當然不可能是為了讓他餵自己喝藥。

元和帝雖在養病，卻還是得接觸政事，少不得在龍棲殿裡批閱奏摺，他便讓韓拓將奏摺一一唸給他聽。初時唸過後由元和帝口述，韓拓代筆批紅。後來慢慢開始詢問韓拓見解，考查他對各種政事的看法。

總體來說，元和帝對韓拓的表現非常滿意。他注意到這個兒子頭腦清醒，往往三言兩語便能揪出事情重點。由他協助，處理政務的速度都比往常快了許多。

元和帝改立儲君的想法更強烈起來。只是，人年紀大了心腸便軟，元和帝也不例外。雖然對太子心有不滿，但那終歸還是他的兒子，一時間難以下定決心廢太子而另立。

沒想到今日早朝時竟然有人先提出此事來，之後又被另一批人反對。

元和帝有種隱密心思被當場揭穿後跟著被打臉的惱怒之感，但真正令他火起的還是那首歌謠。

他不相信老百姓無端端地會傳唱那種東西，這是有人在算計他的老三呢。

正月二十一，朝廷大休結束，各處衙門開印辦公，元和帝也在早朝時頒出最新的聖旨。

原楚王帳下的十二萬大軍，將被一分為二，留守封地的四萬人劃歸京營，而隨楚王進京的八萬人馬則正式由靖王統帥。相應的，原屬於楚王的邊防責任也將交予靖王承擔。

此次聖旨一出，朝臣們明白靖王絕對不可能長居京中。然而，元和帝對儲君之事到底作何打算，眾人心中仍難免存疑。

太子勢必得居於東宮，長留京師，顯然元和帝短期內並無廢太子另立靖王的打算。但若說他對靖王生了猜忌，卻又不似。靖王本已有十七萬大軍，如今再添八萬，人數遠勝京營。

文官們也就罷了，武官們心中則無比清楚，如此雙重重權與重責託付，除了對靖王能力的認可，還包括看準他不會擁兵自重的絕對信任。

新年裡衙門封印一個月，積壓了許多事物有待處理，顧景吾這一晚過了戌時還未回府。丈夫不在家，寧氏卻閒不住，從梢間的樟木箱子裡翻出一卷畫軸，直奔西跨院而去。

顧嬋從母親手裡接過畫卷，展開一看，臊得滿臉通紅，直接將之遠遠丟出。「娘，這是做什麼呀？」

寧氏把畫軸撿拾回來，重新塞進顧嬋手裡，面不改色道：「當然是有大用處，妳不懂，娘講給妳聽。」

顧嬋這回倒是不扔了，把畫卷堆在寧氏腿上，自己趴在榻上，拿兩個引枕一左一右擋住了臉。

「妳別害臊，每個新嫁娘都得學這個，再正常不過的。」寧氏扒拉著把她拽起來。「這上頭一共三十個姿勢，娘每天給妳講兩個，正好半個月，到妳出嫁時都學全了。來，咱們先看這個……」

顧嬋羞窘得一忽兒雙手掩耳，一忽兒雙手捂眼，恨不得能再多生出一對手來好同時遮住兩處不看不聽。

寧氏這會兒十分不屈不撓，拍開顧嬋的手，繼續道：「妳可別糊弄，這避火圖是宮裡來的，外面沒處尋，妳好好學了，一輩子受用。」

寧氏當然知道未嫁女害羞，但哪個大姑娘不得走這一遭。何況成婚後可不光是看圖，那是要動真格的。當年顧景吾不過是個書生，都把她折騰得夠嗆，靖王是習武之人，身強體健，需求只會更多。

「妳聽娘說，當年妳姨母拿來給我時，我也跟妳一樣臊得什麼似的，她講我也不肯聽。成親之後才知道自己完全想錯了。」

丫鬟們被攆到外面，屋裡只剩母女兩人，寧氏說話毫無顧忌，指著畫卷裡第一幅圖道：「這是最普通的姿勢，等妳洞房那晚就用這個，頭一晚妳肯定會疼，這個姿勢對女子來說是最柔和的，可記好了，到時候就算王爺想用別的也不能答應他，不然有得妳罪受。還有，妳要是疼就跟他說，不然男人不知道顧忌，妳說了他才知道憐惜妳。」

顧嬋知道第一晚有多疼，因為上輩子經歷過，當時她幾乎以為自己會疼死在婚床上，而韓拓確實就像寧氏說的一樣，一點兒也不憐惜她，只知一味索取。

想到自己這輩子還得體驗一次破身的疼痛，還得過一次噩夢般的洞房花燭夜，顧嬋真的不想嫁，簡直想立刻收拾包袱去慈恩寺陪姑母清修。

當然這只是想想，她能做的不過是繼續聽寧氏講第二個姿勢，然後偷偷甩甩頭，趕快把不好的記憶忘掉。

有些事，想忘也不是那麼容易，這一晚顧嬋便作了噩夢。

夢裡她什麼也看不到，什麼也聽不到，只有身體被撕裂般的疼痛，而那疼痛之源不停被襲擊，不管她怎麼哭喊也無濟於事。

又驚又怕之際，顧嬋感覺有溫暖的手掌輕拍她臉頰。

「璨璨，璨璨……」

有人喚著她的名字，溫柔親切，把她從夢裡帶了出來。

顧嬋睜開眼，看到韓拓坐在床頭。她還沒有徹底清醒，身體先於意念行動，抬起半身撲在他懷裡。

「魘著了？」韓拓問道。

顧嬋心底滿是夢裡感受到的委屈，臉在韓拓胸前蹭了蹭，小貓一樣輕輕「嗯」了一聲。

韓拓輕撫她後背安撫。

顧嬋漸漸平復，她驀地想起累自己發噩夢的罪魁禍首正是韓拓，連忙想自他懷中掙脫出來。

投懷送抱容易，逃跑可就難了。

韓拓不想放人，直接把顧嬋撲倒在床上，含住她小嘴親吻起來，待分開時兩人都氣喘吁吁的。

韓拓與顧嬋額頭相抵，輕聲呢喃：「大婚之後，我們回幽州去，好不好？」

顧嬋被他親得腦子裡一片紛亂，下意識便問：「皇上身體已大好了？」

「我留蕭鶴年在宮中為父皇調理身體。」韓拓道。「我們回幽州去，我帶妳去看草原和擒孤山，北地風光清朗壯闊，與江南的精緻錦繡全然不同。」

室內只有外間一盞孤燈，本就昏暗，顧嬋被韓拓壓在身下，遮擋住全部光線，此時看不清他表情，卻聽出他話語中的意思。「王爺不想留在京師嗎？」

韓拓並不回答，抱著她換了姿勢，他仰躺下，讓她半伏在他身上。

不否認，便是承認了。

顧嬋不明白，如果韓拓有意皇位，留在京師，留在皇帝身邊，不是比遠在千里之外的幽州有更多機會嗎？

上一世韓拓寧可造反，背千古罵名也要登上那個位置。

只是上輩子根本沒有機會給他長居京城，為什麼這輩子元和帝要留他，他反而不願意呢？難道，現在他確實無意於皇位？

這個念頭一閃而過，顧嬋驚得抬頭去看韓拓，他正閉著眼睛，神色平靜。什麼都看不出來，可是能感覺得出他今日心情欠佳。

平日韓拓過來時，不管是耍賴也好，強迫也好，都要占盡便宜才甘休。今日卻只是親了一下，現在一手擁著她，一手抓著她手指把玩，君子得簡直都不像她認識的那個人了。

顧嬋重新把頭埋在他懷裡。如果她的猜想是真的，那上輩子究竟發生什麼事情以至於他後來改變了心意呢？

韓拓現在確實對皇位沒有興趣。不是不想登上權力巔峰的位置，而是他有更想做的事情。

不論是從史書中讀到的，年少時便感受過的，還是今次回京後短短兩個月裡發生的事情，都令韓拓明白，如果想登上皇位絕對少不了各種明爭暗鬥。

他不是害怕，也不是沒有信心，他只是不喜。

戰場上也講究謀略，也算計人心，可那對付的都是真正的敵人，贏是暢快，輸也有豪情。

韓拓多少也猜測得出父皇的心思，可自己非嫡亦非長，太子又正當盛年，若真的朝著那條路走下去，必然少不得骨肉兄弟之間猜忌鬥爭。

就算最後贏了又怎樣？不過平白唱一齣大戲，惹天下人都來看皇室的笑話。

所以他不願意留在京師，想要回到幽州去，回到屬於自己的戰場上，保家衛國，這才是鐵骨錚錚的男兒漢應當鞠躬盡瘁的大事。

第十三章

半個月時光一晃而過，轉眼便到了二月初五大婚之日。

天還沒亮，顧嬋就被碧落和碧苓從溫暖的被窩裡挖了出來，迷迷糊糊地被送去淨室。洗澡水上漂著花瓣，浸身入內還能聞到松竹與柚子的芳香，洗去身上「邪氣」之後，她又被拎出澡桶，套上紅綾衣褲後，再被推回寢間。

全福人已等在妝檯前，手中端一盤餃子，見顧嬋過來，口中說道：「吃過餃子，多子多福。」

顧嬋坐在妝檯凳上，碧落持銀筷挾了餃子餵她，一共吃了三個便算完成。

接著是開臉，顧嬋本來依舊昏沈瞌睡，待細絨線在臉上滾過一遍後，立刻疼得清醒起來，之後是上頭。

全福人拿過篦子，沾了麻油，一邊為顧嬋通髮，一邊念叨吉祥話。「一梳梳到尾，二梳白髮齊眉，三梳兒孫滿堂……」

綰好髮髻後又在她鬢邊簪一朵紅絨花。

這會兒就輪到一眾服侍顧嬋的丫鬟們出場了，換衣、化妝、梳髮，每一樣都比平日繁瑣。

親王妃禮服有定制，素紗中單，紅羅大衫，織金雲鳳紋霞帔，腰帶綴玉飾十、金飾三，鞋用青羅，飾以金絲鳳紋，鞋頭鑲三顆拇指大小的南珠。翟冠有飾珠牡丹花六朵，翠玉為葉，冠頂插金鳳一對，口銜珠串，直垂至肩下。

待打扮好後，天早已大亮，顧嬋頂著十來斤重的翟冠走出來，到永和堂拜別眾位長輩，少不得和寧氏與蔣老太太哭成一團，齊氏等人也在旁邊跟著抹淚。

臉上的妝哭花了，自然得重化，補妝時全福人在她手裡塞進金銀寶瓶，一頂蓋頭蓋下來，除了腳邊半尺範圍內的地面再看不到其他。

然後由顧松揹著上了花轎，搖搖晃晃地離開永昭侯府。

京師建築布局以皇城為中心，越近中心地皮越貴，所居者越是富貴。

永昭侯府和靖王府都在最近皇城的圈子裡，兩府相隔不過一條街，若直來直去，只怕後面送嫁的隊伍還沒出侯府，前頭的都已經進了王府。

因此，為彰顯隆重，與民同喜，選擇了相反的路線。

韓拓騎白蹄烏走在最前，身穿青色冕服，龍盤兩肩，頭戴玄色冠冕，綖板前後各垂九旒五彩玉珠。

靖王聲望早已不同往昔，大街小巷擠滿了身穿靖王同款金翅斗篷的百姓。

上一次，他們見識了靖王戰勝而歸、身著戰袍的颯爽英姿，今日領略的則是他通身的皇家氣派，真真是龍章鳳姿、風華無雙。

大姑娘小媳婦們因靖王娶妻而碎落的芳心，此時自動修補黏合，再次圓滿完整地朝著他飛撲而去。

花轎在隊伍中間，後面跟著的嫁妝逶迤而至。顧嬋的嫁妝共一百八十六抬，浩浩蕩蕩鋪延了兩條街那麼長，見得到頭卻望不見尾。

第一抬是寧皇后賜下的足有半人高的紅珊瑚寶樹一對，第二抬是永昭侯夫人準備的一人高的鎏金銀嵌五彩寶石吉祥瓶一對，第三抬則是紫檀嵌螺鈿三鑲翡翠八寶大如意……

總之皆是奇珍異寶，看得老百姓們瞠目結舌，大開眼界。這都只是能擺在明面上觀賞的，至於田地、莊子、店鋪地契，銀票滿箱，林林總總，才是真正壓箱底的財物。

花轎外，圍觀者群情激昂，花轎內，顧嬋感到有些不大舒適。

不知是否起得太早又沒吃飯的關係，她覺得頭暈想吐，又感到小腹微微脹痛。

顧嬋右手抱著寶瓶，左手拿著的是上轎前馮鸞塞給她的剔紅點心匣子。

「今日且有得妳餓，一會兒路上沒人見時吃些墊墊。」

想起嫂嫂的囑咐，顧嬋把寶瓶放在腳邊，揭開匣蓋，裡面裝著牛乳紅豆九重糕與桂花糖餅。

她確實餓得很了，反正左右沒人，便撚起點心送到嘴邊小口吞嚥。

紅綾錦繡的蓋頭下面綴著金絲流蘇，隨花轎搖搖晃晃，難免沾到點心上的糖粉油脂，顧嬋索性掀起來堆在翟冠的牡丹花上，正好穩當當卡在花瓣葉片層疊之處不會滑落。

顧嬋吃得正開心，花轎突然停下落地，她還沒有反應過來，就看到轎簾下圍猛地一抖，跟著露出一隻赤色厚底靴……

新郎官不過是按照習俗踢轎門，誰知轎簾打起看到的是新娘子自行揭了蓋頭，嘴裡還叼著半截紅白相間的糯軟糕點。

韓拓強自忍笑，挪了挪身子，將轎門完全遮住，讓外面的人看不到內裡情形。

與韓拓對視片刻，顧嬋才恍然想起應當做些什麼，誰知這會兒蓋頭竟然卡死了，怎樣也拽不下來，不由又羞又急。

「別慌。」韓拓伸出手來幫顧嬋放下蓋頭，將寶瓶遞在她左手，再拿過食盒丟在地上，還不忘踢一腳讓它滑進座位下面，這才把大紅綢帶塞進顧嬋右手，牽她走出花轎。

看不見前路，顧嬋只能完全信任韓拓，由他牽引指路，跟隨前行。

熱鬧的喧譁聲中，她腦中冒出一個念頭，也許往後的人生便如此刻這般，不需理會外間如何，只需跟隨韓拓步伐，相依相守，不離不棄。

新人在滿堂賓朋前交拜後，便被送入洞房。

新房設在王府主院裡，屋內紅燭高照，床單、被褥、引枕等有布的，皆換成了應景的大紅色，桌椅、花瓶等器物擺件也都被束上紅綢。

顧嬋坐在喜床上，微低著頭，眼看一柄金紅秤桿伸到蓋頭下面，向上一挑，蓋頭便被掀去。

她瞇了瞇眼才適應室內光線。慢慢抬起頭來，韓拓正在身前，面帶笑容，與她目光相對時，眼眸裡是毫不掩飾的喜色。

明明是同一個人，卻與上輩子大婚時冷漠又充滿戾氣的樣子截然不同。

顧嬋唇角彎起，發自內心地回應韓拓的笑容。

屋子裡的婦人們笑了起來，有人打趣道：「新郎新娘這是看對眼了。」

顧嬋紅了臉，復又低下頭去。

全福人從剔紅描金漆的托盤裡拿起金杯分別放在兩人手裡，引導著韓拓坐到顧嬋身邊，與她雙臂交纏，飲下交杯酒。

全禮過後，新娘子要換裝，新郎官要去前面敬酒，女客們也從新房裡挪至宴席處。

顧嬋連忙喚過碧苓、碧落伺候她卸妝，第一件事當然是摘卸翟冠，再拖一陣只怕脖子都要被壓斷，頭也要壓扁。

韓拓母親早逝，沒有外家親戚。宮裡，寧皇后自然不會來，太子妃看婆母眼色，以太子病情反覆需人陪伴為由也沒來參加婚宴，楚王妃隨楚王一同圈禁沒有資格參加，晉王妃人早沒了，其他的皇子年紀尚幼未曾娶親。

沒有夫家女眷需要應酬，顧嬋輕鬆自在，隨心所欲，卸了妝便去洗澡。

走進淨室先入眼的是漢白玉方池，足有三尺闊。

碧苓、碧落早在正式婚禮前已來過王府安床，此時自是駕輕就熟地拔下池壁上的銅塞，只見汩汩的熱水源源不斷流入池中。

「管事嬤嬤說是挖了管道直接從伙房引水過來，全天供應，隨時想用隨時便有，省去等人燒水提水的麻煩，池底下那個銅塞是排水用的，洗完澡拔了那裡，水便自己流走。」碧落學舌道。「只是不知道幽州的王府裡是不是也這樣享受。」

碧苓也不落人後，推測道：「應當比這裡更享受吧，畢竟王爺是常駐那邊的。」

顧嬋舒舒服服地泡過熱水澡，連上頭時沾過麻油的頭髮也洗淨了。

回到內室裡，碧落拿了掐絲銅熏爐給她熏乾頭髮，碧苓從外間捧一碗麵進來。「廚房送來的，說是王爺特地吩咐給姑娘做的。」

碧落提醒她。「不能再叫姑娘了，以後得叫王妃。」

碧苓改口道：「王妃快吃吧，麵冷了就不好吃了。」

吃飽喝足後，顧嬋美美睡了一覺，醒來時天色已暗。

廚房又送來一碗蓮子百合粥並四樣小菜，顧嬋用過後，再沒事可做，忐忑不安地等著前院宴席結束——那時韓拓要回房安置，也就意味著兩人要共度洞房花燭。

自從那日寧氏給顧嬋看了避火圖起，她晚晚都發噩夢，夢到的都是同樣的內容，恐懼越積越深。前世與韓拓圓房時她已經十八歲了，如今這身子才剛剛滿十五歲，只會更疼不是嗎？

顧嬋越想越怕，身上起了一層雞皮疙瘩，腹又脹痛起來，伴著還有隱隱腰背痠痛。

忽聽外間門響，站起來一看，韓拓被李武成與林修一左一右架著攙進來。

韓拓耷拉著腦袋，腳步虛浮，明顯醉得厲害。

顧嬋見狀，忙吩咐碧落拿醒酒湯來。

大喜的日子，當然少不了豪飲，醒酒湯早就備下了，碧落端了托盤進寢間。

韓拓背朝天趴著，顧嬋坐在床邊戳一下他背脊，道：「王爺，喝醒酒……啊……」

話還沒說完，就被韓拓拽得倒在床上，接著只見他一翻身將她壓在身下。「我沒醉，裝的，不然那些人不放我回來。」

碧落見狀，低著頭悄悄退到外間，向碧苓使個眼色，兩人立刻出了屋子，還不忘小心翼翼地將房門闔合，一連串動作下來半點聲響也不曾發出。

紅燭搖曳，映著韓拓似笑非笑的臉孔，顧嬋看得有些發癡，直到他低頭親她，聞著酒氣才清醒過來，推拒道：「王爺，你還沒洗漱呢……」

說話時，噘著嘴，明晃晃的嫌棄。

韓拓今日心情大好，分毫不惱，起身進了淨房。

顧嬋踢掉軟底繡鞋，抱膝坐等，只盼時間可以過得慢一些。

不過一盞茶工夫，韓拓便回到寢間，紅紵紗滾青邊的中衣敞著，露出結實的胸膛。

顧嬋紅著臉往床內退了退。

韓拓坐到床畔，長臂一展便將人拖回來摟住，笑問道：「為什麼躲？」

「沒有。」顧嬋嘴上不承認，雙手卻推著韓拓胸膛，企圖從他懷裡掙脫。

韓拓又不傻，哪有察覺不到的？他並不拘住她，只低下頭來，噙住那紅豔豔的小嘴。

這一吻極盡溫柔之能，放在往常顧嬋早頭腦空白，軟在韓拓懷裡由他為所欲為。可是她今日格外緊張，半點也不能投入。

韓拓感覺到顧嬋的僵硬，體諒她新婚夜的不安，更加溫柔以待，終於令她漸漸舒展開來。

一件件衣裳從低垂的幔帳邊緣跌出，先是素紗中衣，然後是同色褻褲，最後是紅緞金繡牡丹抹胸。

龍鳳喜燭照耀出的光影下，隱約可見帳內交纏的身影。

「疼……」顧嬋突然輕叫出聲。

「別怕，我輕一點。」

韓拓輕聲安慰，可是顧嬋已經恢復到最初那緊張僵硬的狀態，他只能從頭再來，更溫柔待她。

親吻，撫摸，然後再一點點向下延伸……

當韓拓以為懷中人已完全準備好，正要再進一步時，便聽到顧嬋哭著喊痛……

於是，又停下，再重來……

一次，兩次，三次。

這種事女人沒關係，對男人來說卻是最惡劣的折磨，饒是韓拓耐心再好，再溫柔體貼，也禁不住變了臉色。

顧嬋本就害怕，韓拓臉一冷，看起來就像上輩子洞房時的樣子，如此一來她只有更怕，不管韓拓如何調弄，都只令她更加緊張。最後，只好無奈地停下。

韓拓抱著顧嬋坐起來，輕撫她後背，想令她放鬆些。

顧嬋以為他生氣了，怯怯地道：「我疼，真的疼……那裡……還有腰腹都疼。」說到後來不免委屈，話裡便帶了哭音。

韓拓也疼，頭疼。

如果圓房翌日她跟他說腰腹疼，他還能反省一下自己是否太過粗魯，現在她連粗魯的機會都還沒給他……

韓拓知道她會疼，可女子不是都會疼嗎？他柔聲哄著：「稍微忍一忍，疼過去了，感覺就不一樣。」

如果沒有上輩子，顧嬋大概會被他誘哄，可她明明從來也沒覺得有什麼不一樣，此刻只覺得他為了自己的歡愉不顧她的感受。

她既委屈又生氣，推搡著從他懷裡掙扎出來，力氣使得大了，不留意跌得仰躺在床上，忽覺身下一股熱流湧出……

顧嬋爬起身，只見早已揉縐的白綾元帕上赫然出現一團拳頭大的血漬。

韓拓也看到了，不可置信地皺起眉頭道：「月信？」

顧嬋窘得無地自容，恨不得找個地縫鑽進去。

地縫當然沒有，床幔縫隙倒是在，她一骨碌從床上下去，赤腳踩在地上。

內間一左一右設兩個半人高的熏籠，並不覺得冷，但到底是初春，青石地磚冰冷堅硬，顧嬋才落地便覺得寒氣從腳心往上竄。

她手伸在半途，尚未搆到衣衫，便被韓拓抱回床上，用厚厚的錦被裹得嚴嚴實實。「妳在這兒等著。」

他說著下地去，穿了衣服到外間開門喚碧苓和碧落回來服侍顧嬋。

待一切收拾停當，顧嬋也重新洗漱過從淨房出來。

她走過阻斷視線的十二扇折屏，見韓拓換了寢衣，正靠坐床頭看書，不由自主便停下腳步。

「站在那兒做什麼？」韓拓放下書問，見顧嬋仍站在原地不動，又道：「難不成打算站著過一晚？」

顧嬋不好意思與他對視，只管垂著頭走過去，脫了鞋上床，手腳並用地躍過韓拓長伸的雙腿爬進床裡側。

韓拓已掀開被子等著，她乖乖地躺了下去。

兩人共蓋一床被，被窩裡還有個第三者——碧落為顧嬋準備的湯婆子。

湯婆子熱呼呼的，抱著它時小腹的抽痛也減輕許多，顧嬋既愉悅又滿足，臉在枕頭上蹭了蹭，打起哈欠，昏昏欲睡。

洞房花燭夜，不能圓房不算，與新婚妻子居然還隔著個硬邦邦的銅壺，韓拓已不能更鬱悶。

他忽然動手抽走顧嬋懷裡的湯婆子丟在床腳，然後霸道地將人拖進懷裡。「我覺得妳可以試試人形湯婆。」

顧嬋愣愣地由他抱著，韓拓身體是比她熱，但是和湯婆子怎麼能比呢……

她敏感地認為他一定是在生氣，於是決定表達一下歉意，細聲細氣道：「王爺，我不是故意的。」

害怕是真，卻也知圓房是新婚夜必做之事，從未想過推拖拒絕。

韓拓輕笑道：「嗯，我知道。」

此等事是身體自己說了算，就算她故意也故意不來。

見到他笑，顧嬋終於放心。為了表示親近，她挪動身體，向韓拓靠近些，再近些，直至兩具身體貼在一起，然後伸臂環住他的窄腰，將頭埋在他胸前。

對顧嬋來說，相擁而眠的溫馨遠比行房的「驚天動地」來得親暱舒適。這樣的話嘴上不好說，唯有用行動才能表達，她同韓拓貼得更緊密些，手臂也抱得更用力些，還學著他慣常的動作在他背後輕撫。

一連串動作完成後，顧嬋心滿意足，倚偎著她的「人形湯婆」很快進入夢鄉。

依照皇家規矩，皇子妃的貞潔皆由中宮皇后檢驗，寧皇后即便對這樁婚事並不樂見其成，卻也得照規矩行事，宮門才開，已遣內侍前往靖王府取新娘子的元帕回宮。

郝嬤嬤從領差的小太監手裡接過紅木匣，走進側殿耳房，不出半盞茶工夫便急急奔出，直往正殿而去。

「此話當真？」寧皇后端坐臥榻，蹙眉問道，心中既高興又懷疑。

郝嬤嬤眼神堅定，言詞毫不含糊。「老奴仔細查驗過，那血漬明顯並非圓房後所留下。」

男女歡愛後留在帕子上的絕非僅有血漬那麼簡單，寧皇后是過來人，不需郝嬤嬤說得更詳細也明白。

她喜上眉梢。「如此說來，他們昨晚並未圓房？」

「應是如此。」郝嬤嬤應道。

春宵一刻值千金，新婚夜不圓房，在外人眼中當然是小夫妻兩個感情不睦，甚至有人對婚事心存抵觸。

「依妳看，是誰不願？」寧皇后心中已有定論，還是忍不住詢問出聲。

「那次二姑娘進宮，卻是看不出什麼，想來是靖王心有芥蒂。」郝嬤嬤與主子的想法一致。

男女力氣天生有差別，行房這種事，只有男人不願才會不能成事。若調轉過來，男人稍一用強，女人再不心甘情願也只能任人擺布。

「是了，之前送雪蓮花給妹妹時，她們神色如常，顯然對那孽種重傷之事毫不知情，這般大事都無人通傳，可見關係疏離。」寧皇后繼續推測。

「靖王心機深沈，定會對娘娘的娘家人存防備之意。」郝嬤嬤附和道。「只是三少爺在他帳下似乎十分活躍……」

這一層寧皇后也早考慮過，但官場中事有眼皆知，與閨房中有口難言全然不同。「明面上打擊這等蠢事他定是不會做，我們也無須擔心，屆時用京中官職做餌，但凡有心仕途的人都會知好歹，不會拒絕。」

得到滿意的結論，寧皇后舒心地品過新茶，又想起一事，叮囑道：「今年的秀女又該進宮了，到時候想著選兩個容色出挑的，再給那孽種送去。」

只可惜幽州的靖王府被防得鐵桶一般嚴實，密不透風，她插不進手，不曾得知之前送去的那兩人是否得寵。不過無論如何，她的外甥女是絕對不得對方歡心，否則那樣美麗動人的姑娘，還有什麼理由讓男人在新婚夜都不肯碰呢。

靖王府裡，顧嬋正按品大妝，外命婦的冠服繁瑣複雜絲毫不輸婚禮當日，她連續兩日早起，此刻懶洋洋地不願動，只撐開雙手任由碧苓、碧落服侍。

韓拓早已穿戴整齊，老神在在地坐在外間榻上，一邊品茶一邊目不轉睛地看顧嬋梳妝。

待顧嬋那邊終於打扮妥當，兩人攜手上了馬車，進宮去給皇帝皇后請安。

人是元和帝親自指的，他當然對這樁婚事極為滿意，同小倆口敘話多時，又賜下許多賞賜，最後道：「去皇后那邊看看吧。」

鳳儀宮裡今日可熱鬧得很，太子妃帶著一雙兒女，儀嬪帶著長河公主，還有其他有品階在身的妃嬪都齊聚在此，除了太子妃外，其餘的都等著看新娘子進宮的好戲呢。

寧皇后當然不會讓這群人如意，她一點也沒為難顧嬋，就如平常一般拉她坐在身旁，熱絡地聊天，叮嚀著為人新婦應注意的事情。

因為月事到來，顧嬋臉色有些蒼白，看在寧皇后眼中成了新婚夜被丈夫冷落後的憔悴，她雖然有令他們夫妻離心的打算，但也沒想過韓拓決絕到連人碰都不碰。

當然她的推測全然不對，可寧皇后自己並不知道，這會兒看著外甥女此般模樣，難免有些不忍，於是命郝嬤嬤從私庫裡搬了許多補品賞給新人。

對韓拓呢，寧皇后也是保持平日狀態，既不刻意冷落，也不無故熱絡，就那麼不鹹不淡地說上幾句話。「璨璨年紀小，平日若有什麼不周到的地方，三皇子還請看在本宮面上多些體恤。」

又對顧嬋道：「殿下公務繁忙，妳身為妻子自當多盡心照顧，切不可因為殿下寵愛妳就任性妄為。」

兩人齊齊應是。

沒戲看，那些妃嬪自然意興闌珊，寧皇后也體諒顧嬋精神不好，很快就放了他們出宮。

三朝回門，在永昭侯府可比皇宮裡自在得多。

顧楓早幾日已專門備下鞭炮，遠遠看到靖王府的馬車從街口拐過，便點燃起來。他此舉有個名堂，皆因認為當初驛館裡那一串鞭炮，雖害顧嬋走失遇險，卻為她與韓拓牽起姻緣紅線，所以才要在今日舊事重演，以示謝媒。

寧氏雖然認同這種說法，但到底得顧忌顧嬋名聲，命顧楓心裡如此想便罷，可不准宣諸於口，兩人婚前相識的事情不許給三房之外的人知道。

顧楓拍胸脯保證。「娘，您放心吧，我嘴巴嚴著呢。何況為了妹妹，就算被敵人抓住施以酷刑，我也不會說一個字。」

「什麼妹妹，那是你姊姊，」寧氏教訓道。「哪有妹妹與姊夫是一對夫妻的道理，沒得叫人笑話。」

顧楓強辯道：「叫姊夫是因為尊重，讓璨璨做妹妹那是愛護。」

寧氏哭笑不得，也不再與他多爭論，女兒與新姑爺回娘家，有大把事情等她處理。

韓拓啟程回幽州的日子一早定下，在新婚的第五日，也就是二月初十。因而，歸寧宴也多了送行的意味，既有辦喜事的熱鬧，也少不了離情別緒盤繞。

韓拓體諒顧嬋將要離家遠行，特地留她在永昭侯府裡多住兩日，到初九傍晚才將人接回王府。

初十一大早，便有兩批人馬分別從靖王府出發。一隊是護送顧嬋嫁妝的隊伍，由顧楓親自看顧，李武成協助，帶同五百玄甲軍，浩浩蕩蕩地上路。另一隊人少得多，是韓拓攜顧嬋，以及近身服侍兩人的下人數名，還有林修帶領的近衛十人組，直奔京師東郊的湯泉山行宮。

湯泉山位於京師東郊五十里處，傳說遠古英雄后羿射落的九個太陽落於山間，化作九個泉眼，因為富有神靈之力，所以此處溫泉水不只可以養身美膚，還對百病有奇效。

傳說真偽不可考，但湯泉山風景秀美，山中溫泉四季噴湧不斷，熱氣蒸騰，氤氳瀰漫，遠看雲遮霧繞，置身其間如臨仙境，自是遠近馳名，享譽數百年之久。

皇家行宮依山而建，從山腰起，圍繞最高處的四個泉眼直至山頂。山腰向下的三個泉眼周圍有不少勛貴之家的溫泉莊子。

至於山腳的兩處泉眼，則被精明商人承包，建成溫泉館，以平民百姓也可體驗皇家享受為招牌，採刻鐘計時，價格並不高昂，普通小康人家亦能承擔，更提供住宿膳食和各種娛樂休閒服務。

顧嬋一行人行至山腳時已近正午，臨時決定在其中一間溫泉館中用午膳。堂倌見得人多，最善於察言觀色，見顧、韓二人衣飾氣度便知非富即貴，兼且僕從甚眾，可見不凡，忙不迭跑前跑後，服侍得極為周到。

膳堂不設雅間，各色人等齊聚一室。

顧嬋自幼養在深閨，極少有這等與民同樂的機會，一邊用飯，一邊觀察旁人衣著言談猜度其身分，玩得不亦樂乎。

「他們是農夫嗎？」她悄悄指著當中一桌三名大漢，湊在韓拓耳邊問道。

那三人皆穿短打，身材高壯，看起來孔武有力，只是大聲喝酒划拳，略嫌粗魯。

「農人長年勞作，雙手皆應有厚繭，他們只有右手虎口處生薄繭，左手如常，顯然不是。」韓拓輕聲回答。「再猜。」

他是王爺之尊，平日在王府中生活雖講究至極，但出征打仗時什麼樣的苦都試過，此處條件有限，在大堂中用飯也並不以為忤。

飯菜不大合口味，顧嬋挑嘴，本就吃得勉強，此時更是擱下筷子，專心在自己手上比劃，思索到底什麼人才會右手虎口有薄繭。

韓拓舀一勺蛋羹餵她。「是誰說餓得不行，一定要立刻吃東西，妳還記得嗎？」

「有蔥……」顧嬋噘著嘴偏頭躲開，她又不會事先知道這裡飯菜煮得不好吃，想到此處，突然間福靈心至，興奮道：「是廚師嗎？用右手握菜刀和鍋鏟。」

韓拓笑出聲來。「猜對一半，確實有個師字，再猜。」

他們一直低聲交談，並不引人注目，不過堂倌顯然不會忽視自己心中的「貴」客，見二人似乎吃得差不多，應有心思談及旁事，便立刻上前推介道：「大爺、夫人，咱們館內有駐店的繡娘，是宮裡放出來的宮女，繡功極精緻不說，還是尚服局專職為皇后娘娘縫製衣物的。若是老爺為夫人選一件經由她手縫製的衣裳，那夫人可就享有等同皇后娘娘一般深厚綿長的福氣了。」

堂倌觀人於微，看出韓拓十分疼愛顧嬋，認為由此入手定不會遭到拒絕。

「哦，都有什麼，你拿來看看。」韓拓果然答得痛快。

堂倌立刻從身後拉出一位約莫十八、九歲的大姑娘。她一身素衣，手臂上搭著摺疊整齊的黑絲絨布，此時在堂倌的協助下展開來，原來是一件斗篷，右下有金絲線繡成的翅膀一隻。

「這是現如今京師城內最受歡迎的款式，依照解救數萬百姓於圍城苦難的靖王殿下入城當日身穿的戰衣做成，京師裡從皇宮裡到皇宮外，可說是人手一件。」

顧嬋捧著臉低下頭去，她自是聽說過此事，卻沒想過剛好碰到當面兜售的，要是早知道韓拓會造成如此轟動的效應，她說什麼也要先把那隻雄鷹繡完才好……

思及此，心中難免有些埋怨韓拓，也不知他把那未完工的斗篷穿出來做甚……

其實韓拓所想再簡單不過，只要是顧嬋親手做了送他，不論什麼他都喜愛。

「好看是好看，可是你讓我買男子戰袍給妻子，似乎不大合適。」韓拓面不改色道。

那姑娘伶牙俐齒地解釋道：「大爺，這斗篷有男子款式也有女子款式，還有專為夫妻訂做的配套款式，單買一件二兩銀，成套買一套三兩銀。像大爺與夫人這般郎才女貌、天作之合，若是一同穿著出門，那可真是更添韻致，羨煞旁人。」

饒是顧嬋這等涉世不深的人也聽得出其中信口開河、只為賣出物品的用心，她伸手到桌下，拉住韓拓手指，微微搖了搖頭。

韓拓卻反手握住她手，笑言道：「如此甚好，我買一套。」

姑娘與堂倌相視而笑，立刻齊聲道謝，腳不沾地跑去後院取來全新的兩件，用印花藍布包袱皮裹好，才送到他們手中。

其實宮女之說全是假，那姑娘不過是山腳小鎮上的居民，與堂倌家中是鄰居，藉他關係在此兜售繡品，若成功賣出則兩人三七分成。

今日受到韓拓豪爽行為的鼓勵，更加努力在膳堂內推銷，沒想到接下來碰壁了。

「靖王靖王，靖王有那麼了不起？」尚未被顧嬋猜出身分的其中一名大漢突然高聲叫嚷起來。

正值飯點，膳堂內用膳人數甚多，原本一直連續不斷的嘈雜聲因他這一聲吼全部停止，靜得落針可聞。

林修等人幾乎立刻便要拔刀相向，卻被韓拓用眼神示意制止。

那大漢顯是喝醉了，渾然不覺異狀，仍大放闕詞。「老子才走完的這趟鏢便是送到京師，正趕上那勞什子王爺成親，好好的大男人，都二十六、七了才剛成親，也不知道是不是有隱……」

他的夥伴們尚清醒，一個捂嘴一個握腳將人抬走，臨出門時還大聲向被吼呆住的「宮女」繡娘致歉。

他三人形容滑稽，顧嬋禁不住掩嘴偷笑，一瞥眼卻對上韓拓隱含怒意的雙目，連忙繃住面孔，再看近衛們坐的那一桌，已少了一半人，顯然是跟去教訓對主子不敬的傢伙。

飯後乘馬車又行近一個時辰才到山腰處的行宮大門。

韓拓在行宮裡的居處是從山頂下數位置第三高的重華院，於是進門後換過軟轎繼續向山頂前進。登山途中收到信使快馬加急而至的公務信函，所以進園安置下後，韓拓便往書房處理事務。

每位皇家成員在行宮裡皆有專屬的院子，院內所設的溫泉池自然是只能專人享用。但行宮內也不乏公用泉池，各處皆有特色，或風景獨特，或別具療效。

顧嬋上輩子曾隨寧皇后來過數次，對此處情況十分熟悉，便自行前往最感興趣的地方。沿鵝卵石鋪就的小徑幽靜隱密，一路通到山頂，繞過紫竹林，來到一處豁然開朗之地，遠望山巒起伏連綿，近處溪水潺潺，如同寫意畫卷般，既有凝重豪邁，又含靈動飄逸，顧嬋最喜歡的小魚池便設在這裡。

五名近衛將兩處入口守住，她由碧苓、碧落伺候著在淨室沐浴後，進入池中。

池水溫熱解乏，一沾身已舒服得令人嘆息。池內養著數百條星子魚，最大的不過半截手指長，最小只有指甲那麼短，皆是筷子末端粗細，周身銀色晶亮。

牠們天生極喜歡與人親近，此刻圍著顧嬋，爭先恐後地嘟著嘴輕觸她肌膚。

顧嬋怕癢，被魚兒啄得周身酥麻，咯咯嬌笑。

不知過了多久，笑聲中忽然混入一聲男子輕咳，她驚訝回頭，見韓拓站在池邊，長髮披散及肩，髮梢微濕，顯然是剛沐浴過。

顧嬋忙探手去勾池畔堆疊的方巾，遮蓋露在池水外的皮膚，紅著面孔嗔道：「王爺怎麼來了？」

「我來找妳的。」韓拓答得簡潔明瞭。

顧嬋忸怩道：「山上那麼多池子，王爺可以去泡別的……」

「夫妻本來就當有池同泡。」韓拓打斷她，邊說邊踏著石階步入池中。

顧嬋「啊」一聲尖叫，矮身躲進水裡。

然而有些事無論如何都躲不過，池水清澈透明，她閉氣幾息，耳中聽得水聲嘩嘩作響，微睜雙眸，正對上不願見到的情景……

顧嬋雙手捂眼從水中鑽出，轉身背對他，嘴裡咕噥道：「王爺，快別鬧了。」

「不是鬧，」韓拓箍住她雙肩，將人轉回，摟在懷中，一手攬住她腰，一手沿背後曲線摩挲向上。

顧嬋身前還掛著方巾，浸透的白棉布呈透明狀，若隱若現更添誘惑。

目光隨遊走的手掌齊齊落下，韓拓如墨的眸色漸深幾分。

顧嬋慌不擇言道：「我……我身上還沒乾淨……」

其實她的月事昨晚已經結束，但人的心思也有慣性，因為新婚夜的意外，顧嬋對此事的態度漸漸從單純的懼怕轉變成理所當然的逃避退縮。

「說謊，」韓拓輕哼，毫不留情地揭穿她。「我看過妳剛才換下的衣物，已經乾淨了。」

顧嬋小步向後退，才不過兩步便被他拉回懷中。

輕柔的吻落下，從額頭到鼻尖，在她唇上輾轉吸吮，趁她張口喘息時探入與丁香小舌勾纏。

溫泉水暖，顧嬋久浸其間，全身早已鬆弛下來，此時更是力氣盡失，不能反抗，任他施為……

韓拓一直留心觀察顧嬋反應，見此情景，唇漸向下……

顧嬋瞬間蜷緊腳趾，痙攣般將頭高高仰起，全然分不清這蝕骨酥麻的來源究竟是韓拓的唇齒還是魚兒的親吻。

「王爺，不行……」

韓拓口中好像含著什麼，模糊不清道：「為何？」

「天還沒黑呢……」

明明是拒絕的話語，卻在韓拓動作刺激下說得一波三折，尾音那個「呢」字還顫上一顫，聽在男人耳中直與嬌嗔無異，完全背離顧嬋本意。

「白天不好在哪裡？」

顧嬋轉動早已停擺的大腦，可白天到底不好在哪裡？她也不過是直覺下有這種念頭，從來不曾細想過原因，只好答非所問。「回房……不要在外面……」

小魚池露天而建，為保證視野開闊，令泡溫泉者能與大自然融為一體，盡情欣賞山頂絕美景色，只有與來路和淨房相通的一側設有竹牆隔斷，其餘三面皆是毫無遮蔽……

顧嬋沒得到任何回應，只感覺到被抱著托起。

「別……等晚上，你想怎樣都可以。」她淒淒哀求。

韓拓強硬拒絕道：「我已經等了五天，不打算再等。」

他自問十分體諒她，可是卻被今日午間她在膳堂的偷笑刺激，立心要讓她看看她的夫君大人不但沒有隱疾，還勇猛得很。

「冷……」

二月仍天寒地凍，浸在溫泉中不覺得，被韓拓抱高後，她的手臂露出水面，受寒風侵襲，皮膚顫慄。韓拓從善如流，將她放低。

雙腳依然觸不到池底，水波蕩漾，顧嬋隨之輕晃，只能依靠韓拓牽引攀附住他。

「回去……」她依然不屈不撓地抗爭。韓拓抬頭堵住那喃喃不停的小嘴。

天空裡有細碎的雪花飄落，拂過灼熱燃燒的肌膚，帶來些許清涼，顧嬋漸漸迷失在冰與火交融的世界中……

——未完，待續，請看文創風395《君愛勾勾嬋》下

2016年4月出版

君愛勾勾嬋

文創風 394~395

老天待她，看似有心垂憐，實是無情作弄，
要不怎會重生一回，又欠了前世冤家的救命之恩，
而代價竟是再一世勾勾纏?!

美人嬋娟，君心見憐／杜款款

前世，她雖有皇后命，卻遭到篡位者三皇子韓拓的強娶，
不久便因頑疾未癒而香消玉殞了……
如今重生一回，本以為能憑己之力改變命運的軌跡，
哪曉得當她受困雪中險些小命不保，
竟遇上前世冤家──靖王韓拓，還承蒙他出手相救。
結緣莫結孽緣，欠債莫欠人情債，果真是所言不假，
平日他百般癡纏也就罷了，還讓皇帝親爹下了賜婚聖旨，
聖意難違啊，她只能既來之則安之。
嫁作靖王妃，枕邊人是戰功顯赫、能力卓越的王爺，
無論是朝廷動盪還是外患來襲，夫君總會牽扯其中，
可萬萬沒想到，戰場前線竟傳回了丈夫的死訊，
她不但成了下堂棄婦，還被人虎視眈眈覬覦著，
唉，為夫守節，難不成只剩青燈古佛一途了？

有情有義・笑裡感動　活得率性・妙語如珠／小餅乾

2016年3月出版

二嫁得好

穿過來後，
她從寡婦到棄婦到貴婦，活得像倒吃甘蔗，
不只銀兩賺得飽飽，再嫁後夫妻生活也和和美美，甜得快膩人……

文創風 390 **1**

人家穿越是榮華富貴，而她穿來是個寡婦就算了，
才來沒幾日，居然就被趕出婆家門，帶著兩個小兒子窩山洞裡吃地瓜過活，
唉！穿過來之前沒當過娘，穿過來之後，不得不學著當個娘，
好幾回她氣得三人抱在一起哭，感動也抱在一起哭。
她想，既然回不去了，可得想法子讓這一窩三口吃飽、長進、活好，
看來能使得上力的就是她半吊子醫術、以及時不時來的靈光預感，
她決心要帶著兩個兒子活得有滋有味……

文創風 391 **2**

楊家人將她嫌得不成樣，還把她從寡婦休成棄婦，
呵呵，她倒覺得離了楊家那狼坑不是壞事，
人呢活著就是要有志氣能自在，機運來了，便能從賺小錢到賺大錢，
瞧她，活得多好，連棄婦都當上了，還怕人家說什麼，
想怎麼過日子就怎麼過日子，兒子想怎麼教就怎麼教，
醫術幫她賺一點，敢於嘗試幫她賺更多，
對人都一張冷臉的老寡婦，疼她的兩個兒子也順便對她好，
連房子都分他們一家三口住，就連老寡婦失而復得的兒子都對她……

文創風 392 **3**

說真的，楊立冬剛認識田慧這女人時，
他只有想翻白眼跟搖頭的分，要不就頻頻在內心嘆息……
天氣熱，她整個人懶洋洋躺在那兒，要她走動還會生氣；
說什麼都有她的理，直率得不像話，覺得她傻氣偏偏有時又很靈光，
倒是做起生意點子多，教起兒子很有她的理，連別人家的兒子也疼愛有加，
天下有女人像她那樣的嗎？他真真沒見過。
唉，男人一旦對個女人好奇起來，事情就沒那麼簡單了，
自願當起她兩個兒子外加一個乾兒子的接送車夫，
時不時就買好吃的討好三個孩子，人家可還沒叫他一聲爹呢！
那天，還趁她酒後亂性，誆騙她要對他負責，想方設法讓她只能嫁給他……

文創風 393 **4** 完

她棄婦的日子過得好好，本來沒打算再嫁的，
偏遇到了皮厚的冤家，對她吃乾抹淨還誆她要對他負責，
看在他對自家兩個兒子這麼照顧的分上，心想就跟他湊合著過看看吧……
沒想到，他對自己真是好得沒話說，
這一生，她沒奢想過能二嫁個皇上器重的將軍，
親兒子、乾兒子全考中、還連中三元，連開的餐館都賺得荷包滿滿，
現在的她什麼都不求，只求能度過命中這關卡，能跟他長長久久……

為流浪貓狗加油 和貓寶貝 狗寶貝 廝守終生(一定要終生喔！)的幸福機會

對人來說，貓寶貝狗寶貝只是生活的一部分，但妳（你）對牠們來說，卻是生活的全部，領養前請一定要考慮清楚——

▲ 貼心又憨厚的Buddy

性　　別：男生
品　　種：混種
年　　紀：7歲多
個　　性：親人、親狗、親貓，愛撒嬌，擁有完全不會生氣的好脾氣；活動力極佳，會基本的坐下、握手及拋接球指令
健康狀況：已結紮、已施打預防針
目前住所：桃園縣三峽區
本期資料來源：台灣認養地圖 http://www.meetpets.org.tw/content/62892

第266期推薦寵物情人

『Buddy』的故事：

五年前，在熱鬧的台北市中正區的某處、志工媽媽上班的地方出現了一隻狗狗，可憐的牠經常在此徘徊尋找食物，而暫停在路邊車子的底盤下就是牠唯一遮風避雨的家，牠就是Buddy。

還記得那年的冬天非常寒冷，看到這麼努力堅強生活的孩子，志工媽媽不忍心牠大寒天的還挨餓受凍，於是每天下班後都會拎著美味的食物帶去給Buddy。

每當志工媽媽起身離開時，Buddy都會偷偷跟著後頭，不吵也不鬧，帶有距離地跟著。有好幾次被志工媽媽發現了，因為沒辦法帶牠回家，只好不忍心地對著Buddy說道：「狗狗乖，不可以跟喔！」Buddy非常有靈性，彷彿聽得懂此話，也知道不可以給人家帶來困擾，於是就會默默轉身離開，找一個安全的車子底盤下躲起來。

志工媽媽本以為彼此的相處會一直這樣下去，直到有一天，志工媽媽去了老地方等Buddy，喊了許久，Buddy都沒有出現。志工媽媽當下慌了，很害怕也很擔心Buddy，這時志工媽媽才發現自己完全放不下這個貼心又可憐的毛孩兒。

此時的志工媽媽就下定決心。「我要找到Buddy，不再讓牠孤單地流浪！」

搜尋了一段時間，終於找到Buddy，也將牠救援成功帶回了家中。但是好景不常，因為家人反對再多養一隻寵物，最後只好委託中途之家代為照顧，並尋找能夠給Buddy溫暖幸福的主人。

真的很希望Buddy的幸福能夠快快出現，如果你/妳正在找一隻貼心的寵物作伴，請給Buddy一個機會。歡迎來信carolliao3@hotmail.com(Carol 咪寶麻)或vickey620@hotmail.com(許小姐)，主旨註明「我想認養Buddy」。

編按：想看看更多Buddy的生活照嗎？趕緊點下去：http://poki1022.pixnet.net/album

認養資格：

1. 認養者須年滿25歲，有獨立經濟能力，並獲得家人、同住室友或房東的同意。
2. 認養前須填寫問卷，評估是否適合認養。
3. 須同意簽認養寵物切結書。
4. 同意送養人日後之追蹤探訪，對待Buddy不離不棄。

來信請說明：

a. 個人基本資料：姓名、性別、年齡、家庭狀況、職業與經濟來源等。
b. 想認養Buddy的理由。
c. 過去養寵物的經驗，及簡介一下您的飼養環境。
d. 若未來有當兵、結婚、懷孕、畢業、出國或搬家等計劃，將如何安置Buddy？

風 文創
394

君愛勾勾嬋 上

國家圖書館出版品預行編目資料

君愛勾勾嬋 / 杜款款著. --
初版. -- 臺北市 : 狗屋, 2016.04
冊 ; 公分. --（文創風）
ISBN 978-986-328-571-7（上冊：平裝）. --

857.7 105002292

著作者 杜款款
編輯 黃鈺菁
校對 黃薇霓 周貝桂
發行所 狗屋出版社有限公司
地址 台北市104中山區龍江路71巷15號1樓
電話 02-2776-5889～0
發行字號 局版台業字845號
法律顧問 蕭雄淋律師
總經銷 知遠文化事業有限公司
電話 02-2664-8800
初版 2016年4月
國際書碼 ISBN-13 978-986-328-571-7
原著書名 《千娇百宠》，由北京晉江原創網絡科技有限公司授權出版

定價250元
狗屋劃撥帳號：19001626
網址：love.doghouse.com.tw E-mail：love@doghouse.com.tw